光文社文庫

The Devil's Novice

修道士カドフェル⑧

悪魔の見習い修道士

エリス・ピーターズ

光 文 社

悪魔の見習い修道士

Brother
CADFAEL

〈主要登場人物〉

カドフェル……修道士
ラドルファス……修道院長
ポール……修道士
マーク……修道士
ジェローム……副院長ロバートの書記
ヒュー・ベリンガー……州執行副長官
エルアード……大聖堂参事会員
ピーター・クレメンス……司教の使者
レオリック・アスプレー……荘園主
ナイジェル・アスプレー……レオリックの長男
メリエット・アスプレー……レオリックの次男
アイスーダ・フォリエット……荘園の相続人
ウルフリック・リンデ……荘園主
ロスウィザ・リンデ……ウルフリックの娘、ナイジェルの婚約者
ジェイニン・リンデ……ウルフリックの息子
ハロルド……浮浪者

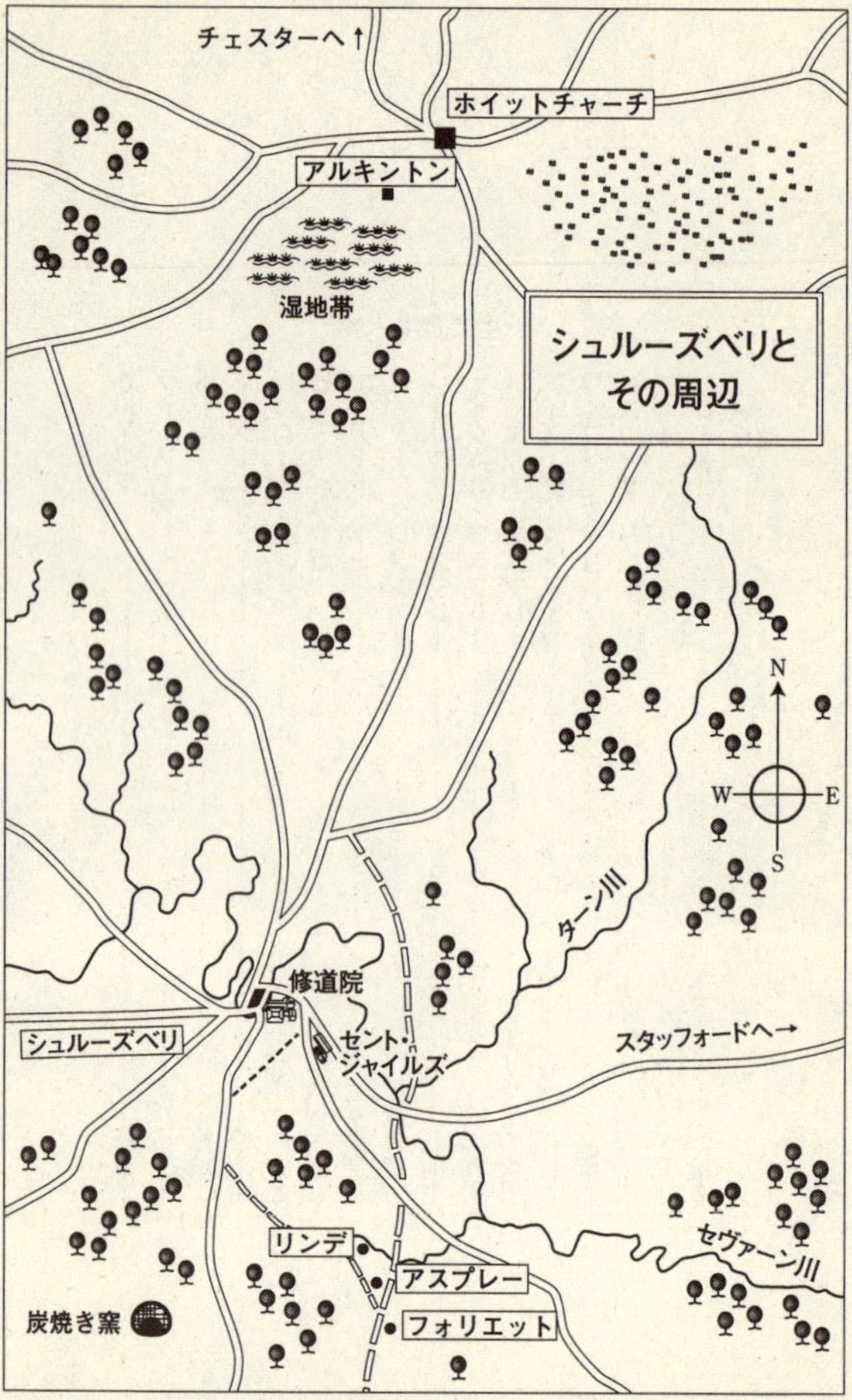
チェスターへ↑
ホイットチャーチ
アルキントン
湿地帯
シュルーズベリと
その周辺
N
W
E
S
ターン川
修道院
シュルーズベリ
セント・
ジャイルズ
スタッフォードへ→
セヴァーン川
リンデ
アスプレー
フォリエット
炭焼き窯

1

一一四〇年九月の半ば頃、シュロップシャーの二人の荘園主が同じ日に使節を送り、それぞれ自分たちの下の息子をシュルーズベリ修道院に預けたいと申し出た。一人はシュルーズベリの町から北のほう、もう一人は南のほうに領地を構えていた。

結論としては、片方の申し出は受け入れられ、もう片方は拒否されることになったが、これには重大な理由があった。

「この問題に関して何らかの決定を下したり、修士会に諮《はか》る前に、少数の君たちにこうして集まってもらったのは、他でもない」修道院長ラドルファスは言った。「この中に含まれる原則が、われわれ修道士会の指導者たちの間で、今まさに議論されている問題だからだ。副修道院長に副院長補佐、君たちは修道院と信者たちの日々の重荷を担う者として、また、修道士ポール、君は少年たちと見習い修道士たちの監督に当たる者として、それぞれ意見があるであろう。そして修道士エドマンド、君は修道院全体の管理監督官として、また幼児の時から修道院に暮らしてきた者として、一方、修道士カドフェル、君は世間での幅広い経験を経たあと壮年になってから修道院に入った者として、別の視点からの意見があるであろう」

（なるほど、わしは世間の声を代表する「けち付け役」の役回りということか）木の香の漂う質素な院長の居室の一画にある腰掛けに、おとなしく座りながら、カドフェルは思った。十七年以上にもなる修道院生活でだいぶん穏やかになっているとはいっても、生粋《きっすい》の修道院育ちの者からすれば、彼の言葉は今もって鋭かった。

（だが結局、わしらはそれぞれの器量で、それぞれに割り当てられたその程度に応じて奉仕するしかあるまい。たぶん、それがいちばんいいことなのだ）彼は前からかなり眠かった。その日はゲイエにある果樹園と自分の管理する薬草園との間を行ったり来たりしてずっと戸外ですごし、その間には決められたとおりの聖務日課と祈りをこなしていた。天気に恵まれた気持ちのいい九月の陽気にいくぶん酔いしれ、就寝前の祈り《コンプライン》がすんだら、すぐに寝床に入ろうと思っていた。だが、修道院長が直々に協議を持ちたいと言い出し、彼の意見を聞きたいと言われては、眠気も吹き飛び、威儀を正して出席せざるをえなかった。内心では面倒と思いながらも、まさか断わるわけにもゆかなかった。

「ここにいるブラザー・ポールに対して、二人の荘園主からその息子を修道院に預けたいという意向が伝えられた」院長は一同を厳《いか》めしい目付きで見回しながら言った。「恐らく時期が来れば、その二人は正式に修道士になり、剃髪《トンスラ》になるだろう。この場でわしらが検討しなければならないのは、そのうちの片方の志願者だ。その子は良家の息子で、父親はこの修道院の保護者でもある。ブラザー・ポール、その子はいくつだったかな？」

「まだ五歳にも満たない幼児です」ポールは言った。

「そこが、わしの躊躇《ちゅうちょ》する理由なのだ。今、わしらの所には、微妙な年齢の子は四人しかいない。うち二人はまだ修道士にはなっておらず、ここで教育を受けている最中だ。恐らく、適当な時期になれば、彼らはここに留《とど》まって修道士としての生活を送ることを選ぶであろうが、それはあくまで、そうした判断ができるようになってから、彼らが決定することだ。あとの二人は幼児の時に両親によって献身者《オブレイト》として預けられ、すでに十二歳と十歳になって、修道士としての落ち着いた幸せな日々を送っている。この二人の静かな生活を乱したくはない。だが、新たな献身者《オブレイト》を受け入れるという点に関して、わしがいちばん気がかりなのは、それらの少年たちには、ここに入ることによって何が得られ、何を失うことになるかということが、まったく分かっていないという点なのだ」ラドルファスは言った。「真に信仰に目覚めた者に扉を開いておくことは、喜びでもある。だが、乳母の膝《ひざ》を離れたばかりの幼児の心は、おもちゃや母親の膝の温《ぬく》もりのほうにまだ関心があるのだ」

副院長のロバートは銀色の眉《まゆ》を持ち上げ、そのほっそりした貴族的な鼻筋に沿っていぶかしむように視線を落とした。「子供を献身者《オブレイト》として提供することは、何世紀にもわたって認められてきた慣習です。修道院規則にも認められています。規則を曲げるには、それだけの重大な考慮が払われたあとでなければなりません。はたして、われわれには子供に対する父親の望みを拒む権利があるでしょうか？」

「だが、わしらには……父親と言ってもよいが……まったく自分の意志というものを持たない、いとけない者の、生涯のコースを決める権利があるだろうか？　むろん、それが長い間行なわれてきた慣習であり、これまで疑問視されたことがないことは、わしも承知している。だが、まさにそれが今、問われているのだ」

「もしもそれを廃止すれば」ロバートは食い下がった。「いとけない者に対して、神の祝福を受ける最上の道をわれわれが閉ざすことになりかねません。たとえ幼い時期であっても、道を誤ることはありえますし、その結果として神の慈悲への道が失われることもあります」

「その可能性はわしも認める」院長は同意した。「だが、逆も真実ではないかと、わしは恐れている。つまり、他の生き方や、神への他の献身の仕方のほうが適している多くの子供たちが、この慣習によって牢獄のような所に閉じ込められることになっていはしまいかということだ。この問題に関しては、わしには自分の考えしか分からぬ。さいわい、ここには四歳の時から修道院生活を送って来たブラザー・エドマンドと、広く世間を渡り歩いてきて壮年になってから修道院に入ったブラザー・カドフェルがいる。わしは信じているのだが、二人ともそれに満足しているようだ。エドマンド、君はこの問題をどう考えるかね？　聞かせてくれ。君は、外の世界を経験できなかったことを悔やんだことはないかね？」

施薬所係のエドマンドは六十を過ぎたカドフェルより八つ下で、真面目《まじめ》で思慮深く、整った顔付きをしていて、馬に乗って武器を取っても、あるいは荘園を維持して小作人たちを監督していてもおかしくはなかった。彼はひとしきり考え込んだが、決してあわてるようなことはなかった。

「わたしは後悔したことはありません。そもそも、後悔に値することがあるのかどうか、分からないのです。ここでの生活に闇雲に反旗をひるがえした者がいることは、もちろん知っています。思うに、彼らはここでの生活よりも、もっと良い生活が外に待っていると想像したのでしょう。あいにく、わたしにはその想像力が欠けていたのかもしれません。あるいは、単に、わたしは幸せにも、この中で自分の能力と好みにあった仕事を見つけることができて、不平をこぼす時間がなかったということかもしれません。わたしは自分の生活を変えようとは思いませんでした。もしも、年頃になるまでここで生活し、そのあと自分で道を選んだとしても、わたしの選択は同じだったと思います。しかし、他の人がそのような状態に置かれたなら、別の選択をする可能性があることは分かっているつもりです」

「なかなか目の行き届いた、公平な意見だな」院長は言った。「ところでカドフェル、君はどう考えるかね？　遠く聖地エルサレムにまで遠征し、武器を手にしたこともあり、広い世間のほとんどを渡り歩いてきた君は？　君は人生の半ばを過ぎてから自分の意志で修道院に入ったわけだが、わしの見るところ、後ろを省みることはなかったようだ。多くの世間を見たあとで、この小さな隠遁所《いんとんじょ》を選んだことは、君にとってはプラスだったかね?」

カドフェルは答える前に思案せざるをえなかった。しかも、終日にわたって気持ちの良い陽光を浴び汗を流したあとだったので、考えごとをするには努力がいった。修道院長が自分に何を求めているのかは、とんとはっきりしなかった。しかし、自ら僧衣を着ることを選んだ自分とは違い、まだ保護を必要とする幼子が無理矢理僧衣を着せられるということには、我慢ならない苛立《いらだ》ちを感じていた。

「わたしにとっては、プラスでした」やっと彼は口を開いた。「それどころか、世間での生活はきずもあり、歪《ゆが》みもあって完全なものではなかったのですが、何も知らないでここに入るよりはずっと素晴らしい贈りものでした。はっきり言わせてもらいますが、わたしは自分で選んだ生活を愛していましたし、たまたま知ることになった兵士たちや、この目で見た高貴な場所や偉大な行動を高く評価していました。そういうわたしが壮年のある時期に、それらいっさいを捨て去って修道院の生活を選んだということは、それだけここでの生活に最大の賞賛と敬意を払ったということです。どんなことを思い起こしても、ここでの信仰の生活の妨げになることなど思いもよりませんし、むしろ、いっそうわたしを献身的にさせるのです。もしもわたしが幼い時にここに放り込まれたとしたら、成人してから権利に目覚めて謀反を起こしたことだろうと思います。子供っぽい気持ちはとっくの昔になくなっていましたので、知恵に目覚めた時、わたしには自分の権利を放棄することなど何でもなかったのです」

「だが、君も」ほっそりした顔に一瞬微笑を浮かべてラドルファスは言った。「生まれつき、あるいは神の恩寵《おんちょう》によって、君が壮年になって見出した生活に、幼い時から適応できる者がいることを否定はしないだろうな」

「むろんです！　そうできる者、中でも確信を持ってそうできる者は、わたしたちの中で最善の者です。そういう者たちは自らの意志と光に導かれて選ぶのですから」

「まったく、そのとおりだ！」ラドルファスは言い、それから顎《あご》に手をやり、彫りの深い目を曇らせて、少し考え込んだ。「ところでブラザー・ポール、君はどんな意見だね？　君が少年たちの面倒を見ていて、彼らは不平を言うことはほとんどないようだが」

細心に気を使う中年のポールは、厄介《やっかい》なヒナを抱えた雌鶏のように、いつでも子供たちのいたずらを弁護し、特に、いちばん幼い者には甘いことで知られていた。しかし、良い先生であり、ラテン語の場合でも、教える側も教わる側も苦しむことはなかった。

「たとえ四歳の子を預かっても、わたしにとっては、何も負担ということはありません」ポールはゆっくりと言った。「しかし、それがわたしにとって喜ばしいことかというと、そんなことはありませんし、その子が満足かどうかというと、やはりそうではないのです。ここで問題なのは、規則がどうこうということではありません。良き父親は幼い息子に対して、ここに預けるようなことをしなくても充分な教育ができるはずです。少なくとも、本人がここで何をするのかを知り、そのことで何を諦《あきら》めなければならないかを知ってから、来るほうが良いと思います。そのへんのことのわきまえがつく十五とか、十六になってからのほうが、良いのではないかと……」

副院長のロバートは頭をそらして厳めしい表情を変えず、院長が気のすむように心を決めるよう、何も言わなかった。副院長補佐のリチャードは日々の物事の処理には有能だったが、何かを決めることには怠惰で、終始無言だった。

「司教ランフランクの論考を研究して以来、わしの頭の中には、幼い子を修道院で預かることに関して、なにがしかの見直しをすべきだという考えがとりついていた」院長は言った。「わしは今ようやく、そうした子供たちが自分でどんな生活を望むのかという決定ができないうちは、彼らを献身者《オブレイト》として受け入れることは拒否したほうが良いという結論に達した。したがって、ブラザー・ポール、今述べたような理由によって、この少年については受け入れることができないというのがわしの結論だ。父親には、何年か経《た》った時には喜んでその子を迎えるが、あくまでここの学校に学ぶ平《ひら》信徒としてであって、献身者《オブレイト》として預かることはできないと伝えよ。適当な年齢になって、その子が望むなら、いつでもわれわれは受け入れると」

院長は大きく息を吸い込み、椅子に座ったままかすかに身体《からだ》を動かした。協議はこれで終了という合図だった。

「ところで、ブラザー・ポール、確かもう一人、ここに入りたいという希望者があったな?」

ポールはほっとして微笑を浮かべながら、すでに立ち上がっていた。

「ファーザー、こちらについては、何も問題はなさそうです。アスプレーのレオリック・アスプレーが下の息子のメリエットを、この修道院に預けたいと望んでいるのです。その子はもう満十九歳で、自分からここに入ることを熱心に希望しています。ファーザー、この若者の場合には、何も懸念することはないと思います」


「せっかくの聖職志願者を断わることができるほど、新たな希望者が次々と見つかるという時節ではないがね」カドフェルと一緒に広場を横切って就寝前の祈り《コンプライン》へと向かいながら、ポールは言った。「だが、わたしは院長の決断を喜んでいる。実際、幼い子供たちには、手こずっているのだよ。多くの場合、彼らは真実の愛情と帰依《きえ》の心から預けられることは確かだがね。だが、中には、そうでない場合もある……つまり、小さく分けたくない土地があって、すでに丈夫な男の子が一人か二人いた場合、三番目の子を修道院に放り込むのは都合のいいことなのだ」

「それはありうることだ」カドフェルはずばりと言った。「たとえ、その三番目がすでに成人していたとしてもな」

「その場合には、たいてい本人にも納得ずくの話だ。何といっても、修道院は出世も望める場所だから。だが、まだよちよち歩き同然の子となると……往々にして良からぬ魂胆からということがありうる」

「数年後には、その子を院長の言うような条件で、わしらが受け入れることになると思うかね？」カドフェルは聞いた。

「怪しいと思うよ。ここの学校に入れようと思うなら、父親はそのために出費を余儀なくされるだろう」ポールはどんな悪さをする子供の中にも天使を見つけることができたが、親たちに対しては懐疑的だった。「もしもわれわれがあの子を献身者《オブレイト》として受け入れたなら、その子の係も含めて一切合財《がっさい》がわれわれの負担になっただろう。わたしはあの父親を知っている。見苦しくない男だが、しみったれだ。むしろこうなって、いちばん下の息子を手放さなくてすむのだから、母親は喜ぶんじゃなかろうか」

二人は回廊の入口にさしかかっていた。木々の植え込みの藪《やぶ》の柔らかな緑は夕日の金色であちこち染められ始めていて、空気は穏やかで甘い香りがした。

「もう一人のほうは？」カドフェルは聞いた。「アスプレーというのは、ロング・フォレストの縁近くの南のほうの場所だ。名前だけは聞いた覚えがあるが、わしは何も知らない。君は一家を知っているのかね？」

「噂《うわさ》だけだが、なかなか評判はいい。話を持って来たのはそこの荘園の執事で、かなりの年の実直そうな男だった。フレマンドと名乗ったが、名前からすればサクソン人だな。彼の言うには、その若者は読み書きもでき、健康で、ちゃんとした教育も受けているという。どこから見ても、役に立ちそうだ」

この結論に対しては、その時誰にも逆らう理由はなかった。国は従兄妹《いとこ》同士の内戦に疲弊《ひへい》して、修道院の財政を圧迫していた。巡礼たちは用心深く家に留まることを選び、修道院に入って聖職に就《つ》こうと真面目に考える者は、哀れなほど少なくなっていた。その一方で、修道院に避難所を求めて来る困窮した人々の群れは、しばしば非常な数に達していた。こうした中では、すでに読み書きもできる大人で、見習い修道士の生活を始めることに熱烈な希望を抱いている者がいるということは、修道院にとって明るいニュースだった。

すべてが過ぎ去ったあとでは、あと知恵で賢者ぶることはたやすい。あとからなら、さまざまな前兆を列挙したり、不吉な予兆について語ったり、あの時あんなにみんなに忠告したではないかと主張することも難しくない。すべての衝撃と反動とが過ぎ去った時には、いつでもこうした手合いがどこからともなく湧き出てくるものなのだ。

二日後、その新人がやって来たところをカドフェルが目撃したのは、まったくの偶然だった。晴れ渡った日が数日続いていたので、はしりのリンゴの穫《と》り入《い》れや、新たに挽《ひ》いた小麦粉を荷馬車で運ぶことなどができたが、その日はひどいどしゃ降りで、道という道はどろんこになり、広場の穴ぼこは油断ならない水溜《みずた》まりに変わった。写字室では、字を写したり絵を描いたりする職人たちが終日、机に向かっていた。休み時間を台なしにされた少年たちは、屋内で不満げに足を蹴り、施薬所にいる何人かの病人たちは、暗い日中に気を滅入らせ、嘆いていた。宿泊客はその時、ほんの少ししかいなかった。内戦が一段落している時期であり、熱心な聖職者は双方の和議を諮ろうと奔走していたが、大部分の人たちは家に留まり、息を殺して様子を見守っていた。この時期に街道をたどり、修道院の宿泊所に避難を求める人は、そうする以外に道のない人たちだけだった。

その日の午後の前半、カドフェルは薬草園にある自分の作業場で過ごした。その秋に収穫した葉や根や果液を使って、たくさんの調合薬を作る仕事があっただけでなく、手に入れたばかりのアールフリックの本……一世紀半前のイングランドの草木一覧……の写しがあって、静かにそれをのぞいてみたかったのだ。弟子のオズウィンの若者らしい熱意は時々は慰めにもなったが、たいていの場合は気苦労の種だったから、ここは引き取ってもらうことにした。正式に修道士になる時期が迫っていて、彼には典礼を完全に暗記しておく必要もあったからだ。

土には恵みであるが、雨は人の心を乱し、滅入らせる。空はますますどんよりしてきて、カドフェルが見ている写しを暗くした。彼はそれ以上読むのを諦めた。英語は堪能だったが、ラテン語は中年になってから苦労して学んだので、むろんマスターしてはいたが、依然として親しめない異国の言葉であった。彼はひとしきり醸成薬を見て回り、あちこちかき回し、乳鉢に材料を入れて、クリーム状になるまで擂《す》り潰《つぶ》した。それから大切な羊皮紙を僧衣の胸元に入れると、濡れた庭を横切って、広場へと足早に向かって行った。

宿泊所の玄関先で雨宿りし、水溜まりだらけの広場を横切って回廊へ行く前にひと息入れる。その時、馬に乗った三人の男が門前通り《フォアゲイト》から入って来て、正門のアーチの下で馬を止め、マントのしずくを払うのが見えた。門番は、身体を横にして壁ぎわをすり抜けるように飛び出して来た。厩《うまや》からは、頭にズックの袋をかぶった一人の馬丁が、水しぶきを上げて走って来た。

あれがアスプレーのレオリック・アスプレーと、修道士になりたいという、その息子に違いない、とカドフェルは思った。彼はじっとそこに立ったまま観察していた。むろん、興味があったからでもあるが、雨が少し降ってきて、それ以上濡れないで写字室までたどり着ける見込みも薄かったからだ。

かさばったマントをまとい、背筋をぴんと伸ばした背の高い年かさの男が一行の先導役で、馬体の大きな灰色の馬に乗っていた。フードを脱ぎ去ると、もじゃもじゃのごま塩頭と、顎《あご》鬚《ひげ》を付けた面長《おもなが》でいかめしい顔が現われた。広場を挟んでかなり離れていても、整った顔、笑うことがなく気難しい表情、尊大げな高い鼻梁《びりよう》、顎と口元に凍り付いたような誇りが見てとれたが、馬から降りる時に門番と馬丁に見せた態度は慇懃《いんぎん》そのものだった。気安い男ではないし、恐らく父親としても気難しい男であろう。この男は息子の決意をすんなり認めたのだろうか、それとも、反対しながら渋々受け入れたのだろうか？　カドフェルは男の年を五十代半ばと踏んで、自分の年のこともすっかり忘れて、もう老人ではないかと無邪気に考えた。

カドフェルはその父親の後ろ数ヤードのところにうやうやしく付き従い、黒いポニーからひらりと飛び降りて、父親の馬の手綱《たづな》に素早く手を伸ばした若者に、もっと注意を払っていた。過剰なほどに律儀《りちぎ》だが、その物腰にはどこか父親の頑《かたく》なな自尊心を髣髴《ほうふつ》させるものがある。その父にしてその子ありというべきだった。十九になるメリエット・アスプレーは父親と並んで立つと、頭一つだけ小さかった。均整の取れた身体付き、身ぎれいで引き締まった感じの若者には、一見したところ、目立った所はどこにもなかった。黒い髪を持ち、前髪を濡れた額《こうべ》に張り付かせ、なめらかな頰《ほお》にまるで涙のように雨滴を滴《したた》らせている。彼はおとなしく頭を垂れ、視線を下に向け、主人の命令を待つ召使いのように少し離れて立っている。そして、一同が門番小屋のほうに歩を進めると、よく訓練された猟犬のように後ろに従った。

だが、その態度にはどこか完璧《かんぺき》に孤独な独特のものがあって、そうした儀礼には従順に従うが、それ以上のものは何も手放しはしないといっているようだった。それは外見だけの抜け目ない慣行遵守《じゅんしゅ》であって、何一つ若者の心の内を映し出してはいなかった。遠目でも、その顔付きは父親と同じようにいかめしく落ち着いていて、口の両脇にできた深いはっきりした窪《くぼ》みは、厚ぼったい唇を際立たせ情熱さを感じさせた。

（二人の間はうまくいってない、これだけは確かだ）カドフェルは思った。そして、二人の間に感じられる冷たさと硬さの原因に思いをめぐらすと、どうしても最初の考えに立ち戻った。父親は息子の決心を認めてはいないのだ。恐らくその決心をひるがえさせようと努力して、どうしても諦めさせることができなかったことを、依然として心の内にしこりとして残しているのだ。一方の頑固さと他方の失望と憤懣《ふんまん》が、このよそよそしさの原因なのだ。父親の意向に逆らわねばならないのは、修道士になる出発点としては最善ではない。だが、修道院の威光に目がくらんでいる者には、そうした状況が引き起こす苦痛を理解することはできない。それはカドフェルが修道院に入ろうとした時の気持ちとは異なるものだったが、そうした動機もありうることは知っていたし、その衝動も理解することができた。

二人は門番小屋の中に消えた。やがてブラザー・ポールと会い、そのあと院長に正式に紹介されることになる。二人の後ろに付いて毛むくじゃらのポニーに乗って来た馬丁は、二人の乗り捨てた馬を急いで厩へと連れていった。しのつく雨の中、広場には再び静寂が戻った。カドフェルは僧衣をからげ、回廊めがけて走った。それから袖と頭巾のしずくを払い、写字室にこもって再び羊皮紙を広げた。数分後には、アールフリックの述べる「ディタンダルス」という草が自分の知っている「ハナハッカ」と同じものなのかどうかという問題に、すっかり没頭していた。修道士になろうと固い決意を抱いているメリエット・アスプレーのことは、もうカドフェルの念頭にはなかった。

若者は次の日の修士会でみんなに紹介され、聖職者になる誓いを述べたあと、仲間になる助修士たちから歓迎された。聖職見習い期間中は、見習い修道士は修士会の討論に参加することは認められていない。しかし、時には出席して傍聴することは許されている。いったん修道院に入ることを許された者はあくまで修道士として丁重に扱われるべきだというのが、院長ラドルファスの意向であった。

新しい僧衣を付けたメリエットは、動きも少しぎこちなく、世俗の服を付けていた時と比べると、奇妙なほど小さくなったようにカドフェルには見えた。もう、そばにいるだけで敵意を感じて身構えなければならない父親がいるわけでもなく、周りの者はみな歓迎してくれているのだから警戒する必要もなさそうなのに、若者はどこか打ち解けなかった。目を下に向け、両手をしっかりと握り締めて立ち尽くした姿は、自ら踏み出した第一歩に威圧されているのかもしれなかった。

何かを問われると、彼は低い平板な声で、素早く従順に答えた。素顔は象牙のように白いのだろうが、夏の日に焼けて深い金色を帯びている。つやつやした皮膚の下に流れる血は、一気に高い頬骨に昇った。気難しそうな鼻孔を付けた細い真《ま》っ直《す》ぐな鼻は神経質そうに震え、分厚い誇り高そうな口は休んでいる時はいかめしい感じだが、話し出したら非常に傷つきやすく見えた。髪よりも黒いはっきりした山なりの眉の下で、大きな瞼《まぶた》に包まれた目は終始、卑下《ひげ》した表情を浮かべていた。

「よく考えたうえでのことだと思うが」院長は言った。「君にはこれからもう一度、誰に咎《とが》められることもなく考える時間が与えられている。ここに入りたいというのは君が希望したことかね？　本当に心からそう思い、固く決心した事柄かね？　何でも思っていることを述べなさい」

若者の低い声は、決然としているというより、むしろ怒っているように聞こえた。「これはぼくの希望です、ファーザー」彼は自分の激しさにびっくりしたかのようにみえ、前よりも警戒しながら付け加えた。「どうか、ぼくをここに入れてください、ぼくは忠誠を誓います」

「その誓いは、もっとあとでよい」ラドルファスは微笑を浮かべて言った。「しばらくの間は、ブラザー・ポールが君の指導に当たるから、君は彼に従えばよい。成人してから修道院に入る者は、まる一年の見習い期間を過ごすことが習慣になっている。君には有望で実り多い時間が与えられているのだ」

それを聞いた途端、おとなしく下を向いていた頭がきっと上を向き、大きな瞼が動いて、ところどころ緑が射した暗いハシバミ色のはっきりした大きな目が現われた。光をまともに見ることが滅多にないためか、その目の輝きは驚きであると同時に、人を不安にさせた。声は上擦《うわず》って鋭くなり、院長に問いかけた時には、ほとんど狼狽《ろうばい》に近かった。

「ファーザー、それはどうしても必要ですか？　もしも一生懸命励んだら、その期間を短くすることはできませんか？　そんなに長く待つのは耐えられません」

院長は若者をじっと見てから、しかめ面をするように水平な眉根を寄せたが、それは不快というより、どちらかというと思案と驚きのしるしだった。

「そのような措置が適切と判断した時には、期間の短縮はありえないことではない。だが、あせりは最善の助言者ではないし、ことを急ぐのは最善の助けでもない。あまりに完璧を求めすぎてはいけない」

メリエットが言葉とその調子が持つ意味に敏感なことは明らかだった。明るい輝きを閉め出すように、彼は再び瞼を元のようにして、組み合わせた自分の手を見つめた。

「ファーザー、ぼくは指導に従います。でも、全身全霊で神に仕えるようになり、心の平安を得たいというのがぼくの心からの希望です」抑制した声が一瞬震えたようにカドフェルは思った。だが、ラドルファスがそれで気分を害したとは考えられなかった。院長は熱烈な志願者にも、ゆっくりと時間をかけて神への献身へと導かれる羊のような者にも、豊富な経験があった。

「君の希望は、いつか叶《かな》えられるであろう」院長は静かに言った。

「ファーザー、きっとですね！」確かにほんの一瞬だったが、声が震えた。驚いたような目は伏せられたままだった。

ラドルファスは親切な思いやりを見せて若者を立ち去らせ、彼が姿を消すと修士会を解散した。これは修道院に入る際の、一つの典型なのだろうか？　それとも、あの若者の熱意は尋常ではなく、ラドルファスほどの鋭い人なら疑念を抱くとともに遺憾に思い、これから以後の若者の行動をつぶさに観察しなければと思うようなものなのだろうか？　だが、ようやく望む場所にたどり着き、気分の高揚した真剣な若者なら、熱意の度がすぎ、先を急ぎすぎることもありうることではあった。いつでもしっかりと地面に足を着けて生活してきたカドフェルにとっては、人生の後半を静かな港に入って過ごそうと心を決めた時にも、格別変わりはなかった。そのためであろうか、彼はその熱烈な若者……何ごとにも度をすごしてしまい、たった一行の詩や、たった一節の音楽にも高々と飛翔する若者……に、ひとかたならぬ共感を覚えた。このように燃え立つ者の中には、生涯の最後まで燃え続けて多くの人々に火を灯《とも》し、何世代かあとまでもその光輝を残す者がいる。むろん、燃料が不足して消え去る者もいるが、他の人に害を及ぼすわけではない。あのメリエットという若者の小さな頼りない火は何を予告するものなのか、時が経てば明らかになるのだ。

シュロップシャーの執行副長官のヒュー・ベリンガーがマイスベリの荘園を離れて、シュルーズベリの監督にあたるべくやって来た。上司のギルバート・プレストコートがスティーブン王の半年ごとのマイケルマス巡視に合わせて、ウエストミンスターで王に会い、州情と財政の報告をするためにシュルーズベリをあとにしたからであった。ベリンガーとプレストコートの二人は力を併せて平和をしっかりと維持してきたから、シュロップシャーは他の地方のような無秩序をまぬがれていた。修道院もこれには感謝していた。ウェールズとの国境に近い多くの女子修道会などは、以前は略奪や占拠や強制疎開にさらされ、そのうちのいくつかは一度ならず砦《とりで》に変えられたりして、何の救済も受けられなかったからだった。スティーブン王の軍隊よりも、もう片方の女帝モードの軍隊よりも悪質だったのは、至る所に大小の勝手な武装集団が跋扈《ばっこ》して、それを抑える力がない所では略奪をほしいままにしていることであった。だがシュロップシャーではこれまでのところ、法の権威は守られていた。

ベリンガーはセント・メアリー教会の近くに家を見つけて、妻と幼い息子を無事落ち着けてから、城の守備隊の規律が守られていることに満足すると、まず恒例に従って修道院長の所に挨拶《あいさつ》に出向いた。むろん、彼はその時に、カドフェルの作業場を訪れることを忘れなかった。二人は古い友達で、世代が異なることによる気楽で寛大な関係を維持していただけでなく、共通の経験を分かちあったことによって同時代人としての自覚もあったから、父親と息子よりも近しかった。乱れた国にあって、二人は日々守ってゆかなければならない価値や規範に、常に心を集中させていた。

カドフェルはアラインはどうしているかと尋ねたが、その名を口にするだけで嬉しそうに笑みを浮かべた。彼は、ベリンガーが闘いによって彼女を勝ち得て、同時に非常な若さで高い地位を得た一部始終を知っていたから、彼ら二人の息子には、まるで祖父が抱くような誇らしさを感じていた。事実、その年の初めに行なわれたその子の洗礼式では、彼が名付け親になったのだった。

「輝いてますよ」ヒューは大満足で言った。「彼女はあなたの様子を聞きたがってました。時間ができたら、あなたを家に案内するつもりです。そうすれば、どんなに彼女が咲き誇っているか、その目で見られますからね」

「まったく、まれなつぼみだったからな」カドフェルは言った。「ところで、ジャイルズ坊やはどうしている？　あの子も、もう九カ月になるな。たぶん、猟犬の子みたいに、家じゅうの床を嗅《か》ぎ回っているんだろう！　赤ん坊というのは、まだ親の腕の中にいるうちから歩き出すからな」

「あの子のはいはいはすごくて」ヒューは誇らしげに言った。「あの子が奴隷のようにしているコンスタンスが普通に歩くのよりも速いんですよ。握力がまた強くて、生まれつきの剣士みたいなんです。しかし、まだ当分の年月の間は、そんなことにならないように願いますがね。そうでなくても、子供時代は短いんですから。それに、できたらあの子が成人する頃には、この混乱の時代は終わっていて欲しいです。かつてのイングランドは平和を享受していました。もう一度そうしなきゃなりません」

ベリンガーはバランス感覚にすぐれた快活な男だったが、自分の仕事と責任に思いをめぐらすと、時代の暗雲が否応なく暗い影を投げかけた。

「南のほうの動きはどうなってるんだね？」相手の顔に一瞬、陰が射したのに気づいて、カドフェルは聞いた。「どうやら、司教ヘンリーが音頭を取った協議は失敗したようだが」

ウインチェスターの司教で教皇遣外使節《けんがい》でもあるブロワのヘンリーは、スティーブン王の弟に当たり、スティーブンが何人かの司教を名指しで侮蔑《ぶべつ》して、教会に対して反旗をひるがえすまでは、兄の強力な味方であった。だが、現在のヘンリーが個人的にどの陣営の肩を持っているかは、はっきりしなかった。というのも、従妹《いとこ》にあたる女帝モードはすでにイングランドに上陸して、西方のグロスターを中心に陣営を構えていたからだ。極めて有能かつ野心家で実務家でもある彼は、どちらの陣営にもいくぶんかの共感を抱いているかもしれなかったが、どちらにも怒りを覚えていることもまた確かだった。親族の内輪揉《も》めの中にあって、彼の立場は一貫していた。すなわち、彼はこの春から夏にかけて、何とかして両陣営を和解させ……たとえ両者に不満足であっても……イングランドに一つの確固とした政府を作り、秩序を回復するための将来に向けてのプランを作りあげることに全力を傾けてきたのだった。この奔走の中で、ヘンリーはほんのひと月かそこら前に、両陣営の代表がバスの近くで会合するお膳立てまで整えたのだった。だが、そこからは何も生まれなかった。

「確かに、それで一時的に戦闘はやんだんですが」ヒューは事情通らしく言った。「結局、何の成果もなかったんです」

「何でも、女帝は教会を裁定者として自分の要求を出すことに応じたが、スティーブンはそれを拒否したとか」

「それは不思議でも何でもありません！」ヒューはかすかに笑った。「王はもう充分に得ているけれども、女帝のほうは何も得ていないからです。裁定に応じれば、どんな形であれ王はなにがしかを失い、女帝のほうは何も犠牲にすることなく、何かを得られるわけですから。たとえ裁定が不調に終わっても、女帝のほうは馬鹿を見るということがないんです。それに、王は……もっと賢明に振る舞えば良かったのですが……教会を侮辱した経緯があり、教会は見せしめの機会を狙《ねら》っています。だから、もともと成果が上がるわけもなかったんです。今、司教ヘンリーはフランスに行っています。彼はまだ諦めたわけではなく、フランス王とノルマンディーのテオバルト伯の後援を得ようとしているのです。恐らく、ここ何週間かは和解案を練ることに奔走し、そのあと舞い戻って、再び両陣営に呼びかけることでしょう。じつを言えば、ヘンリーはこのイングランドで、もっと有力な支持を取り付けたいのですよ。中でも北方のね。けれど、彼らは沈黙を守っていて、しゃしゃり出ようとはしてませんが」

「チェスターのことかね？」カドフェルは思い切って言ってみた。

チェスターのレイナルフは北方に広大な領地を構え、「王」といってもよいくらいの独立自尊の勢力者だった。彼は、女帝とは異母兄妹であり女帝陣営の旗頭であるグロスター伯の娘と結婚していた。だが、彼はどちらの陣営にも荷担《かたん》せず、これまでのところ兵を動かすことなく静観を決め込んでいた。

「彼と、彼の異母兄妹のルーメアのウィリアムのことです。ルーメアはリンカンシャーに広大な領地を持ってます。二人の力を合わせれば、容易ならざる一大勢力です。さいわい、彼らは、今バランスを保ってくれてます。けれども、いざとなれば相当のことができます。一時的な休戦状態でも、われわれにはありがたいんです。希望はあるかもしれません」

このところのイングランドでは希望ほど乏しいものはない、とカドフェルは思い、憂鬱《ゆううつ》になった。だが公正を期せば、ブロワのヘンリーはともかく、混沌《こんとん》の中に秩序をもたらそうと努力しているのだ。ヘンリーといえば、若くして聖職者の世界に入り、華麗な成功を収めた生き証人でもある。クリュニーの修道士、グラストンベリの修道院長、ウインチェスターの司教、そして教皇使節……それはまるで虹のように急激で華やかな出世であった。彼はもともと旧ヘンリー王の甥であり、むろんその出世は、この王の後ろだてなしには考えられない。ずっと階級の低い家出身の有能な次男坊、三男坊は、修道院に入って僧衣を身にまとうことを選んだとしても、みんなが司教冠《ミトラ》を付けることができるわけではない。たとえば、あの熱烈な口吻《こうふん》を漏らし、緑にきらめく目を持った、いかにももろそうな若者……彼はいったい、その階段をどこまで昇って行くのであろう。

「ヒュー」カドフェルは、あとで必要になった時の用心に、泥炭で火鉢の火勢を落としながら言った。「君はアスプレーに住むアスプレー一家について、何か知っていないか？　ロング・フォレスト沿いに南に少し行った所で、寂しい所のようだが」

「それほど寂しい所じゃありません」その質問に少し驚きながらヒューは答えた。「あそこには、隣り合うように三つの荘園がありますが、もとは一つの林間開拓地だった所です。荘園主たちはみな太守から土地の所有権を認められていましたが、今は王によってそれを認められています。そのうちの一つがアスプレー家です。当主の祖父は生粋のサクソン人でしたが、堅実な男だったので太守ロジャーに気に入られて、土地を与えられたのです。一家は今でもサクソン人の血を守ってますが、太守には依然として忠実で、王の支配下に入っても、それは変わっていません。当主はノルマン人の妻をもらい、その結果、ノッティンガムのさらに北のほうにも荘園を持つことになりましたが、アスプレーが領地の要《かなめ》であることは同じです。でも、アスプレーがどうしたというのですか？」

「そのあるじが雨中に馬に乗ってやって来て、どんな魂胆からか下の息子を修道院に預けたのだ」カドフェルは簡単に言った。「じつのところ、その真意を計りかねている」

「なぜです？」ヒューは肩をすくめ、微笑した。「ちっぽけな領地に、兄のある身。それなら武器を取るのが好きで、実力で奪い取りでもしない限り、土地は期待できません。修道院と教会はそう悪い選択ではありません。頭がいい若者なら剣を取るより、そちらのほうが出世する可能性があります。どこにおかしいところがあるんです？」

カドフェルの心には、その判断を裏付ける好例として、まだ若く精力的なブロワのヘンリーの姿が鮮やかに浮かび上がった。しかし、あの硬直したように震えていた若者に、政治の資質があるのだろうか？

「今のあるじというのはどんな人物だね？」壁ぎわのベンチに座る友の隣に腰を下ろしながら、彼は訊《き》いた。

「エシールレッドよりも古い家系の出で、たった二つの荘園の持ち主にすぎないのに、その誇りは並大抵ではありません。昔の諸侯は好んでそうした田舎に宮廷を設けていましたが、丘陵地帯や森の中には、今でもそのような家があるんです。彼の年は五十を少し回ったくらいと思います」ヒューはこの混乱の時期、自分の守備範囲にある土地や領主をつぶさに観察してきていた。「彼の名声は高く、噂も良好です。息子たちを見たことはありませんが、確か、二人の年は五つか六つ離れていたはずです。今度修道院に入った若者というのは、いくつくらいです？」

「十九だと自分で言った」

「何が気にかかるんですか？」ヒューは動じず、だがカドフェルの懸念《けねん》を感じ取って言った。

そして、肩越しにずんぐりした身体をちらっと見やって、急がずに返事を待った。

「あの従順さが気がかりなのだ」カドフェルはあの若者に、言葉ではなくむしろ想像力が欠落していることを発見して、そこで言葉を切った。「というのも、根は放縦《ほうしょう》だからだ。鷹かキジみたいな射すような鋭い目を持ち、眉は大きく張り出した岩のようだ。それなのに両手を組み合わせ、伏し目がちにして、まるで小言を言われている召使いのようだった！」

「自分の技巧を試して、修道院長の様子を観察したんです」ヒューはいとも簡単に言った。

「鋭い若者はそんなことをやります。あなたもそんな若者を見たことがあるはずです」

「むろん、それはある」時に恵まれた才能を過信して、その限界を心得ず、無茶をやろうとする野心的な若者がいる。だが、今度の若者に関しては、どこか違うと思った。修道院へ入ることを許されてからの、あの癒《いや》しようもないような飢えと渇き、それは一種の絶望であり、それ自身が目的であるかのように思われた。カドフェルはあの鷹の目が果たして、修道院の外の世界を見ているのかどうかといぶかしんだ。

「ヒュー、自分の背後で扉が閉まることを望む者は、中へと逃げ込みたい者か、それとも外の世界から逃げたい者のどちらかだ。この二つは違うんだが、君はそれを区別することができるかね？」

2

ゲイエ沿いの果樹園のリンゴは、この十月は豊作だった。だが、しばらくのあいだ天候が不順だったので、その週の半ばに訪れた三日続きの好天を利用して、一気に収穫をしなければならなかった。そこで、聖歌隊員から雑務係、学校の生徒を除く見習い修道士まで、すべての人手が狩り出された。それは楽しい仕事だったが、特に木に登ったり僧衣を膝までたくし上げたりすることを許された若者たちにとっては、一時的に少年時代に戻るような嬉しいひと時だった。

ゲイエに沿う修道院の畑のそばには、小売商を営む一人の町民の持つ小屋が建っていた。小屋には山羊とミツバチが飼われていた。この男の牧草地は狭かったので、果樹園の下草を刈って山羊の餌《えさ》にすることを許されていた。その日も彼は円形鎌を手にして……大鎌では具合が悪かった……リンゴの木の下に生い茂る長く伸びた草を刈っていた。それは、その年最後の干し草の収穫でもあった。カドフェルは気軽に挨拶を交わし、男と一緒にリンゴの木の下に腰を下ろして、いっときの世間話に興じた。シュルーズベリの住民でカドフェルを知らない者はほとんどいない。この男はたくさんの子供を抱えていた。カドフェルはあとで思い返してみて、その町人が鎌をリンゴの木の下に置きっぱなしにしたのは、自分が顔見知りのよしみで話しかけたせいだったかもしれないと思って、少し気に病んだ。町民は、まだ彼の膝くらいしかない一番下の息子が飛び跳ねながらやって来て、パンとエールの昼食の時間だと告げると、すぐに立ち上がった。鎌はリンゴの木の下の草むらに残された。カドフェルはぎこちなく立ち上がり、リンゴ摘みに向かった。町民のほうは息子を抱え上げ、そのおしゃべりに耳を貸しながら、立ち幅跳びを繰り返して小屋のほうへと立ち去った。

そのころにはもう、麦わらのかごはリンゴでいっぱいになっていた。カドフェルの知る限り、その年の収穫は最高ではなかったが、上々のものだった。半分霞《かすみ》がかかり、半分日が差す穏やかな日和《ひより》で、彼らのいる場所と、町の高い胸壁のシルエットとの間には、セヴァーン川が悠然と静かに流れていた。果物や乾いた草、種をつけた植物、日を浴びて温められ穏やかになった木々がかもしだす収穫の香りは、豊潤な甘い空気となって漂い、鼻孔を刺激した。さまざまな抑制が解き放たれ、心が軽くなって不思議はなかった。手が汗で濡れるにつれ、心はくつろいだ。

カドフェルは一心に働くメリエットの姿に気づいた。重い袖をまくって若者らしい形の良い丸々とした褐色の腕を見せ、すそは膝が見えるところまでたくし上げ、頭巾は肩からぶら下がっている。まだ剃髪《ていはつ》していない頭はもじゃもじゃで黒く、空を背景にくっきりと浮かび上がっている。ハシバミ色の目は大きく見開かれ、横顔は非常にはっきりしていた。彼は笑みを浮かべていた。それはひとり笑いで、内心の満足を表わしていることは間違いなかったが、ほんのいっときの移ろいやすいもののように見えた。

カドフェルは自分の仕事を黙々とこなしているうちに、若者の姿を見失った。リンゴの収穫に汗を流しながらでも、個人的な祈りに没頭することは充分に可能だった。だがカドフェルは、自分が感覚的な喜びにどっぷりと浸《つ》かっていて、メリエットもまたその顔付きからして、まったく同じであることに気づいていた。それは、その若者に似合っていた。

見習い修道士の中でも、よりによっていちばん体重があり、いちばんのろまな者が、下に鎌が待ち構えるリンゴの木に登ることになったのは不運だった。それに輪をかけて、その若者は枝の先っぽについているリンゴを取ろうと、夢中になりすぎたのだ。その木は枝の先のほうに実をつける品種で、その重みで枝はすでにたわんでいた。たまらず枝は折れ、若者は葉と小枝を飛び散らせながら、刃を上向きに置かれた鎌の上に落下した。

派手な出来事だったので、その音を聞きつけた数人の仲間がすぐに駆け付けて来た。カドフェルもその中に交じっていた。若者は腕と足を伸びきらせ、乱れた僧衣の中に身動き一つしないで横たわっていた。左の脇腹に大きなかぎ裂きができていて、鮮やかな血が袖口と下の草をまだらに染めている。突然の暴力的な死というものを見せるとすれば、その若者の姿がまさにそれであった。こうしたことに未経験な若者たちが、それを見て茫然自失《ぼうぜんじしつ》になったのも当然だった。

メリエットは少し離れていたので、落下の物音には気づかなかった。彼はリンゴを入れた大きなかごを抱え、川沿いの小道めざしてリンゴの木の間を抜けて来たところだった。大きく見開かれた目が、横たわる若者と、裂けた僧衣と、溢《あふ》れ出る鮮血に注がれた。瞬間、彼は矢を受けた馬のように棒立ちになり、思わずよろよろと後ろによろけた。かごが手から落ち、草の上にリンゴがばらまかれた。

彼は声を出さなかった。木から落ちた若者のそばにひざまずいていたカドフェルは、突然降って来たリンゴに仰天して、メリエットの顔を見上げた。それは生きている顔とはいえず、まるで粘土の死人のような顔だった。見据えた目はまるで緑色のガラスのようで、生きた輝きがなかった。それはまばたき一つせずに、刺殺された者のように草の上に横たわる若者に注がれていた。顔の線はどれもこれも縮こまって、鋭く青白くなり、再び生命を取り戻すとは思えないほどだった。

「馬鹿め！」すでに一人の馬鹿な若者を抱えていたカドフェルは、さらに驚かされたことに怒って、メリエットをどなりつけた。「何の助けにもならないなら、すぐにリンゴを拾って立ち去れ、わしから見えない所へ！　君には分からんのか、こいつは幹に頭をぶつけて気を失い、鎌で脇腹を傷つけただけだということが。このように苦しんで血を流しているというのは、生きている証拠なのだ。心配はいらん」

事実、若者はぼーっとなった片方の目を開けて、そのことを証明した。それから、誰のしわざでこうなったかと言わんばかりに、周りを見回し、ぶつぶつと自分の傷について文句を並べ始めた。ほっとした取り巻き連中は、彼のそばに寄って援助の手を差し伸べたが、メリエットは依然ひと言もしゃべらず、その後ろで黙々とリンゴを拾い続けていた。硬直した表情はようやく和らぎ、緑の目は生き返るとともに再び瞼に隠された。

若者の傷は、カドフェルが言ったように、厄介ではあったが浅いもので、一人の見習い修道士のシャツを切り裂き、リンゴかごの取っ手の修理に使われていた丈夫なリネンの紐《ひも》をほどいて、すぐに止血され、しっかりと包帯が巻かれた。頭には瘤《こぶ》ができ、ずきずきと痛んだが、それだけのことだった。立ち上がって足が大丈夫なことが分かると、大きな身体の頑健な仲間二人が両手と手首を組み合わせて椅子を作り、そこに若者を座らせてすぐに修道院へと連れ去った。あとには、草の上の乾いた血のしみの周りに、たくさんの踏み跡があることと、鎌がある以外は、何もなかった。一人のびっくりした少年がおずおずと鎌を取りに来た。彼はカドフェルが一人になってから近寄って来たが、大したことはなかったと元気づけられ、父親が犯《おか》した不注意を咎める者は誰もいないと聞かされて安心した。たとえ、忘れっぽい山羊飼いや、動作の鈍い太りすぎの若者がいなくても、事故は起こりうるものなのだ。

もう手がかかる者がいなくなってから、カドフェルは残された一人の姿を捜し求めた。黒い僧衣を着た若者はすぐに見つかった。彼は他の者に立ち交じって同じように働いていたが、顔を背《そむ》け続けていることだけが違っていた。また、今度の出来事の興奮が収まるとともに、他の者がまるでムクドリのようにかしましくそれについて話をしているのに、彼だけは無言だった。その動作は明らかにぎこちなく、まるで木の人形が動いているようで、誰かが近寄ると必ず肩を背けた。見られたくないのだ……少なくとも自分の表情のコントロールができるまでは。

　みんなは収穫したリンゴを修道院に運んだ。それら遅く収穫したリンゴはクリスマスまでとっておくため、大きな納屋の二階に備え付けられた浅箱に収納することになっていた。その帰り道……ちょうど夕べの祈り《ヴェスパー》に間に合う時間だったが……カドフェルはメリエットに近寄って行き、黙ったまま彼に歩調を合わせた。カドフェルには、自分が相手と同じ世界に生きている人間だと思わせる他には、何も特別な興味は抱いていないのだと思わせて、巧みに相手を観察する特技があった。

「皮膚を数インチ傷つけただけなのに、まったく大した騒ぎだった」カドフェルは相手を驚かせる効果を考えて、一種の言いわけを試みた。「急いでいたあまり、君には乱暴な言い方をした。すまなかった！　あの若者はすんでのところで、君が想像したような状態になりかねなかった。わしもはっきりと、君と同じ情景を思い描いたのだ。だが、今はもう、わしも君もずっと安らかに息ができる」

カドフェルを避けるようにしていた頭が急に振り向き、真っ直ぐな肩に沿って警戒するような目付きが彼を見た。緑色に燃えるきらめきは短い稲妻のように走り、たちまちのうちに消え去った。そして、驚くほど優しい声が聞こえた。「そうです、神に感謝します！　それにあなたにも、ブラザー！」その「ブラザー」という言葉は律儀な、あとからの応急の付け足しのように思われたが、それでもカドフェルには貴重なものに映った。「ぼくはほんとに役に立たなくて、あなたの言ったとおりです。ぼくは……慣れていなかったんです……」メリエットはぎこちなく言った。

「それは当然だ、君が慣れているはずがない。わしは君の二倍以上は生きているが、君と違って、修道士になったのはずっと遅かった。わしはさまざまな死を見てきている。わしは兵士だったし、船員でもあった……東方で十字軍に加わり、エルサレムが陥落してからも十年はそうだった。わしは戦いで人が殺されるのを見ている。そのことで言えば、わし自身も人を殺した。思い出しても、それは楽しいことじゃなかったが、誓いをした身として、わしはそれから逃げることはしなかった」

かたわらで何事かが起こり、若者の身体が注意を集中して緊張するのが分かった。修道院とは関係のない「誓い」という言葉を聞いて緊張したのだろうか？　その誓いにも生と死が含まれることを知って？　釣り糸の先に気恥ずかしい狡猾《こうかつ》な餌を付けた漁師のように、カドフェルは世間話を繰り広げ、相手の疑念を取り払い、注意を引きつけ、滅多にしないような自分の経験談を次々に披露した。一つの魂が確信にたどり着けないで苦しんでいる時に、修道院規範が推奨する沈黙が、本来の大きな目的の邪魔をしていいわけはない。年取ったおしゃべりの修道士が、この世界の半分を舞台に繰り広げた波乱に満ちた自分の過去の話をする……これほど害のない、心をなごませるものはないのではなかろうか？

「わしはノルマンディー公ロバートの隊に所属していたが、わしらは滅茶苦茶な混成部隊だった。ブリトン人、ノルマン人、フランドル人、スコットランド人、ブレトン人……それらがすべて一緒だった！　エルサレムを奪取しボールドウィンが王位に就《つ》くと、多くの者は二年か三年のうちに帰国の途に着いた。だが、わしはそのころ船員になって、聖地に残った。海岸線に沿って出没する海賊がいて、それらと戦う仕事があったのだ」

かたわらの若者は一言も聞き漏らさなかった。何も言わなかったが、まだ訓練を受けていない毛並みの良い猟犬が角笛を聞く時のように震えていた。

「最後にはわしも帰国した。そこが故郷であり、わしは故郷を必要としたからだ。そのあと、わしはしばらくあちこちで自由な兵士として仕え、壮年に達した。それが潮時になった。だが、わしは終始、自分の思いどおりに歩いてきた」

「それで、あなたは今、ここで何をしているんですか？」メリエットは不思議がって聞いた。

「薬草を育てて、それを乾燥させ、ここを訪ねて来る病人たちに薬を調合してやっている。わしは修道院の中にいる者だけでなく、多くの人たちの面倒を見ている」

「あなたはそれで満足していますか？」それは沈黙の抗議だった。カドフェルの説明は彼を満足させなかったようだった。

「長年人を傷つけたあとで、人の病気を治しているということにか？　だが、これ以上に適切なことがあるだろうか？　人はみな、しなければならないことをしている」カドフェルは慎重に言った。「自分で引き受けた義務が戦うことであれ、愚かな戦いをやめさせることであれ、殺すことであれ、死ぬことであれ、あるいは人を癒すことであれ、みな同じだ。何をなすべきかと君に言う者は多いが、多くの意見の中から真実を見つけることができる者は一人しかいない。君が、その当人なのだ、それがどのような光に導かれてであろうとも。君に分かるかね、ここでの暮らしで、わしにとっては何がいちばん困難な誓いだったかが？　服従ということさ。わしはもう年を取っているからな」

そもそも、好き勝手なこと、ずいぶん乱暴なことをやってきたのだから。だが、と彼は思った。この若者に確信がないままあまりに早く誓いを立てるなと言うことで、わしは何をしようとしているのか。

「それは真実です！」メリエットは出し抜けに叫んだ。「すべての人は自分に課せられたことをしなければなりません、疑念を挟まずに。それが服従ということだとしても」そして突然、彼はカドフェルのほうを振り返り、若くて、熱烈で、高揚した表情を向けた。それはまるで、たった今……かつてカドフェルがやったように……おのれの短剣の十字の柄にキスをして、「神の町」の解放と同じくらい神聖な目的に生涯を捧げようと誓いを立てたばかりのように見えた。

その日一日じゅう、カドフェルの心からはメリエットのことが離れなかった。夕べの祈り《ヴェスパー》のあと、彼はブラザー・ポールに、その日の果樹園での出来事にかかわる不安を打ち明けた。というのも、ポールは子供たちとともに修道院に残ったから、ブラザー・ウォルスタンがリンゴの木から落ちて怪我をしたことは報告で知っていても、メリエットがその時に見せた不可解な恐怖については知らないはずだったからだ。

「血を流して横たわっている人間を見て尻込みするのは、不思議でも何でもない。誰にとってもそれはショックだ。だが、彼の反応は間違いなく異常だった」

ポールは、メリエットという若者は分からないというように首を振った。

「彼の感じ方は、何に対しても異常なのだ。真の使命感に付きものの、落ち着きとか確信とかいうものが、どうしても彼には見出せない。あの若者はまるで義務そのものなんだ。何を頼んでもやるし、どんな仕事を言い付けてもこなす。わたしが導こうとするスピードよりも、もっと早く前に進もうとする。あれほど勤勉な生徒は初めてだ。しかしカドフェル、他の生徒は彼を好いてはいない。彼は他の者を避けている。彼に近づこうとした者たちが言うには、彼はじつに素っ気《そ　け》なく顔を背け、逃げて行ってしまうというんだ。一人きりでいたいんだ。

カドフェル、見習い期間を、あれほど熱意をこめて、しかもまったく喜びというものを見せないで過ごす者は、わたしの経験では初めてなのだ。あなたは、彼がここに来て以来、一度でも笑うのを見たことがあるかね？」

一度はある、とカドフェルは思った。今日の午後にウォルスタンが木から落ちる前、果樹園でリンゴを摘んでいた時だ。父親に連れられて来て以来、彼が修道院の壁の外に出たのは、今日が初めてだった。

「彼を修士会に引っ張り出すのは、いい方法だと思うかね？」カドフェルには疑問だった。

「それよりもいいやり方をした、自分ではそう思っているんだ。わたしはあのような気質を前にして、やみくもに不平を漏らしているつもりはない。じつは、彼のことについて院長に話をしたんだ。すると院長は、自分の所へ来させるようにと言って、さらにこう付け加えたのだ……わしは誰の話にでも耳を傾ける用意があると伝えて、安心させてやれ。自分の父親だと思ってわしに接してくれればよい、何も恐れることはないのだと。そこで、わたしは彼を院長の所へ行かせた。安心して思っていることを打ち明けてよいと言い含めて。ところが、どうなったと思う？　あの若者は『はい、ファーザー、いいえ、ファーザー、そうします、ファーザー』、それしか言わず、何一つ心の内を明かそうとはしなかったのだ。たった一つ口をついて出てきたのは、ここに来たのは間違いだったかもしれない、もう一度考え直すべきだったという言葉だけだった。そして、ただひたすら院長の前にひざまずき、聖職者になる誓いの時期を早めて欲しい、早く修道士にして欲しいと頼むだけだった。院長は謙虚ということについて教えを垂れ、見習い期間の重要性を説き聞かせた。彼はそれを心に刻んだようで、我慢すると約束した。だが、彼は相変わらずあせっている。わたしが渡す本は、またたく間に片っ端から読んでしまうし、どんな犠牲を払っても一刻も早く修道士になりたいと思っている。だから、彼より進歩の遅い者は彼に腹を立てている。彼より二カ月くらい前から勉強を始めた者は歩調を合わせることができるが、彼はそういう連中を軽蔑しているというのだ。彼がそうした連中を避けるところは、わたしもこの目で見ているんだ。あの若者には確かに困っている」

カドフェルもそうだったが、どの程度かは口にしなかった。

「不思議に思うんだが……」ポールは続けた。「院長は彼に、自分を父親と思って来るように、恐れることはないから、と伝えさせた。家を離れたばかりの若者にとって、これほど心強いことはないと思うんだが。カドフェル、あんたは、彼ら二人がやって来た時、その様子を見たかい？　一緒にいるところを？」

「ああ、だがほんの一瞬だった」カドフェルは慎重に答えた。「二人が馬から降りて雫《しずく》を払い、中に入るまでだ」

「あんたには、ほんの一瞬で間に合わなかったことなんてあるかい？」ポールは言った。

「あの父親なら、まったくそれで充分だ！　わたしはずっと一緒にいて、彼らの別れ際を見た。涙一滴もなく、厳しいひと言ふた言を漏らしただけで、息子をわたしに託してあの父親は立ち去った。そんな別れ方をする者も少なくはない。息子が別れに恐怖を……場合によってはそれ以上のものを……感じないですむようにと考えてのことだが……」

ブラザー・ポールはいまだかつて、自分の子を産ませたり、洗礼させたり、育てたりしたことはない。だが、かつての修道院長へリバートが……鋭い人でも賢明な人でもなかったが……ポールは決して若い者を欺《あざむ》くことはないと見抜いて、少年たちや見習い修道士たちの世話を任せたように、彼には特別な資質があった。「……だが、キスもしないで立ち去った父親を見たのは初めてだ」ポールは言った。「アスプレーのようなのは、前例がない」

就寝前の祈り《コンプライン》から二時間も過ぎると、細長い僧坊は闇に包まれ、残された明かりは教会へと通じる夜間用の階段の上に灯る小さなランプだけ、聞こえる音といえば、寝返りを打つ者の時折りの寝息と、寝就けない修道士の落ち着かない動きしかなかった。僧坊に入ってすぐの所に副院長ロバートの個室があり、そこから先に長い廊下が延びて、両側に個室が並んでいた。かつて老アダムが副院長だった頃には、その眠りが深いことを喜んだ何人かの若い修道士たちもいた。カドフェルも時々……むろんそれには彼なりの理由があったのだが……夜間用の階段を使って抜け出すことで知られていた。彼がヒュー・ベリンガーと初めて出会ったのも、夜に無断で抜け出した時のことだった。カドフェルはそれを後悔したことはなかった！　あの時はヒューは謎に包まれていて、敵なのか味方なのかまったく見当がつかなかったのだ。だが、証拠が積み重なるにつれ、はっきりしてきて、ついには最も近しい貴重な友となった。

夜の静寂《しじま》の中で、カドフェルは寝就かれずに考えごとをしていた。だが、それはヒュー・ベリンガーのことではなく、メリエットのことだった。草の上に死んで横たわる刺された人間を想像して、嫌悪感から反射的に立ちすくんだあの若者だ。幻を見たのだ！　あの怪我をした見習い修道士は、メリエットの部屋から三つか四つしか離れていない部屋にいる。包帯をされ、うずく脇腹をかかえて落ち着かなかったはずだが、何の物音もしないところからすると、ぐっすり眠っているのであろう。だが、メリエットはその半分もぐっすりと眠ることができているだろうか？　いったい、彼はどこで血まみれの死人を見たのか、なぜあれほど鮮明に想像することができたのか？

真夜中になるにはまだ一時間以上もあったが、完璧な静けさだった。熟睡できなかった者も、すでに音を立てなくなっている。院長の指示によって少年たちは年かさの者たちから離され、僧坊のいちばん奥の小さな部屋に眠っていた。そして、ブラザー・ポールがその部屋を守るように、すぐ手前の部屋を占めていた。院長のラドルファスはどんなに無邪気な者であっても、禁欲を誓った者を待ち受ける思いもかけない危険を見抜き、知り尽くしていた。カドフェルは完全に眠ることなく眠っていた。それは野営地や前線で、あるいは地中海の星空のもと甲板で外套にくるまりながら、しばしば実行してきたことだった。東方で過ごした過去を思い起こして、何も危険は考えられないにもかかわらず、危険に備えていた。

その叫びは暴力的に闇と静けさを貫いた。まるで悪魔のような手が、力ずくですべての者のまどろみと、夜の布地を引き裂いたようだった。それは屋根に向かって立ち昇り、天井の梁《はり》に当たって何者かの遠吠えのように震え、コウモリのざわめきのように反響した。それには言葉が含まれていたが、一つとして聞き取れるものはなかった。何かの呪いのように荒々しい早口だったが、息を吸うたびにむせぶように休止した。

カドフェルはそれが最高潮に達する前にベッドから起き出し、声が聞こえて来る方向に向かって手探りで進んで行った。もう、一人残らず目覚めていた。恐怖に囚われた声、狂ったような祈りの声が聞こえ、副院長のロバートがゆっくりと眠そうに、こんな時間に騒ぎを起こすのはどこのどいつだと叫んでいた。ブラザー・ポールの部屋の向こうからは、子供たちの騒ぎが聞こえて来た。いちばん幼い二人の子が怖がって泣き始めている。無理もない。こんなに乱暴に眠りを覚まされたのは初めてだし、何しろいちばん小さな子は七つなのだ。ポールは自分の部屋から飛び出して、彼らをなだめに駆け付けた。叫びとぶつぶついう声は、時には威嚇《いかく》するように、時には恐怖に囚われたように交互に続き、ますます大きく、ますます耐えがたくなった。聖人たちは神と話すという。いったい、この恐ろしい荒々しい声は、誰と話しているのか、誰と争っているのか、そもそもその言葉は苦痛なのか、怒りなのか、抗議なのか？

　カドフェルは蠟燭《ろうそく》を手にしていたので、まずは夜間用階段のそばにあるランプに火を灯そうと、ゆらめく暗闇の中を、興奮して飛び出して来て廊下をうろつく連中を押しのけて進んだ。叫びとも、呪いとも、嘆きともつかない、わけの分からない声は依然として耳を襲い、小さな部屋では、先ほどの子供たちが泣き叫んでいた。ランプの芯はようやく大きな炎になって燃え上がり、口を開け、大きく見開いた目で見つめるたくさんの顔と、屋根裏の梁を照らし出した。カドフェルにはもう、どこを捜せばいいか分かっていた。彼はうろうろする人たちを押しのけて、蠟燭を持ってメリエットの部屋へと向かった。まだ確信が持てない連中は、あまり近寄るのを恐れて、遠巻きにしながら後ろから付いて来た。

　メリエットはベッドの上に、硬直した姿勢で座り込んでいた。固い拳《こぶし》にした両手を毛布の中に置き、頭は後ろにそらし、目はしっかりと閉じて、全身で震え、何やら喚《わめ》いていた。だが、それはいくぶんほっとさせるものだった。どんなに苦しんでいても眠っていることは間違いなく、睡眠の状態を変えてやることができれば、何ごともなく目覚めるはずだった。見物人のすぐ後ろまで来ていた副院長のロバートは、不機嫌な顔付きで、手近な者の肩を摑《つか》んで揺すり始めた。カドフェルは慎重にメリエットの片方の腕を取ってそっと硬直した肩に回し、身体を抱きかかえるようにした。メリエットはぶるっと震えたが、痛ましい叫び声のリズムは途切れて、弱くなった。カドフェルは蠟燭を下ろし、掌《てのひら》を若者の額に当てると、静かに横になって枕に頭を当てるように促した。けたたましい叫びは子供の不満げなつぶやきに変わり、途切れ途切れになってやがて完全に収まった。硬直した身体は柔らかになり、ベッドに落ち着いた。ロバートがベッドのかたわらに達した時には、メリエットは無邪気に寝入っていて、すでに夢魔《むま》から解放されていた。

ブラザー・ポールは翌日、メリエットを修士会に連れて来た。明らかに重大な魂の危機に直面している者をどう扱ったらいいのか、指針を必要としたからだ。個人的には、ポールは若者の様子を一日か二日注意して見守り、いったいどんな心の悩みからあんな悪夢を見ることになったのかの見当をつけ、そのあと付き添ってやって、心の平安を求める祈りをさせてやりたかった。だが、副院長のロバートがそんな猶予を認めるはずはなかった。確かに、あの若者は昨日、仲間の一人が事故に遭《あ》うというショッキングな経験をした。だがそれは、果樹園で働いていたみんなにとっても同じであった。なのに彼を除いては、夜中に叫び声を上げて僧坊の全員を起こしたりした者はいない。ロバートは、たとえ寝ている時であれ、このようなものは意図的な自己表出であって、心に深く巣食う手に負えない悪魔のしわざであると考えていた。したがって、もっとも効果的に悪魔から解放されるためには、肉体は鞭打《むちう》たれる必要があると。そこで、修道院長に判断を仰ごうと思ったのだった。ポールは自分の考えと、すぐにも懲罰を加えるべきだという考えのはざまに立たされた。

メリエットは視線を落として手を組んだまま、みんなの真ん中に立ち、自分のまったく与《あずか》り知らぬ科《とが》が、てんでに議論されるのを聞いていた。夜半の祈り《マタン》の鐘が鳴った時、彼はみんなと同じように目覚めた……ただし他の者たちは、あの騒ぎのあと、何とか眠って平穏を回復した者たちだった。夜間用階段を一列になって降りた時も、沈黙が義務だったから、どうしてそれほど多くの者が自分を警戒するように見るのか、どうして仲間たちが自分とできるだけ距離を取ろうとするのか、その理由はまったく分からなかった。自分のやったことが明らかになった時、彼はそう述べたが、カドフェルはその言葉を信じた。

「わたしが彼をここに連れて来たのは、彼が意図的に何かの罪を犯したからではない」ブラザー・ポールは言った。「そうではなく、彼が助けを必要としているからだ。それは、わたしが一人で担うには不適当だ。ブラザー・カドフェルが語ったように……わたし自身は昨日は果樹園に出かけなかったから……ウォルスタンの事故がみんなに大きなショックを与えたことは間違いない。ブラザー・メリエットは急にその現場に出くわし、哀れなウォルスタンが死んだと思って強烈なショックを受けたのだ。このことが彼の心を苛《さいな》み、安らかな眠りを妨げる夢となって現われたのだろう。今の彼に必要なのは、静けさと祈りなのだとわたしは思うが、よろしくご指導を願いたい」

「ということは、彼はずっと眠っていたと言いたいのだな？」目の前にかしこまる若者を慎重に見やりながら、ラドルファスは訊いた。「僧坊の全員の目を覚まさせた時にも？」

「ずっと眠ったままでした」カドフェルは自信を持って言った。「あの状態の時に彼を無理に起こしたりしたら、恐らくもっと悪い結果になったでしょうが、彼は起きませんでした。慎重になだめてやると、彼は深い眠りに入り、苦痛から解放されたのです。彼は夢のことは何も思い出せないと思います。あれが夢だったとしても。今朝になって聞かされるまで、昨《ゆう》夜《べ》何が起こったのか、自分がどんな騒ぎを引き起こしたのか、彼が何も知らなかったことは確実です」

「本当です、ファーザー」メリエットは不安そうに、かすかに院長を見上げて言った。「ぼくは自分が何をしたのかを聞かされて、それを信じるしかありませんでした。とても不本意ですが。でも誓って、ぼくは何も知らないのです。たとえ悪い夢を見たとしても、何も覚えていません。もちろん、僧坊を騒がせた理由も分かりません。他の人にとってと同じようにぼくにもそれは謎なんです。ただ、再び起こらないことを願うしかありません」

院長は顔をしかめて考え込んだ。「あれほどの心の乱れが、何の理由もなく起こるとは考えにくい。恐らく、ブラザー・ウォルスタンが血まみれになって倒れているのを見た時の衝撃が、深い苦悩の原因になっているのであろう。だが、事実を認めることにおいても、自分の心を制御することにおいても、それほどに力がないということを、君はどう思うかね？真の聖職者になるために、良い前兆と思うかね？」

自分の地位を危うくするような言葉に、メリエットは動転したようだった。彼は突然、ゆったりした僧衣をマントのようにひるがえして、大げさにひざまずき、緊張した面持《おもも》ちで顔を上げ、両手を院長に向かって差し出した。

「ファーザー、ぼくを助けてください、信じてください！　ぼくの希望はここに入って、この規則がぼくに要求することなら、何でもそれに従い、ぼくを過去に縛りつけるすべての絆《きずな》を断ち切って、ここで平安を得ることなんです。ぼくの意図とか意志とかには関係なく、もしもぼくが罪を犯したり、何か規則に背くことをやったのでしたら、どうか許してください、そして罰してください。ふさわしいとお思いになる償いの罰を何でもぼくに科してください。でも、お願いです、決してぼくをここから追い出さないでください！」

「神への奉仕を志す者を、わしらはそれほど簡単に見捨てたりはしない」ラドルファスは言った。「同時に、時間と助けを必要とする者に対して、わしらはそれほど簡単に背を向けたりはしない。病的なほどに心を病む者には薬もある。ブラザー・カドフェルはそのような薬を用意している。だが、それらはあくまで事態が急を告げる時のものだ。君の場合には、祈りを重ね、自らの心を統御することによって、治療することができる」

「でも、もしもあなたが、ぼくの見習い期間を短くしてくれて、正式な修道士にしてくれるなら」メリエットは熱意をこめて言った。「それだけで、ぼくの状態は良くなり、疑問も恐れも消えてなくなるはずです……」

（希望もではないのか？）と彼を見ながらカドフェルは思った。そして、院長もまったく同じ思いを抱いたのではないかと推測した。

「修道士としての生活は、真にそれにふさわしい者に対してだけ許されるのだ」ラドルファスはきっぱりと言った。「君はまだ、その準備ができていない。君もわしらも、君がふさわしい状態になるまで、しばらくの間、辛抱しなければならぬ。あせればあせるほど、遅れる。このことを肝に銘じて、性急さをいさめることだ。しばらくの間、わしらは時間をおくことにしよう。今回のことについては、君が意図的にやったものでないことを認めよう。恐らく、君も二度とこのような苦しみを受けたり、騒ぎを引き起こしたりすることはないであろう。もう下がってよい。あとでブラザー・ポールが、わしらの決定を君に伝える」

メリエットは思案顔をした人たちをさっと見回してから、出て行った。残された一同は、彼の処遇について議論を始めた。副院長のロバートはメリエットが見せた恭順《きょうじゅん》には少なからぬ傲慢《ごうまん》さが含まれていることを鋭く見抜いて、重労働にしろ、パンと水だけの食事にしろ、鞭打ちにしろ、ともかく肉体に苦行を強《し》いることが、病んだ心を浄《きよ》め、集中させるにはいちばんだと主張した。これは、彼の気性からしても当然であった。だが、他の何人かの者は、ずっと単純な方法を提案した。メリエットの発作は確かに他の者には脅威だったが、意図的ではなかったのだから、罰を科すのは適切ではない、それよりも全体の平穏を考慮して、彼を他の者から隔離するほうが正しい……これがその主旨だった。それでも彼には罰と思われるに違いない、とブラザー・ポールは指摘した。

「どうやら、わしらは取り越し苦労をしているようだ」院長は最後に言った。「いったい、まがまがしい夜を一度も経験したことがなく、悪夢に苛まれたことが一度もない者など、わしらの中にいるだろうか？　一回はあくまで一回だ。わしらは何の危害も受けていないし、子供たちにしても同様だ。これが最初で最後だと、信じようではないか。もしも、再び同じことが持ち上がるなら、僧坊と子供たちの部屋の間の扉を二重にすればよい。そして、その時こそ、厳重な対策を考えることにしよう」

三晩は何ごともなく過ぎた。だが四日目の真夜中には、再び騒ぎが持ち上がった。最初の時ほどぎょっとするものではなかったが、心を騒がしたことにおいては同じであった。今回は荒々しい叫びこそなかったが、間をおいて二度か三度、興奮した大きな声が聞こえた。そして、かろうじて聞き取れた内容は、充分に不安をかき立てるものだった。メリエットの仲間たちは彼にいっそうの疑念を抱き、ますます彼を敬遠するようになった。

「彼はノー、ノー、ノー！　って、何度も叫んだんです」翌朝、メリエットにいちばん近い部屋にいる見習い修道士がポールに報告した。「それから彼は『そうします、そうします！』って言って、服従とか義務とかについて何か言いました……それからまた静かになると、彼はもう一度叫んだんです。今度は『血！』って。ぼくは目が覚めてしまっていたので、彼の部屋をのぞき込みました。すると彼は、手を揉みしだくようにして、ベッドの上に座り込んでいました。彼は再び横になり、それきり何もありませんでした。でも、彼は誰に向かって話しかけていたんでしょう？　ぼくは悪魔が彼にとりついているんじゃないかと、怖くなりました。それ以外に考えられるでしょうか？」

ポールはそのような飛躍した想像については無愛想に退けたが、自分でも耳にした言葉と、それが彼にも引き起こした不安については、否定しようもなかった。メリエットは自分がまた僧坊を騒がせたと聞かされて、再び驚くとともにうろたえた。そして、悪い夢を見た覚えはまったくないし、眠りを乱す可能性がある……たとえば腹痛のような……身体の不調もまったく心当たりがないと断言した。

「大きな叫び声じゃなかったから、今回は大した影響はなかった」盛式ミサのあと、ポールはカドフェルに言った。「子供たちの部屋の扉は閉めてあったし。わたしは噂を揉み消そうと必死なのだ。だが、みんなは彼を怖がるようになっている。彼らには平穏が必要なんだが、彼は明らかにそれに対する脅威なのだ。みんなは、彼の眠りの中に悪魔が姿を現わしたんだと噂している。それをここに持ち込んだのは彼で、次に誰にとりつくか分かったもんじゃないと。『悪魔の見習い修道士』、わたしは彼がそう呼ばれるのを耳にした。むろん、わたしは大きな声で注意した。だが、彼らがそう思っているのは事実なのだ」

カドフェル自身、その苦悩の声を聞いていた。今回は確かに圧《お》し殺したような声だったが、苦痛と絶望は聞き取ることができた。そして、他の者がどう取ろうと、これには人間的な理由があるに違いないと思った。だが、未経験で騙《だま》されやすく、迷信を信じやすい若い者たちが、それ以外の理由を考えて、それを恐れたとしても、何の不思議があるだろうか？

十月も半ばを過ぎた、まさにその日、ウインチェスターの大聖堂参事会員エルアードが、チェスターから南に向かう旅の途次、書記と馬丁とを伴って、ひと晩かふた晩の休息の予定でシュルーズベリを訪れた。だが、その理由は単に宗教的、儀礼的なものではなく、メリエット・アスプレーがここの修道院に見習い修道士として収容されていたからであった。

3

ウインチェスターのエルアードは学識のある黒衣の大聖堂参事会員で、フランスの大学からも含めて、いくつかの学位を取得していた。彼がブロワの司教ヘンリーに認められ、大聖堂における三人の最も高位な聖職者のうちの一人に抜擢《ばってき》され、いちばんの信頼を勝ち得ているのも、その幅広い学識と心の広さに起因していた。そのため、ヘンリーがフランスに出かけている間、彼は司教が手がけている仕事の大半を任されていた。

これほどの人物が客の時には、位階ではずっと低いカドフェルは修道院長の所に呼ばれることはなかった。だが、カドフェルはそのことに不満はなく、そこで何が問題になっているのかを知るために、ことさら努力する必要もなかった。というのは、執行長官が留守の今、政治的な問題が関係する会合にはヒュー・ベリンガーが顔を出すことが認められていて、彼は何か重要なことがあれば必ず友に教えてくれたからだった。

ヒューはあくびをしながら、薬草園の作業場にやって来た。エルアードのために用意された宿泊所の部屋まで、彼を送っていったところだった。

「なかなか大した男だ、司教ヘンリーが高く買うのも不思議ではない。カドフェル、あなたは彼を見ましたか」

「ここに到着した時に見た」大柄で、でっぷりと太ったがっしりした男だが、子供の時から狩猟をやり、若い頃から兵士のように馬を乗りこなしていた。剃髪して丸く硬そうな頭のぐるりに、もじゃもじゃの毛を生やし、馬から降り立った時には、剃った顎のあたりに黒々とした影が見えた。服は上質で流行《はや》りのものだが、あくまでも威厳を保ち、宝飾類は十字架と指輪だけだったが、どちらも凝《こ》った細工のものだった。顎と怖そうな目……鋭いが寛大な……が目立った。

「こんな所で彼は何をしているんだね？　司教はフランスに行って留守だというのに」

「司教がノルマンディーでやっていることと、同じことをしてるんです。つまりイングランドの完全な分裂を防ぐ方策を練るために、できるだけ多くの有力者の助力を得ようとしている間に奔走してるんですよ。司教はフランス王とノルマンディー公の支持を取り付けようとしている間にも、ぜひともレイナルフと彼の弟の動向を知っておきたいんです。彼ら二人は、この夏にヘンリーが呼びかけた会議にも関心を示さなかったんです。そこで、どうやらヘンリーはフランスに出かける直前、二人に礼を尽くすとともに彼の計画への賛同を取り付けるために、使者を派遣したようなんです。使者にはピーター・クレメンスという名の、若い出世頭の聖職者が選ばれました。ところが、この男がいまだに帰っていないんです。むろん、さまざまに解釈できるわけですが、どんどん時間が経ち、その男からも、北方の二人からも何の連絡もないという事態に、エルアードは苛立ち始めたんです。さいわい、両陣営が互いに牽制《けんせい》し合っている今は、南方と西方は一種の休戦状態にあります。エルアードは自らチェスターに出かけて、そこの状況を見ると同時に、使者に何があったのかを調べる絶好の機会だと考えたのです」

「だが、その彼に何が起こったのか」カドフェルは鋭かった。「どうやら、彼は今、再び南へ向かい、スティーブン王の所へ行こうとしているではないか。彼はチェスターでどんな迎え方をされたのか？」

「この上はないという、礼を尽くした歓迎を受けたらしい。わたしの推測では、エルアードは確かに司教ヘンリーの和平への努力に忠実に従っているが、明らかに女帝によりもスティーブンに肩入れしている。彼は今、急いでウエストミンスターに戻って王に会い、今がチャンスだと耳打ちしようとしている。つまり、王が今、北方に出向いて然《しか》るべき贈りものをすれば、チェスターとルーメアの好意をつなぎ止めることができると助言するつもりなのです。荘園を一つか二つに、喜ばしい称号……たとえばルーメアは実質的に今リンカーン伯なのだから、正式にそう呼んでもさしつかえないわけです……を贈れば、王に対する好意は間違いないと。どちらにしろ、エルアードの首尾は上々だったようです。二人は繰り返し王に対する忠誠を誓いました。もともと、レイナルフは自分の妻がグロスターのロバートの娘であるのに、一年ほど前にロバートが女帝をイングランドに上陸させた時も、旗幟《きし》を鮮明にしなかったんです。それがこうしてはっきりと王の側に付くと宣言したのですから、向こうの状況はエルアードの願ってもないものになったのです。だが、どうしてその知らせが、ひと月かふた月前に、ピーター・クレメンスによってもたらされなかったのか？ その理由は単純です！ 彼はチェスターに到達せず、したがって二人は使者の言葉を聞かなかっただけなんです」

「何の答えにもなっていないが、もっともな理由だな」カドフェルは笑わずに言い、友の気難しい顔を注意深くのぞき込んだ。「それじゃあ、彼はいったいどこまで行ったのかね？」

騒乱の渦中にある今のイングランドでは、身に付けているコート一枚や乗っている馬一頭のために、人が消されてしまう場合も少なくなかった。荘園は見捨てられて荒れ果て、森には管理する者がいなくなり、危険にさらされた村が丸ごと捨てられて朽ち果てるままになっているという場所もあちこちに見られた。だが一般的には、北方は南や西よりはこうした破壊をまぬがれていて、チェスターのレイナルフのような領主たちは、自分たちの土地を比較的平穏に治めていた。

「まさにそれが、エルアードがこの帰路に明らかにしようとしていることなんです、使者がたどった可能性がいちばん高い道筋を、虱潰《しらみつぶ》しにして。というのも、クレメンスはチェスターの近くまでは行っていないんです。しかし、シュロップシャーに入るまでの道筋では、何の収穫もありませんでした。チェスターには、クレメンスの痕跡は何一つ残されていなかったんです」

「シュルーズベリまで来る途中も、やはりそうだったのか?」ヒューには、さらに話があることは明らかだった。彼は顔をしかめて、細くて繊細な両手に挟んだ大きなコップに見入っていた。

「シュルーズベリの先まではです、カドフェル。といってもほんのちょっとの先ですが。エルアードはちゃんとした理由があって、ほんの数マイルですが、この先からここに戻って来たんです。彼が突き止めたピーター・クレメンスの最後の消息は、九月八日の夜、彼が自分の妻側の遠い従兄弟筋に当たる家に一泊したという事実でした。それがどこか分かりますか? レオリック・アスプレーの荘園ですよ、あのロング・フォレストの際《きわ》にある」

「なんだって!」

カドフェルは注意を集中して相手を見つめた。九月八日といえば、その日から一週間かそこらあとには、あの執事のフレマンドがやって来て、下のほうの息子が自分から熱心に希望しているので、ぜひ修道院に入れてやってくれという主人からの伝言を伝えたのだった。だが、前後関係はあくまで因果関係ではない。それに、一人の若者が急に修道院に入りたいと思い立ったにしても、それともう一人の男が同じ家で一泊して翌朝出発したこととの間に、いったいどんな関係がありうるだろう?

「エルアードはクレメンスがそこに泊まることを知っていたのか？　そこがクレメンスの縁戚に当たる家だということも？」

「司教ヘンリーもエルアードも、どちらもそのことを知っていました。荘園の人たちはクレメンスが来たところを見てますし、どんな歓待をされたかをてんでにエルアードに話したそうです。翌朝には、彼が出発するのを荘園の大半の人たちが見たそうです。アスプレーと彼の執事が馬に乗って、結構な距離を送って行ったことも確かめられています。彼が何ごともなく、元気にそこを出発したことは間違いありません」

「次の宿泊地までは、どのくらい離れていたのかね？　そこに彼が行くことは知らされていたのか？」もし、彼がそのことを知らせていれば、以来、ずっと彼の消息を心配している者がいるはずだった。

「アスプレーの話では、クレメンスはホイットチャーチに泊まる予定だったらしい。最終目的地のチェスターへは、そこからはもう半分もない。クレメンスはいつでも泊まれる場所があるからと言って、前もって知らせることはしていなかったという。そこに彼の足跡《そくせき》はなかった。彼の姿を見たり、噂を聞いた者もいないのだ」

「ということは、ここととホイットチャーチの間で消えたということだな？」

「もしも彼が計画を変更して、ルートを変えたのでなければ……。わたしの管轄下にある場所ですが、残念ながら、そう変更させる理由が皆無だというわけではありません」ヒューは憂鬱そうに言った。「わたしは万難を排して、秩序維持にはできるだけの努力を払っているつもりです。が、それでもすべての道が安全かというと、そうは言い切れません。彼は何かの噂を耳にして、道を変えたのかもしれません。しかし、彼が消えてしまったのは、気が滅入るけど紛《まぎ》れもない事実です。しかも、あれからずっと！」

「それで、エルアードは彼の行方を捜しているというのだな？」

「死んでいようと生きていようと」ヒューは厳しい顔付きで言った。「というのは、ヘンリーもそうしたいと思うに違いないからです。ヘンリーは彼を高く買っていましたから、ことの次第を明らかにしなければ気がすまないでしょう」

「じゃあ、君も捜索を頼まれたのかい？」

「いや、知り合ったばかりだから、彼もそこまでは言いませんでした。彼は公正な男です。自分で重荷の一部を引き受けて、何も文句は言いません。しかしこの州は、執行長官のもと、わたしが統括している所ですから、わたしは相応の責任を担うつもりです。わたしの管轄下にある場所で、一人の学者であり聖職者である男が消え去ったのです。このままでは不本意です」ヒューは抜き放たれた剣のような、銀色のつやを持つ不気味なほど柔らかい声で言った。

カドフェルは心に引っかかっていた最も重要な問いを発した。「エルアードはアスプレーと彼の家じゅうのすべての人間の証言を得たあとで、なぜ、このシュルーズベリに来る必要があると思ったのだろう？」だが、彼はすでに、その答えを知っていた。

「むろん、彼の下の息子が、ここで新入りの見習い修道士になっているからです。エルアードは完璧を求める男です。彼は、たとえあの一家のはぐれ者からでも、話を聞きたいのです。なぜって、あの荘園にいた者なら、誰かしらが何か重要なことを目撃していないとも限りませんからね」

鋭い考えだった。それはカドフェルの心に突き刺さって、投げ矢のように震えた。確かに、ありうることだ！

「彼はまだ、あの若者から話を聞いてはいないのだな？」

「まだです。彼はそのようなことで夕べの聖務日課を乱すつもりはなかったし……むろん、夕食をまずくしたくもなかったのです」ヒューはにやっと笑って付け加えた。「しかし明日になれば、彼はあの若者を広間に呼び出して、詳しい事情を聞くでしょう。それからあとは、ウエストミンスターで王に会い、できるだけ早くチェスターとルーメアを訪れるよう促すために、南へ向かって出発することになるでしょう」

「で、その時には君も同席するわけだ」

「そうするつもりです。もしもわたしの法の及ぶ地域で一人の男が無法にも命を奪われたとすれば、それに関わるような証言は、どんな人のものでも聞いておく必要があります。これはエルアードの仕事であると同時に、今やわたしの仕事でもあります」

「わしにも聞かせてくれるだろうな?」カドフェルは確信を持って言った。「あの若者が何を言ったか、どんな様子だったか」

「もちろん」ヒューはそう言って立ち上がった。

メリエットは修道院長のラドルファス、大聖堂参事会員のエルアード、それにヒュー・ベリンガー……彼らは教会と世俗を代表するここでの権力者だが……の前に引っ張り出されて質問されても、平静さを失わなかった。彼は目立つようなためらいも見せず、質問には簡潔率直に答えた。

クレメンスがアスプレーで一泊しようとやって来た時、彼はその場に居合わせた。クレメンスが来ることは前もって分かっていたわけではなく、彼は予告なしにやって来た。だが、いつ来ても親族として歓迎されただろう。彼は二、三年前に一度、客として訪れたことがあったが、今回は立派な実務家になっていて、貴族同然の地位を持つ人になっていた。メリエットは彼の馬を厩に収容し、手入れをしてやり、水と飼い葉を与えた。その間に女たちは彼を家の中に導き入れた。彼はメリエットの母親の従兄弟……二年ほど前に亡くなった……の息子で、一家はノルマン系の血筋に当たる。どんなふうに歓迎されたのかって? 最高の食事と酒が出され、夕食のあとには音楽が演奏された。そのテーブルには、隣の荘園の娘でメリエットの兄ナイジェルの婚約者が、やはり客扱いで付いていた。メリエットは大きく目を見開いて、平静な顔付きで、その時のことを語った。

「クレメンスは自分の任務のことを話したのか?」ヒューが突然聞いた。「どこに、どんな用向きで行くつもりかを?」

「彼はウインチェスターの司教の命で動いていると言いました。ぼくが同席していた時には、それ以上のことは話さなかったと思います。けれど、ぼくが席を立ったあとには音楽が響き、他の人たちはみんな席に座ったままでした。ぼくは厩の様子を見に行ったのです。父にはもっといろいろ話したかもしれません」

「次の日の朝にはどうだったかね?」エルアードが聞いた。

「ぼくたちは彼が起きて来るまでに、すべての準備を整えておきました。彼は朝早く出発したいと言っていたからです。父とフレマンドは……執事ですが……二人の馬丁を連れ、馬に乗って彼を途中まで送って行きました。ぼくと、それに召使いたちと、それからアイスーダは……」

「アイスーダ?」初めて聞く名前にヒューは思わず問い返した。メリエットは兄の婚約者の名前は言わないでいたのだった。

「ぼくの妹ではありません。彼女はぼくたちの荘園の南に境を接する、フォリエットの荘園の相続人なんです。ぼくの父が後見人になっていて、彼女の土地を管理し、彼女はぼくたちと一緒の家に住んでいます」そこには、取るに足らない妹のような存在、という口調が感じられた。「彼女はぼくたちと一緒に、玄関の所で丁重にクレメンスを見送りました」

「君はそれ以後、彼を見なかったかね？」

「ぼくは一緒には行きませんでした。でも、父は礼儀から必要以上に遠くまで送って行き、間違いない道まで案内して帰って来ました」

ヒューにはもう一つだけ質問があった。「君は彼の馬を手入れした。どんな馬だったかね？」

「素晴らしい馬でした。三歳以上にはなっていなくて、とても元気でした」メリエットの声が熱を帯びた。「背の高い黒っぽい鹿毛《かげ》で、額から鼻の所にかけて真っ白な流れ星があり、前脚の両ひづめのところが白くなっていました」

ということは、見つかれば簡単にそれと分かるし、それだけでなく、それほどの馬なら誰にとっても価値がある。

「もし、どんな理由からであれ、彼を殺害しようと思った者がいたとしても」ヒューはのちに、薬草園でカドフェルに語った。「それほどの馬なら利用価値があります。その馬は、ことホイットチャーチの間のどこかにいるはずです。その居場所が分かれば、手がかりの糸が摑めるはず。最悪のシナリオの場合でも、死人は隠せますが、生きている馬は遅かれ早かれ誰かの目に入り、遅かれ早かれ、わたしの耳にその噂が入るはずです」

カドフェルは夏の終わりに新しく乾燥させた薬草のかさかさいう束を、作業場の軒下に吊るす仕事をしていた。だが、ヒューの報告には細心の注意を払っていた。どうやらメリエットは、エルアードがアスプレーの一家からすでに引き出した以上のことは何も付け加えることなく、その場を退去したようだった。ピーター・クレメンスは立派な馬に乗り、ウインチェスターの司教の後ろだてというこのうえない保護を受け、いたって健康な状態でそこに到着し、出発した。彼は一マイルほどうやうやしく見送られ、そしてそれきり姿を消した。

「できたら、あの若者の返答を、そっくりそのままの言葉で聞かせてくれ」カドフェルは頼んだ。「内容には何も特別な発見はなくても、その表現の仕方は詳しく調べる価値がある」

ヒューは優れた記憶力の持ち主だった。そして、メリエットの答えを抑揚まで含めて再現した。

「しかし、馬の適切な描写を除けば、ここには何もありません。彼はすべての質問に答えましたが、何も新しいことはないんです。ということは、何も知らないということです」

「だが、彼はすべての質問に答えてはいない」カドフェルは言った。「彼はいくつかの注目すべきことを語ったのではないか、とわしは思う……それらがクレメンスの失踪に関係があるかどうかは疑問だが。エルアードは彼にこう質問した……『君はそれ以後、彼を見なかったかね？』。彼は『ぼくは一緒には行きませんでした』と答えた。だが彼は、クレメンスを二度と見なかったとは言っていない。それから彼は、召使いたちとフォリエットの娘がクレメンスを見送ったと言った時、『それにぼくの兄も』とは言わなかった。兄については、馬に乗って見送って行ったとも言っていない」

「確かにそのとおりです」ヒューは同意したが、それほど感心した様子はなかった。「しかし、そのどれを取っても、何かを意味しているとは思われません。どんな小さなことも疑われまいと、一言一句に注意する人なんてほとんどいません」

「それはわしも認める。だが、このような小さなことに注意し、どうしてだろうと考えてみることは、無駄なことではない。嘘をつくことに慣れてない者がそうせざるをえなくなった時には、何とかして質問を回避しようとするものなのだ。だが、この場合は、もしも君がその馬を、ここから三十マイルも離れたどこかの厩で見つけるようなことにでもなれば、メリエットの言葉の裏に隠された意味を逐一追跡することなど不要になる。そうなれば、追いかける対象は彼の一家の範囲を越えるものになってしまう。彼らはピーター・クレメンスのことなど、時折りのミサの中で親族の魂の平安を祈る時を除いて、忘れることができる」

エルアードは書記や馬丁やいっさいの荷物ともども、ロンドンへと旅立った。心はスティーブン王に説いてクリスマス前には北方への外交的訪問を決断させ、その一帯をほぼ東西の海岸線にわたって手中にしている二人の有力な兄弟と結び、自らの支配権を確実にするよう勧めることにあった。チェスターのレイナルフとルーメアのウィリアムは、すでにその時の祝宴を夫人ともどもリンカーンで催すことに決めていた。ほんの少しの外交的お世辞と、一つか二つのちょっとした贈りものが、大きな収穫をもたらすはずであった。すでに道筋を付け終わったエルアードは、王の一行に加わって、再び彼らを訪問するつもりであった。

「その時には」エルアードは修道院の広場でヒューに別れを告げながら言った。「わたしは王の一行からちょっと道をそれ、再びここに顔を出すつもりだ。その頃には、君から新しい知らせを聞けることだろう。なんせ司教は、大変心配して知らせを待っているだろうから」

エルアードは出立し、ヒューにはピーター・クレメンスの捜索を続けることが残された。それは今や実際的な意味からいっても、彼の乗っていた馬を捜すことであった。ヒューは集められる限りの人間を集めて北へと向かう主要な道沿いに展開し、荘園主を訪ね、厩へと押し入り、旅人に聞くなどして、精力的に捜索を繰り広げた。立ち寄る可能性の高い場所からは何も得られないことが明らかになると、捜索はもっとひと気のない場所に向けられた。州の北方の土地は平坦で森は少なく、ヒースや灌木《かんぼく》の生える広大な荒れ地が広がり、いくつかの大きな泥炭地が点在していた。泥炭地は耕地にすることもできない侘《わび》しい湿地だが、土地の人たちは安全な水路を知っていて、泥炭を切り取って冬場の燃料に充《あ》てていた。

アルキントンの荘園は、暗褐色の水面が広がり、ゆらゆら揺れるコケと藪が生い茂るこのような荒れ地のほとりに面して、暗いどんよりとした空の下にうずくまっていた。耕地は痩《や》せ、荘園は見る影もなく荒廃していたから、王族が乗るにふさわしい堂々とした鹿毛の毛並みの良い馬が、こんな所の馬囲いで草を食んでいるはずもなかった。だが、ヒューが捜していた馬を見つけたのは、その場所だった。白い流れ星のある顔、前脚のひづめの部分の白、すべては間違いなかった。手入れが悪くてみすぼらしくはなっていたが、それを別にすれば体調は良好のようだった。

そこの主人は屈託なく自分の獲物を披露して見せ、隠しだてするようなところはまったくなかった。彼はウェムの荘園主から土地を又借りしている自営農民で、思いがけず自分の厩の客となった馬について嬉々《きき》として説明した。

「閣下、ご覧のようにあいつは今元気ですが、ここに来たばっかりの時には、あんなじゃなかったんです。どう見ても、しばらくの間、放れ駒だったように見えました。あいつが誰のものか、どっからやって来たものか、見当がつく者は、わしらの中には一人もおりませんでした。わしの下男の一人が、ここから西へ行った所にある湿地の島に開拓地を持っておりまして、そこで泥炭を掘ってます。奴がいつものように仕事をしていると、あの馬がふらふらと姿を現わしたってわけです。鞍も馬勒《ばろく》もみんな付けてましたが、乗り手は見当たらず、奴は捕まえようとしたんですが、馬は逃げるばかりでした。奴は何度もやってみた挙げ句、飼い葉を与えることを思いつきました。すると、さすがに馬はそれを食いに来ましたが、どうしてなかなか利口で捕まりません。わしらがかなり近寄ることができるようになる頃には、あいつは肩までどろんこになっていて、馬勒のほとんどはなくなり、鞍は半分ずれ落ちて脇腹のあたりにかろうじて引っかかっているような状態でした。結局、最後にはわしが雌馬を用意して、そいつを杭《くい》につないでおきました。そいつのおかげで、やっと捕まえることができたという次第で。一度捕まえるとおとなしいもんで、馬具をはずしても、手入れをしてやっても、喜んで身を任せてました。しかし、誰の持ちものかは分かりません。そこでわしはウェムの領主に馬のことを報告し、どうしたらいいか決まるまでこうしてあいつを預かっているというわけで」

まったく率直で誠実で、その言葉を疑う理由は見当たらなかった。そこは、ホイットチャーチへ向かう街道から一マイルか二マイル離れた所で、町からもほぼ同じくらい離れていた。

「馬具も保管してあるのかね？　そのままの状態で？」

「厩の中にしまってありますから、いつでもお渡しできます」

「だが、乗り手は見当たらなかった。そのあとで乗り手を捜すことはしなかったのか？」

泥炭地は、よそ者が夜間に通ることができる場所ではない。うっかり者の旅人なら、昼の明るい時でも安全とは言えないのだ。ここの沼は底深くに、たくさんの骨を隠しているはずなのだ。

「むろんそうしました、閣下。このあたりには、ここのすべての水路とすべての小道、足を踏み入れても大丈夫なすべての島を知ってる者がいます。わしらは、乗り手は馬から投げ出されたか、それとも馬と一緒に倒れたかして、馬だけ助かったものと考えました。時々あることなんです。しかし、痕跡はまったく見つかりませんでした。それに、あの馬は確かに泥だらけでしたが、後ろ脚の膝の関節より上まで泥にはまったかどうかは疑わしい、とわしは思いました。鞍に乗り手を載せたままそんなに深く泥にはまれば、助かるのはむしろ乗り手のほうです」

「ということは」相手に鋭い視線を走らせてヒューは言った。「あの馬は乗り手がないままで、ここに迷い込んだと言いたいのだな？」

「わしはそう思います。南に数マイルの所には森があります。もしも追《お》い剝《は》ぎがそこで乗り手を襲ったとすれば、あの馬を捕まえておくのは難しかったかもしれません。あいつは迷ってここまでやって来たんだとわしは思います」

「その開拓地にいる下男とやらの所までの道を、わしの執行官に教えてやってくれ。その男に聞けばもっと多くのことが分かるだろうし、あの馬が迷っていた場所を見ることもできる。じつは、ウインチェスターの司教の下で働く一人の聖職者が、行方不明なのだ」明らかに誠実なその男を信用して、ヒューは打ち明けた。「恐らく死んでいるだろう。あの馬はその男のものなのだ。もしも、さらに何かが分かったら、このわし……シュルーズベリ城のヒュー・ベリンガーまで知らせてくれ。悪いようにはせぬ」

「じゃあ、あの馬を連れて行ってください。名前も分からんので、ラセットって呼んでたんですが」

男が編み垣から身を乗り出して指を鳴らすと、鹿毛の馬はすぐに近寄って来て、男の伸ばした掌に鼻がしらを擦り付けた。

「こいつがいなくなるのは残念だ。毛並みのつやはまだ完全じゃないが、すぐに元どおりになる。ざらついた所と、ヒースの破片は取ってやったんだが」

「わしはきちんとした値段でこれを買い取るつもりだ」ヒューは穏やかに言った。「これだけやってくれたのだから、当然の報酬だ。さてと、馬具も見ておいたほうがよいだろう、大した収穫は期待できないが」


ヒュー・ベリンガーが修道院の正門から入って来て、便宜上ラセットと呼んだその馬を厩へと連れて行こうとしていた時は、たまたま見習い修道士たちが午後の授業のために、広場を横切って回廊へと向かう時間に当たっていた。その馬はウインチェスターの司教の財産だから、それを置いておくのは城よりもここのほうが都合がよかった。いつか近い将来に司教に渡せばよかった。

カドフェルはちょうど回廊から出て来て薬草園へと向かうところだったから、見習い修道士たちと鉢合わせをする形になった。メリエットは一同の後尾のほうにいたから、引き手綱を付けられた背の高い鹿毛の馬が、広場へと速歩で入って来るのを目撃した。馬は銅色の首をアーチ形にしならせ、白く細長い流れ星をきらめかせ、白い毛に覆われたひづめを小石の上で優雅に運んでいた。

カドフェルはその出会いをはっきりと見た。馬はきれいな顔をぐいとそらし、首と鼻の穴を突き出すようにして、穏やかにいなないた。若者の顔はみるみる、その馬の流れ星のように白くなった。そして、あわててもとの慎重な歩調に戻った。瞬間、陽光に照らされて緑の輝きが目に現われた。若者はそれから自分を取り戻すと、仲間に付いて急ぎ足で回廊へと入って行った。

その晩、夜半の祈り《マタン》の一時間前、僧坊の静けさは「バーバリー……バーバリー……」という大きな叫び声で破られた。そのあとには、長く甲高《かんだか》い口笛が一回だけ聞こえた。カドフェルはいち早くメリエットの部屋に飛び込むと、若者の額と頬とすぼめた口に手を這《は》わせてなだめ、まだ眠ったままの彼をゆっくりと枕に横たえてやった。頂点に達していた夢は（それが夢だとして）それで急に和らげられ、口笛は消え入るようにやんで静かになった。カドフェルは驚いて駆け付けた修道士たちに渋面を見せ、静かにさせて追い払った。副院長のロバートも、自分も含めてのみんなの迷惑を考慮して、若者をあえて揺り起こそうとはしなかった。周りが静かになり暗くなったあとも、カドフェルは長いことメリエットのベッドのそばに座っていた。自分でも、何を期待しているのか分からなかった。だが、それに対する準備ができたことを、彼は内心喜んでいた。明日になれば、いずれにしても結果は分かる、凶と出るか吉と出るかは分からぬが。

4

メリエットは早朝の祈り《プライム》の時間に腫《は》れぼったい目をして、沈んだ様子で起き出したが、夜中に起こったことについては何も知らなかった。修士会のあと、彼はすぐに厩に行って執行副長官と話をするようにと言われたので、恐怖と不安と不快感を抱いている修道士たちから、それらをまともにぶちまけられないですんだ。

ヒューは厩の中庭にあるベンチの上に、変色してあちこち傷んだ馬具を広げていた。そして一人の馬丁が、柔らかな朝の光の中で、ラセットを気持ち良さそうに引き回して散歩させていた。

「今さら、何も言うことはあるまい」近寄ってくる若者の変な服を見ても、その馬が白い線の入った額をぐいと上げ、鼻の穴を大きく広げる様子に目を細めながら、ヒューは快活に言った。「あいつが再び、君に気づいたことは間違いない。君があの馬を知っていることも明らかだ」

だが、メリエットは自分からは何も言わず、次の質問を待っていた。

「この馬は、ピーター・クレメンスが君の家をあとにした時に乗っていた馬か？」

「そうです、この馬です」彼は唇をなめ、馬のほうにたった一度ちらっと目を走らせただけで、下を向いたままだった。彼は何も訊かなかった。

「君があの馬の手入れをしたのは、その時が初めてだったのか？　あいつは君のほうに来たがっている。君に認めてもらいたいのだ、よければなでてやりたまえ」

「あの晩、あの馬を厩に連れて行き、手入れしてやり、水や飼い葉をやったのはぼくです」メリエットは低い声で口ごもるように言った。「朝には、鞍を付けてやりました。もちろん、その時が初めてです。ぼくは……馬の扱いがうまいんです」

「だろうな。じゃあ、君はこの馬具も扱ったわけだ」それは素晴らしく立派な馬具で、鞍には染め革の象眼《ぞうがん》が施され、馬勒は……今はあちこちへこみ、汚れていたが……銀細工で装飾されていた。「君はこれを覚えているかね？」

「ええ、これは彼のものでした」メリエットは答え、それから恐る恐る、初めて自分のほうから質問した。「バーバリーをどこで見つけたんですか？」

「それがあの馬の名前かね？　持ち主が教えてくれたのか？　見つかったのは、ここから北へ二十マイルも離れた、ホイットチャーチ近くの泥炭地の湿地の中だ。もうよい、わしの訊きたいことはこれだけだ。もう、自分の仕事に戻りたまえ」

朝の沐浴《もくよく》のために洗面所の水桶の周りに集まったメリエットの同僚たちは、彼がいない時を最大限に利用しようとしていた。彼を悪魔にとりつかれた者と見なして恐れている者、超然とした態度に怒りを覚えている者、彼の沈黙を自分たちに対する軽蔑と見なしている者……すべての者が彼に対する不平不満を言い募って大きな声を出していた。副院長のロバートはいなかったが、その書記を務める腰巾着《こしぎんちゃく》のブラザー・ジェロームはそこにいて、耳をそばだて、注意して聞いていた。

「ブラザー、あなたもお聞きになったはずです！　昨日の晩、彼はまた叫び声を上げて、われわれ全員を起こしたのです……」

「彼は悪魔に叫んでいました。ぼくは悪魔の名前を聞きました、バーバリーっていうんです！　悪魔は彼に口笛で応《こた》えたんです……しゅうしゅういう音を立てたり口笛を吹くのは悪魔だってことは、みんなが知ってます！」

「奴はわれわれの中に悪霊を持ち込んで来たんです。われわれは命を脅かされてるんです。夜もろくろく眠れません……ブラザー、われわれは心底恐れているんです！」

ナッツ色をした頭のてっぺんを取り巻く密生した白髪混じりの髪にくしを通しているところだったカドフェルは、話に割り込もうかと思ったが、結局考え直した。腹に貯《た》めていることをみんな吐き出させたほうがよい、そうすれば、どんなにそれがたわいないものであるか、はっきり分かるというものだ。あのような夜の騒ぎに単純な心は恐怖に戦《おのの》いたはずで、彼らが本心から迷信的な恐怖を感じていることは間違いなかった。今ここで彼らを沈黙させても、怒りを内にくすぶらせるだけにすぎない。何もかも吐き出させてしまえば、空気も透明になる。カドフェルはそう思って自粛した。だが、聞き耳だけは立てていた。

「この件を再び修士会で取り上げるよう、計らうことにしよう」ジェロームは約束した。彼は、副院長への嘆願の窓口になることで権勢を維持していた。「夜の平安が得られるように、適切な措置が取られるはずだ。必要なら、それを乱した者は隔離しなければならない」

「でもブラザー」メリエットのいちばんそばの部屋にいる若者が泣き言を言った。「もしもあいつが、離れた部屋に見張りもなく閉じ込められることになったら、どんなことになるでしょう？　あいつは今よりもっと気ままに振る舞って、悪魔はもっと力を貯え、他の者にとりつくようになるんじゃないかと心配です。そんなことになったら、あいつはぼくらの頭の上に屋根を落としたり、ぼくらの足の下にある貯蔵庫に火を付けるかもしれません……」

「そんなふうに考えるのは、神の摂理への信頼が足りないからだ」ジェロームはそう言いながら、胸の十字架に指を這わせた。「ブラザー・メリエットは確かに大きな騒ぎを起こした。だが、彼が悪魔にとりつかれているなんて言うのは……」

「でも本当なんです、ブラザー！　あいつは悪魔からもらったお守りを持っていて、それをベッドの下に隠してるんです。ぼくは知ってるんです！　あいつの部屋をのぞき込んだ時、あいつがこそこそと、何か小さなものを毛布の下に隠すのを見たんです。ぼくはただ、詩篇の中の一行の意味を聞こうとしただけなんです、あいつは何でも知ってますから。あいつは何か手に持っていて、それを素早く隠すと、ぼくとベッドの間に立ちはだかって、それ以上は部屋に入らせてくれなかったんです。あいつはぼくを脅《おど》すようににらみつけました。ブラザー、ぼくは怖いんです！　ぼくはそれ以来ずっと、あいつを見張ってきました。誓って間違いありません、あいつはお守りを隠していて、夜になるとベッドの上に引っ張り出すんです。あれはきっと悪魔のシンボルで、いつかはぼくら全員に危害を加えるものに違いありません！」

「わしには信じられんが……」ジェロームはそこまで言ってから、自分の信じやすさを反省して、言葉を切った。「君は本当にそれを見たのか？　ベッドの中に、と君は言ったな？　何かおかしなものを隠したと？　それなら、規則違反ということになる」簡易ベッドと椅子と、読書用の小さな机と勉強のための本を除いて、僧坊の中になくてはならぬものは何だろう？　これ以外には、お互いの思いやりによってしか維持されない私的自由と静寂だけしかない。なんせ、個室同士を隔てているのは形ばかりの羽目板にすぎないのだから。

「ここに入る見習い修道士は、すべての俗世間の品物を放棄しなければならない」明らかな規則違反の香りを嗅ぎ取ったジェロームは、肩をそびやかして言った。絶好の機会だった！　訓戒を垂れるのは、彼にとっては何よりも好きなことだったからだ。「わしはブラザー・メリエットに話をしなければならぬ」

それに勢いを得て、見習い修道士たちはジェロームに対して口々に、もっと素早い対応を迫った。

「ブラザー、あいつが部屋にいない今のうちに、あいつの部屋を調べて、ぼくが嘘をついていないことを確かめてください！　お守りさえ取り除けば、もう悪魔もあいつに力を奮えません」

「そうなれば、平穏を取り戻すことができます……」

「一緒に来い！」ジェロームは心を決めたとみえ、勇んで言った。そしてカドフェルが動き出す前に洗面所から飛び出し、足早に僧坊へと続く階段に向かって行った。見習い修道士たちは遅れまいとすぐあとに従った。

カドフェルはうんざりする嫌悪感を抱きながら彼らのあとを追ったが、差し迫った緊迫感は感じていなかった。さいわいメリエットは今自分の部屋にはいなくて、厩でヒューと話をしているところのはずだし、むろん彼の部屋に入ったところで、彼を取り押さえることができるようなものは、何も見つかるはずはない。悪意はとんでもない飛躍した想像を引き起こす。彼らは失望して、我に返るくらいが落ちだろう。カドフェルはそう願った！

だが、そうは思いつつも、階段を足早に昇って行った。

その時、さらにあわてて急ぐ者がいた。階段を駆け上がって来る軽く鋭い連続した足音が後ろから響いて、あわてふためいた身体が僧坊の入口でカドフェルを追い抜き、あっというまに数ヤードほど先のタイル敷きの廊下に出ていた。僧衣をひるがえして、怒ったような大きな歩幅で進むメリエットだった。

「聞いたぞ！　おまえたちの言うことを聞いたぞ！　ぼくの持ちものに触れるな！」

あの、従順な低い声はどこへいったのか、うつむき加減の目と、慎み深く組まれた手は？　今やその若者は怒り狂った小君主に変身し、自分のものに手を触れるなと厳しく命令しながら、拳を作り目を血走らせて、無礼を働く者たちに向かって突進していた。カドフェルは押しのけられて一瞬バランスを崩した瞬間、ひるがえる相手の袖を摑まえたが、一、二歩引っ張られて振り切られただけだった。

好奇心いっぱい、メリエットの部屋の入口に恐る恐る集まっていた見習い修道士連中は、用心しながら部屋の中に首を突っ込み、色あせた黒い僧衣に包まれた尻を廊下の外に出していた。だが、怒り心頭に発した亡霊が勢いよく廊下をやって来るのに気づくと、びっくりして振り向き、あわてた雌鶏のように騒がしい声を発しながらばらばらと逃げ去った。メリエットは自分の部屋の入口で、ちょうどそのとき中から出て来たブラザー・ジェロームと鉢合わせした。

一見して、それは非常に不釣り合いな対決だった。片方はまだ一カ月かそこらしか経っていない見習い修道士で、すでに問題を起こして注意を受けている身、もう片方は副修道院長の右腕であり、むろん正規の聖職者で懺悔《ざんげ》僧、おまけに見習い修道士たちの監督を任されている二人のうちの一人だった。そのことが一瞬、メリエットをためらわせた。カドフェルは息を切らしながら彼の耳の近くで囁《ささや》いた。「自重するんだ、愚か者が！　鞭で打たれることになるぞ！」

だが、カドフェルのせっかくの助言も無駄だった。メリエットは耳を貸すこともしなかった。良識を取り戻したかもしれない瞬間は、もう過ぎ去っていた……彼の目はすでに、ジェロームがまるで不潔なものでも手にするように、鮮やかな色の小さなものを指からぶら下げ、自分の目の前に突き付けているのを捕らえていたのだ。若者の顔は蒼白《そうはく》になった。だが、それは恐怖によるものではなく、純粋な怒りからきたものだった。くっきりした表情を作っているありとあらゆる骨の線が凍り付いた。

「それはぼくのものです」柔らかいが、断固とした口調で彼は言い、手を差し出した。「ぼくに返してください！」

その口調に、ジェロームは爪先で立ち上がり、雄の七面鳥のように尊大な態度になった。薄い鼻梁が怒りに震えた。

「おまえはそのことを、はっきりと認めるつもりか？　恥知らずめ！　覚えていないのか、おまえはここに入りたいと嘆願した時、『わたしのもの』をきっぱりと否定したはず。ここでは私物は許されていないのだ。修道院長の許可なく私物を持ち込むのは規則違反に当たるのだ。罪なのだ！　然るにおまえは、これを意図的に持ち込んだ。これは、おまえが果たしたいと願っている修道士の誓いに対する、これ以上はない裏切りだ。しかも、こんなものをベッドでもてあそぶとは、偶像崇拝そのものに他ならない。それを、あえてやろうというのか？　ええ？　おまえは修士会でこのことを説明しなければならぬ！」

メリエットの目は相手の顔をにらみつけたままだったが、それ以外の者のすべての目は、その取るに足りない違反物に注がれていた。秘密のお守りとは、青や金色や赤の糸で花の刺繍が施された、単なる上品なリネンの紐にすぎなかった。それは女の子が髪を束ねる時に使うようなもので、実際に赤味がかった金色のひと房の髪が編み込まれていた。

「おまえはそもそも修道士の誓いの意味を知っているのか？」ジェローム は息巻いた。「貞潔、清貧、服従、定住……これらの一つでも、おまえに少しでも備わっているものがあるか？　今のうちに考え直すのだ、このような無益なものに付きまとう愚行や堕落をきっぱりと断ち切るのだ、さもなければおまえがここに受け入れられる可能性はない。このような堕落に対しては、おまえは償いをまぬがれることはできない。だが、悔い改める時間はある、もしもおまえに徳義というものがあるならば」

「徳義！　少なくとも、他人のシーツの中をかき回し、その持ちものを盗むようなことを控えるくらいの徳義はあります」メリエットは平然と言い放った。「返してください、ぼくのものを！」

「無礼者、いずれおまえの行動を院長がどう判断するかは明らかになる。このような空虚な品物を持つことは許されないのだ。それから、おまえの反抗については、つぶさに報告するつもりだ。さあ、わしを通すのだ！」自らの権威と正しさに依然として絶対的な信頼を見せて、ジェロームは命令した。

メリエットはジェロームの意図を誤解して、それに従うことは、すべての問題を修士会に委《ゆだ》ねて、修道院長の判断を仰ぐことだと考えたのだろうか？　カドフェルには、はっきりしたことは分からなかった。もしかすると、たとえ最終的には自分の小さな宝物を失うことになっても、それを受け入れるほうが得策だと考えるだけの思慮は残っていたということなのかもしれない。何といっても、彼は自分の意志でここに来たのだし、これまでも障害に突き当たるたびに、自分は心から修道士になりたいと思っているので、何とかしてここに留まらせてくれと嘆願してきたのだから。理由はどうあれ、彼は一歩退き……疑わしそうに顔をしかめてはいたが……ジェロームが廊下に出ることを許した。

ジェロームは、まだランプが燃えている夜間用の階段のほうへと向かった。見習い修道士連中は黙りこくって、うやうやしくそのあとに従った。ランプは壁の張り出し棚の上に載った浅い皿の上で燃えていて、すでに燃え尽きる寸前だった。ジェロームはそれを手に取ると、カドフェルもメリエットも彼が何をしようとしているのか見当がつかないうちに、あっという間に手にした紗《しゃ》のようなリネンの紐を炎の中に突っ込んでいた。髪の房は小さな金色の炎を上げてたちまち燃え尽き、紐は黒こげの二つの部分に分かれて落下し、皿の中でくすぶった。瞬間、メリエットは音も立てずに、ジェロームの喉元《のどもと》めがけて猟犬のように飛びかかっていった。頭巾を摑んで押し留めるにもすでに遅く、カドフェルはすぐに後ろから追いかけた。

メリエットが殺意を抱いていることは、間違いなかった。それはもう、ただ吠え合うだけの口論ではなかった。メリエットはジェロームの痩せた喉元に手を回して、タイルの床に勢いよく押し倒し、その手を決して緩めようとはしなかった。恐慌を来《きた》した見習い修道士連中は、何人かがメリエットに摑みかかり、引っかいたり殴ったりしていたが、何の効果もなく、カドフェルには邪魔になっただけだった。ジェロームの顔はすでに紫色になっていて、陸《おか》に揚げられた魚のように苦しそうなうなり声を上げてもがき、手で虚《むな》しくタイルを引っかいていた。カドフェルはようやくメリエットの耳に大声で、思わず霊感を受けた言葉を叫んだ。

「恥ずかしいと思え！　老人だぞ！」

ジェロームはカドフェルより二十は下だったが、この際は少しくらい誇張するのも仕方なかった。育ちの良さから、メリエットはこの言葉にはっとして、思わず手を緩めた。ジェロームは騒々しく息を吸い込み、顔色は紫から煉瓦色に変化した。多数の手がメリエットの身体を引き離し、何も言わずにまだ激しく怒り狂っている彼を押さえ込んだ。その時副院長のロバートが、神の怒りの稲妻《ミトラ》のように顔を紅潮させ、息せき切ってタイルの廊下を駆け付けて来た。その姿は、すでに司教冠を付けてでもいるように、威厳に満ち溢れていた。

ランプの皿の中では、派手なリネンの紐の二つの端が、くすんだ悪臭を放つ煙を上げ、宙には、燃えた髪の房の異様な匂いが漂っていた。

ロバートの命令で、二人の平《ひら》修道士が滅多に使われない手かせを持ち出して来て、それをメリエットの手にはめ、彼を懲罰部屋へと連れ去った。そこは独房のような所だった。彼は相変わらず無言だったが、抵抗を見せたり、彼を引き連れて行く平修道士たちに心配をかけたりすることはなかった。威厳というものを心得ていたのだ。カドフェルはそんな彼を初めて目にするように、特別な興味を感じて見守った。僧衣はもう邪魔ものではなくなり、頭を軽く持ち上げて、尊大な感じで歩いて行く。唇を歪め、鼻孔を広げているのは、冷笑ではないとしても、それに非常に近いものだった。修士会では厳しく弁明を求められることになるだろうが、そんなことは彼の念頭になかった。ある意味で、すでに彼は満足していた。

ブラザー・ジェロームのほうは、みんなに助けられて立ち上がり、ベッドへと連れて行かれた。カドフェルは鎮静剤を与え、傷ついた喉に油を塗って包帯を巻いてやり、弱々しいしわがれ声に耳を貸してやった。だが、声を出すのは痛むとみえて、それもすぐにやんだ。大した怪我ではなかったが、しわがれ声が治るには、しばらく時間がかかるだろう。同時にしばらくの間は、次々と修道士を志望してやって来る貴族の子弟に対して、その取り扱いには慎重になるだろう。カドフェルはメリエット・アスプレーがリネンの紐に対して見せたわけの分からない執着に思いをめぐらした。もしも荘園主と軍人になるために、馬を駆り武器を使えるように育てられた若者というのがいるとすれば、メリエットはまさにそれだった。「恥ずかしいと思え！　老人だぞ！」そう言われて、彼は手を緩め、敵を逃がした。そして自ら囚われの身となってその場を去った。だが、少しも名誉を傷つけることなく。

修士会でのその結論は避けがたかった。打つべき手はなかった。司祭であり懺悔僧でもある人間を襲ったということは、それだけで破門にも値したが、それだけは情けによって回避された。だが、メリエットの罪は重罪に当たり、それには鞭打ち以外に適切な処罰はなかった。それはあくまでも最後の懲罰手段だったが、まだ放棄されてはいなかった。カドフェルにも、それは仕方ない処罰と思われた。メリエットは発言を許されると、自分に対する告発はいっさい否定しないと、簡単に述べただけだった。情状酌量を願い出ることを促されると、彼はそれを拒絶して、威厳を保った。実際の鞭打ちに際しては、彼は声一つ立てなかった。

その日の就寝前の祈り《コンプライン》の前、カドフェルは院長宿舎を訪れ、メリエットを見舞っていいかどうかの許可を求めた。囚人はあと十日間くらい、独房に閉じ込められることになっていた。「ブラザー・メリエットは何も弁明しませんでしたし」カドフェルは言った。「副院長ロバートがあの場に姿を現わしたのは、かなりあとになってからでしたから、その間の一部始終をご報告しておいたほうがよいかと思います。あの若者がここにやって来た理由にも関係すると思うからです」カドフェルはメリエットが自分の部屋に隠し持ち、夜な夜な引っ張り出してながめていた品物について……それがどうなったかも含めて……詳しく説明した。

「ファーザー、わたしは何もかも知っているわけではありませんが、あの若者の兄には婚約者がいて、近々結婚することになっているとか」

「君が何を言おうとしているのかは見当がつく」ラドルファスは組み合わせた手を机の上に置き、重々しく言った。「わしも、そのことを考えていた。彼の父親はこの修道院の保護者であり、その結婚式は十二月にここで行なわれる予定なのだ。わしは、もしかしたらあの若者が外の世界から逃げたいと願うのは……そう考えると、彼の行動も説明がつく」院長はそこでにやっと笑った。失恋を世の終わりと信じ込み、悩んだ若者が、あとはもう別の世界に逃げるしか残されていないと考えることは、よくあることなのだ。「わしはこの一、二週間、思案していたのだ、誰か事情を心得た者を、あの若者の父親の所に行かせてみたらどうかと。わしらはあの若者を修道士として受け入れることで、結局は彼にひどい仕打ちをすることになるかもしれないのだ。どれほど彼が今それを望んでいるにせよ、あれほど本質的に修道士に不向きな者はいない」

「ファーザー、それは非常に良いことだと思います」カドフェルは言った。

「あの若者は称賛すべき資質を多々持っている」ラドルファスは半分残念そうに言った。「だが惜しいことに、彼はここではくつろぐことができない。そうなるには三十年はかかるだろう。世の中を飽きるくらい満喫し、結婚をし、子供を儲《もう》けて育て、自分の名前を分けてやって誇りを感じる……そうした経験を積むまでは無理だ。世の中の荒波を避けて、ここに隠れるように住んでいる者には分からんが、君なら、こうしたことを理解している。一つ、わしのために、アスプレーを訪れてみてくれんかね？」

「ファーザー、喜んで」カドフェルは言った。

「明日では？」

「大丈夫です。しかしその前に、これからブラザー・メリエットの所へ行ってもよいでしょうか？　彼の心身を落ち着かせるにはどうしたらよいか、何か彼から得られないかどうか、探ってみたいのですが」

「むろん、そうしてよい」


不思議なことに、石造りの小さな懲罰部屋の中で、メリエットはこれまで見たことがないほどずっとくつろぎ、満足しているように思われた。部屋の中には、一つの硬いベッドと椅子一脚、壁にかかる十字架、生理的要求を満たすための石の桶以外には何もなかった。たった一人で誰にも見られずに暗い中にいて、少なくとも彼は自分の言葉や振る舞いの一つ一つに注意を払ったり、近寄りすぎる者を追い払ったりする必要からは解放されていた。扉の鍵が突然開けられ、小さなランプを手にした何者かが入って来た時、彼は一瞬明らかに身体を硬くして、両腕の上に伏せていた頭を持ち上げた。だが、カドフェルの姿を見ると、彼はほっとため息をつき、緊張を解いて……とはいっても注視は怠っていなかったが……再び両腕に頰を付けた。カドフェルはそれを挨拶ととって、内心ほっとした。メリエットは肌着も付けず、わらのベッドに腹這いになり、腰の所まで僧衣をめくって、みみず腫れを空気に触れさせていた。挑戦的なのは、まだ怒っているからだった。彼は自分に向けられた告発を正直にすべてそのとおりだと認めたが、何も後悔してはいなかった。

「何の用ですか、今度は？」彼はずばりと訊いたが、特に心配しているふうはなかった。

「特別な用があるわけじゃない、そのまま寝ていて結構だ。とりあえずは、このランプをどこかに置かせてくれ。君は今の音を聞いたかね、鍵を閉めた音だ。わしが再びここから出て行くには、扉を叩かなければならんのだ」カドフェルは十字架の下に設けられた張り出し棚にランプを置いた。そこならベッドを照らしてくれる。「わしはここに、君の眠りを助ける薬を持って来た。わしの薬を飲むかね？　これを飲めば、痛みも取れるし、ぐっすりと眠れるが」

「いりません」メリエットは素っ気なく言い、顎を両腕の上に載せたまま注視していた。褐色の身体はしなやかで、頑丈そうだった。背中のみみず腫れは青あざになっていたが、それほどひどくはなかった。彼を鞭打った平修道士も、ジェロームには好意を抱いてはいなかったのだろう。

「起きていたいんです、ここは静かですから」

「じゃあ、少しじっとして。今背中に軟膏を塗ってやるから。わしは言ったではないか、鞭で打たれるぞって」カドフェルは狭いベッドの端に腰かけ、壺に入った軟膏を肩に塗ってやり始めた。手が触れると、肩はぴくぴくと痙攣《けいれん》した。「君も馬鹿だな」カドフェルはたしなめるように言った。「こんな目に遭わないでもすんだのに」

「ぼくはこれまで、もっとひどい目に遭ってますよ！」メリエットは興味なさそうに言ったが、腕を広げてくつろぎ、気持ち良さげに軟膏を塗られるままになっていた。「怒った時の父なら、そのお手本を見せることができます」

「だが、君の父上は賢さについては、お手本を示さなかったようだな。むろんわしも、ブラザー・ジェロームを時々絞《し》め殺してやろうかと思わないわけじゃないが」カドフェルは正直に認めた。「だが、見方を変えれば、あの男は義務を果たしているだけなのだ、少々やりすぎだがな。彼は見習い修道士たちの懺悔僧でもある。しかも、わしには信じられんが、君の受け持ちだというじゃないか。君はあれほど熱心に修道士になりたいと述べたのだから、当然、女性のことや、個人的な持ちものについては、すべて諦めているものと思われているのだ。彼が君に文句をいうのは、当然のことなのだ」

「でも、ぼくの持ちものを盗む権利はありません」メリエットは怒りをあらわにした。

「彼には、ここで禁じられているものを没収する権利があるのだ」

「でもやはり、あれは盗みです。さらには、ぼくの目の前でそれを焼いてしまうなんて権利はないし、女性がまるで不潔なものであるかのように言う権利もありません！」

「だが、君が自分の罪で罰せられたとすれば、彼も同じように罰せられている」カドフェルは辛抱強く言った。「彼は喉が潰れ、あと一週間くらいは沈黙せざるをえない。説教をする自分の声を聞くことが何よりも好きな男にとって、これは軽い仕打ちじゃない。一方君のほうは、修道士になるにはまだ長い道のりを抱えている。もしも君がそれをやり抜こうと思っているなら、この機会によく考えてみることだな」

「説教ですか?」メリエットは腕の中でつぶやいた。その声には……いくぶん憂鬱そうな響きはあったが……初めて笑いらしいものが含まれていた。

「賢明な者に贈る言葉だ」

それを聞いて一瞬、メリエットは息を止めて静かに横になっていたが、次の瞬間、急に頭をめぐらして、不安そうなきらきら光る目でカドフェルの顔をのぞき込んだ。日焼けした首には暗褐色の髪が巻き毛となって好ましくからみ付き、首すじそのものはまだ、少年らしいすっきりしたなだらかな形を維持している。傷つきやすい首だ。だが、他の者にとってはたまらなく愛らしいものに違いない。あの赤味がかった金色の髪の少女にとってはどうなのか?

「みんなは何も言っていませんか?」メリエットは狼狽《ろうばい》していた。「ぼくを追い出すつもりじゃないでしょうね? 修道院長は、まさかそんなことしないでしょう? もしそうなら、はっきり言うべきです!」彼は素早く身体を回し、両足を引き付けて片方の腰でベッドに起き上がり、カドフェルの手首をしっかり摑んで、その目をのぞき込んだ。「あなたは何を知っているんですか？　修道院長は、ぼくをどうしようと思っているんですか？　ぼくは、今諦めることはできません、そうするつもりもありません」

「君は自分の使命感を危うくしたのだ」カドフェルはずばりと言った。「それに手を貸せる者はいない。もしもわしが院長なら、君の形見を君の手の中に叩き返し、ここから出て行け、誰でも好きな少女の所へ行って、わしらの静かな生活をこれ以上乱すな、と言ったことだろう。だが、もしも君がまだ、そうした性向を断ち切りたいと思っているなら、チャンスはないわけじゃない。硬い首をねじ曲げるか、それとも高くそびえさせて、切り放すのだ！」

若者はひんやりする石の部屋で半分裸なのに、そんなことにはお構いなく姿勢を正し、カドフェルの手首を握る指に力をこめ、さらにしっかりとその目を見据えた。彼を恐れてはいず、もう用心することさえ忘れて、心の奥を探っていた。

「ぼくはそうするつもりです」彼は言った。「あなたはぼくにできるものかと疑うかもしれませんが、ぼくはできますし、そうします。ブラザー・カドフェル、もしあなたが修道院長にお会いできるのでしたら、ぼくは前と変わっていないし、修道士になることを今でも切望していると伝えてください。それから、どうしても待たなければならないなら、ぼくは待つつもりですし、しっかり学んで辛抱するつもりです。きっと、それにふさわしい者になってみせます！　修道院長も最後には、ぼくに不満はなくなるはずです、ぼくを拒絶できなくなると思います」

「そして、あの金色の髪を持つ少女もかね?」カドフェルはわざと残酷に言った。「もう遅い」

メリエットは身をよじり、再びどっとベッドに倒れ込んで腹這いになった。「もう遅い」

メリエットはぶっきらぼうに言ったきり、それ以上何も話さなかった。

「さらに、他の人たちもいる」カドフェルは言った。「君には、今をおいては考える時はない。わしはもう君より大きな息子がいてもおかしくない年齢だし、これまでのことを思い返せばいくつか悔やむこともある男だが……そんな男が言う言葉として、まあ聞け。世の中には、いちばんの望みを実現してしまってから、それを望んだ日を呪う若者が多いのだ。さいわい、君は修道院長の慈悲と計らいで、取り返しがつかなくなる前に、しっかりと考えてみる時間を与えられている。この時間を有効に利用することだ。修道士としての誓いを立ててしまってからでは、もうこの時間は戻ってはこないのだから」

すでに心が千々《ちぢ》に乱れている若者を、あまりに脅かすのは気の毒ではある。だが、彼にはこれから十日間の、孤独な時間が待ち受けているのだ。食事は粗末だが、祈りと考える時間はたっぷりとある。気心の知れない多数の者が周りにいたので前にはそれが抑圧になったが、ここでは一人っきりなので、そんな心配もないだろう。恐らく夢も見ないで眠り、夜に起き上がって叫び声を上げることもないだろう。たとえそんなことがあっても、耳にする者はいないし、したがって彼の苦痛を増すこともない。

「朝になったら、また軟膏を持って来よう」カドフェルはランプを手に取りながら言った。「いや、待て」彼は再びランプを置いた。「そんな格好で寝ていたら、夜には寒くなる。肌着を付けたほうがよい。リネンは傷にも優しいし、上から毛布を掛けることもできる」

「ぼくは大丈夫です」メリエットはほとんど恥入るように言い、ため息をついて、再び組み合わせた腕の上に頭を置いた。「ぼくは、あなたに感謝します……ブラザー!」彼は考え直して最後にその言葉を付け加えたが、いかにも自信がなさそうだった。その言い方は、この場では唯一の許されるものだと分かっていたが、彼の心を表現するには不適切と言いたげだった。

「ずいぶん、自信のない言い方だな」カドフェルは正直に言った。「まるで痛む歯を嚙《か》んだみたいだ。人と人の関係にはもっと他のものもある。君は今でも、自分のなりたいものが修道士だと確信しているかね?」

「ぼくは修道士にならなければならない」メリエットはそう口走り、気難しげに顔を背けた。

なぜ、いちばん重要な事柄が、気持ちも落ち着いたいちばん最後に言われなければならなかったのか? 彼は「もちろんです!」とも言わず、「そのつもりです!」とも言わず、「そうしなければならない!」と言った。だが、これ以上彼を悩ますのは恥ずかしいことだ……

カドフェルは部屋から出してもらうために、守衛に向かって扉を叩きながら考え込んだ。

「そうしなければならない」という言い方は、他の人の意志によってか、やむを得ない事情から押し付けられた決意を意味する。では、この若者を修道院に入れようと思った人物はいったい誰なのか、または、これが最善の道だと彼に思わせた事情とは何なのか？　彼にはそれしか道は残されていなかったのか？


その晩、カドフェルが就寝前の祈り《コンプライン》を終えて出て来ると、ヒューが正門の所で待っていた。

「橋の所まで一緒に歩いてください。これから家に帰るところなんですが、門番から聞いた話ではあなたは明日、修道院長の用事でここを発つことになるとか。とすれば、明日は一日じゅう、あなたを捕まえることはできないわけです。馬のことは聞きましたか？」

「君が見つけたということだけは、聞いている。わしらは今日、この中で起こった事件のことで手いっぱいで、外の世界のことにはほとんど時間も割《さ》けず、注意も払うことができなかったのだ」カドフェルは憂鬱そうに言った。「そのことについては、君も聞いているとは思うが」門番のブラザー・アルビンは、修道院では知らない者はない噂好きなのだ。

「わしらの心配ごとは平行して足並みを揃えているように見えるが、互いの接点はない。それ自体、ちょっと不思議でもあるんだが。ところで、君は例の馬を、何マイルも北のほうで見つけたと聞いているが」

二人は門を出ると左に曲がって、町のほうへ向かった。空はひえびえとしていて薄暗く、雲は速かったが、地上にはまったく風はなく、湿り気を帯びた甘い熟《う》れたような秋の空気が漂っていた。道の右手には暗い木々、左手には水車小屋の池のなめらかな水面が金属のような光沢を帯びて光り、前方からはセヴァーン川の音と匂いとが伝わってくる。

「ホイットチャーチまで、ほんの数マイルの所でした」ヒューは言った。「どうやらその晩は、ホイットチャーチに泊まるつもりだったようです。そこまで行けば、次の日のチェスターまでの行程は楽ですから」

彼はすべての出来事を詳しく物語った。カドフェルはいつでも別の角度から、有益な見方を出してくれるのだが、今度ばかりは二人の考えはほとんど同じだった。

「あそこの少し手前には荒れた森が広がり、湿地帯はすぐそばだ」カドフェルは言った。「なんだかはっきりはしないが、もしも何かがそこで起こり、若くて元気な馬だけが逃げ出すことができたのだとすれば、彼は沼の底深くということかもしれない。そうなら、発見は不可能だ。そもそもどこがその場所かさえ、分からないだろう」

「わたしも同じように考えていたんです」ヒューは厳しい顔付きで同意した。「しかし、もしもそんな追い剝ぎがこの州に出没していたとするなら、今までまったくそれを耳にしなかったというのはどうしてでしょう?」

「チェシャーから侵入した、ならず者のしわざということはなかろうか? 知ってのとおり、奴らは非常に素早い。それに、ヒュー、君の管轄内といっても、今の時勢ではどんな変化が生じてもおかしくはない。だが、もしそれがならず者だとしても、そいつらは馬の扱いは下手《た》だった。もしもいっぱしのならず者なら、あれほどの馬を逃がしたら地団太踏んで悔しがるはずだ。ちょっと時間があった時、わしは厩に見に行ってみた」カドフェルは言った。「鞍の銀の装飾も見た。もしもそいつらがあれを見たとすれば、無事だったのはまったくの奇跡だ。クレメンスが身に付けていたものは、あの馬と鞍を合わせた価値に比べれば取るに足りないものだったはずだ」

「もしもあそこで旅人を狙っていたとすれば」ヒューは言った。「そいつらは、重しを付けた男をどこの沼に沈めればいいか、よく知っていたはずです、どこがいちばん深いかも。今、一帯を部下に捜索させているところです。あそこの住人の中には、沼を見ればそこに最近人が放り込まれたかどうか分かる者がいるといいますが……信じられますか？　しかし、わたしは疑っています、ピーター・クレメンスの遺体は、たとえ骨一本でも見つかることはないのではないかと」

二人はすでに橋の終わり近くまで来ていた。薄暗い中、セヴァーン川はすぐそばを、静かに勢いよく流れていた。それは、時折り星の光を捕らえ鱗《うろこ》を銀色にきらめかせる巨大な蛇のようだったが、そのうねりは追いかけるのも難しいほどの速さで、たちまちのうちに視界から消え去った。二人は立ち止まって別れを告げた。

「それで、あなたはアスプレーまで出かけるんですね」ヒューは言った。「あの男が死ぬ前の日に泊まった、親類の家に。もしも彼が本当に死んでいるとしての話ですが！　あくまでもそれは推定にすぎないのですからね。彼には、そこで姿をくらまして、死んだとみなされるようにする、理由があったのかもしれません。この頃は肌着を替えるように主人を替える者も少なくありませんし、自分を売ろうとする者には買い手もあります。アスプレーでは、あの若者のために頑張ってください。けれど、ピーター・クレメンスのことに関しても、何でもいいですから情報を集めてください、彼が馬で北へと向かった時に何を考えていたのかも含めて。何も知らない者が、それについて何も考えることなく、わたしたちに必要な言葉を記憶しているかもしれません」

「そう、心がけよう」カドフェルは言い、たそがれの中を正門とベッドへと向かって帰って行った。

5

修道院長のお墨付きをもらってもいたし、アスプレーまでは四マイルは下らない道のりでもあったので、カドフェルは徒歩ではなくラバで行くことにした。一時は馬に乗ることを嫌ったこともあったが、もう六十を過ぎたことでもあるし、今度ばかりは楽をすることに決めたのだ。それに、もともとは最高の楽しみだった乗馬も、近頃は滅多にチャンスがなくなっていたから、どうぞと言われたも同然のこの機会を逃す手はなかった。

彼は早朝の祈り《プライム》のあと、軽い食事を急いで摂《と》って修道院をあとにした。もやのかかる穏やかな朝で、甘い湿り気を帯びた秋のもの悲しさが漂い、柔らかな光を放つ大きな太陽が深いもやに透けて見えた。街道をたどる最初の道のりは快適だった。

シュルーズベリの南から南西にかけて広がるロング・フォレストは、他の森と違って長い間荒らされることがなかった。開拓地も少なく、しかも互いに離れていて、森には狩りの獲物も多く、ところどころに開けた荒れ地にはあらゆる鳥獣が棲《す》んでいた。執行長官のプレストコートは一帯の変化に注意を怠らなかったが、治安が強化される限りにおいては、特に干渉しなかったので、森の縁の荘園主たちは自由に畑地を広げ、土地を改良することができた。古くから深い森の中の開墾地だった所も、今は広い畑地になっていて、それぞれが自分たちの地所に囲いをめぐらしていた。

リンデ、アスプレー、フォリエットの隣り合う三つの古い荘園は、この森の東の縁の、半分森の中、半分畑地の中に並んでいた。そこから馬でチェスターをめざすとすれば、シュルーズベリを通る必要はなく、町を西にして北へ向かえばよかった。ピーター・クレメンスは実際にそうしたわけで、安全なシュルーズベリ修道院の宿泊所を選ばずに、自分の親族の家を訪れることを選んだのだ。もしも修道院を選んでいたとしたら、彼の運命は異なったものになっていたであろうか？　その時は、チェスターへの道のりはホイットチャーチ経由ではなく、もっと西を通ることになって、例の湿地を通ることもなかっただろう。だが、そんなことを考えても、すでに遅すぎる！

とっくに穀物の収穫もすみ、刈り株は羊の餌にされて、きれいに整地された畑が現われたので、カドフェルはリンデの荘園内に入ったことに気づいた。空は一部晴れ上がって、穏やかな乳白色をした太陽が空気を温めていたが、もやはまだ完全に追い払われてはいなかった。畦道《あぜみち》の向こうから、一頭の猟犬を従え、手首に巻いた紐に小さな鷹を止まらせた若者がゆっくりと歩いて来た。靴は露に濡れ、何もかぶっていない明るい茶色の髪には、雨滴が付いている。恐らく後ろに見える藪を抜けて来た時に、葉から滴ったものだろう。足取りも軽く、機嫌も良さそうな若者は、手首の紐を解いて羽をばたばたさせる鳥をなだめながら口笛を吹いていた。二十歳を一つか二つ過ぎたくらいであろう。カドフェルの姿を認めると、若者は畦道から一段低い道に飛び跳ねながら降りて来て、丁寧に会釈をしてから、にこっと笑った。

「こんにちは、ブラザー！　ぼくの家に行くところですか？」

「ナイジェル・アスプレーというのが、たまたま君の名前ならな」

カドフェルは立ち止まって、快活な挨拶を返した。だがこれが、メリエットより五つか六つ年上だという、その兄であるはずはない。若すぎるし、肌の色、すらっとした身体付きと青い目、丸々とした顔とよく笑う癖、どれをとってもメリエットとは違いすぎる。金髪だがいくぶん赤味がかっていて、春に萌え出たばかりか、秋に色変わりし始めたばかりのオークの葉のような、不思議な黄緑色が混じっている。メリエットがベッドに隠していた髪の房の色に近い。

「ぼくらはついてませんね」若者は品良く言い、失望の色を隠さなかったが、そのしかめ面は不快ではなかった。「でも、もし時間があれば、ぼくの家でひと休みして、一口いかがです？　ぼくはアスプレー家の者じゃなくてリンデの者なんです。ジェイニンっていいます」

カドフェルはメリエットが大聖堂参事会員のエルアードに答えた言葉を、ヒューから聞いていた。メリエットの兄は隣の荘園の娘と婚約しているという。それは、リンデ家の娘をおいてない。というのもメリエットは、アスプレー家と南で接するフォリエット家の跡継ぎ娘で、自分の父が後見人になっている娘のことを、興味なさげに口にしたからだった。ということは、目の前のなかなか魅力ある愛想の良い若者は、ナイジェルの未来の花嫁の弟に違いない。

「好意はありがたいが」カドフェルは穏やかに言った。「まずは仕事を片づけなければならんのだ。まだ、ここから一マイルくらいは行かねばならんだろうし」

「そんなにありません、ここを少し行った所にある分かれ道で、左手の道をたどって雑木林を抜けると、もうアスプレー家の畑で、そのまま進めば門に突き当たります。それほど急いでいなければ、一緒にそこまで行きましょう」

これほど、ありがたいことはなかった。たとえ、この若者から三つの荘園についてそれほど多くを教えてもらうことがなくても、一緒に行くこと自体が楽しかった。三つの荘園にはそれぞれ、ほとんど同じ年格好の娘や息子がいるのだから、恐らく一つの家族みたいに育っているはずだった。それに、ひょっとした拍子に、いく粒かの役に立つ知識の種子がこぼれて、のちにそれが発芽しないとも限らなかった。カドフェルがラバをゆっくりと歩ませると、ジェイニン・リンデはすぐそばを大きな歩幅で歩き始めた。

「シュルーズベリから来たんでしょう、ブラザー?」明らかに好奇心いっぱいだった。「メリエットに何か関係があるんですか? あいつが修道士になるなんて言い出した時は、ぼくらにはまったく驚きだったんです。でも考えてみれば、あいつはいつも自分の道を行くって感じだったから、今度もそうなんだと思いますけど。あいつはどんな具合ですか？　元気ですか？」

「まああというところかな」カドフェルは慎重に言った。「彼については、君らのほうがよく知っているはずだ。隣同士だったのだし、みんな同じ年格好なんだからな」

「ぼくらは小さな時から、みんな一緒に育てられたんです。ナイジェル、メリエット、ぼくの姉、それにぼく……特に、ぼくたちの母親がどちらも死んでしまってからは。それから、ちょっと下だけれども、アイスーダも孤児になってからは一緒でした。メリエットがいなくなってしまって、残念なんです。ぼくらの仲間が減ったのは初めてですから」

「聞くところによると、近く結婚があるというじゃないか。そうなれば、もっといろいろ変わってくるんじゃないかね？」カドフェルは巧妙に釣り糸を垂らした。

「ロスウィザとナイジェルのこと？」ジェイニンは軽く肩をすぼめて陽気に言った。「二人の結婚は、両方の父親がずっと昔に決めたことなんです……でも、たとえそんなことがなかったとしても、親たちはそれを認めないわけにはいかなかったでしょうね。二人は子供の時からそう決めていましたから。これからアスプレーへ向かえば、どこかできっとぼくの姉に遭いますよ。今では、こっちにいるより向こうにいるほうが多いんです。あの二人はまったくぞっこんですから！」

　彼は仕方ないと諦めて、それを面白がっているようだった。ぞっこん！……それなら、もしもあの赤味がかった金色の髪がロスウィザのものだとすれば、どういうことになるのか？　彼女は自分に夢中になった花婿の弟に、それを与えたのか？　むしろ、知らぬ間に刈り取られ、あのリネンの紐も盗まれたのでは？　それとも、あの髪はまったく違う少女のものなのか？

「メリエットの心は別の道を選んだ」カドフェルはなおも釣り糸を繰り出した。「彼が修道院を選んだ時、父親はどんなふうにとったのかね？　もしもわしが父親なら、二人しかいない息子だし、どちらか一方でも手放すことになるのは嬉しいことじゃない」

ジェイニンは短く陽気に笑った。「あの父親は、メリエットのすることなすことが気に入らなかったんです。メリエットのほうも、決して父親を喜ばそうとしませんでした。二人は長期戦を続けているんです。でもぼくは、二人は普通の父と息子のように、本当は互いに好きなんだと思っています。ところが、時々水と油みたいになって、二人ともどうしていいか分からなくなるんです」

すでに、畑が雑木林になる所まで来ていた。そこの左手には、緩いカーブを描いて木々の間を抜けていく広い道が見えた。

「これを行くのがいちばんです」ジェイニンは言った。「真っ直ぐに行くと、アスプレーの荘園屋敷の塀に突き当たります。ブラザー、もし帰りに時間がありましたら、ぼくの家に寄ってください、父が歓迎すると思います」

カドフェルは丁寧に礼を言い、緑の道に入って行った。一つの角を曲がる時に、彼は後ろを振り返ってみた。ジェイニンは足取りも軽く、畦道と畑のほうへと戻って行くところだった。あそこなら鷹を飛ばしても、木々の中に紛れることはない。彼は再び高らかに口笛を吹いていた。赤味がかった若いオークの葉そっくりの色とつやを持つ不思議な金髪の持ち主、メリエットと同じ年頃だが、まったく対照的だ！　彼なら、どんなに気難しい父親でも、喜ばすのは難しくないだろうし、明らかに満足している今の境遇を捨て去って、父親を悩ますこともないだろう。

雑木林は開けて風通しが良かった。木々はすでに葉を半ば落とし、まだ青々とした林床に日の光が差していた。太い幹からはオレンジ色をした棚のようなキノコが突き出し、草の中には青味がかった小さなキノコが見えた。ジェイニンが言ったとおり、まもなくアスプレー家の広々とした畑地に出た。長い年月をかけて、森の中に切り開かれた土地だ。ここでもすでに刈り株畑には羊が放たれていたが、ずっと数も多く、畑地に残されたありとあらゆるものを食いあさり、のちに肥料となる糞を残していた。

畑の間の一段高くなった道をたどると、荘園屋敷が見えてきた。ぐるっと壁に囲まれているが、建物の高さがあるので、壁越しによく見える。横に長い石造りの建物は半地下の上に窓のある玄関フロアを備え、家族用の私室とみられる一画の上にはいくつかの屋根裏部屋があるようだ。維持管理の行き届いた堅牢な屋敷で、周りの土地と同様、充分に相続する価値がある。荷車や馬車が通れるだけの幅をもった低い扉が半地下に開き、一つの急な階段が玄関先の扉へと続いている。囲い壁の内側には、へばり付くように両側に厩と牛小屋が並んでいる。家畜も多いのだ。

カドフェルがラバに乗ったまま門から入って行くと、牛小屋のあたりで二、三人が立ち働いていたが、僧衣に気づいた一人の馬丁がすぐに手綱を取ろうと、厩から飛び出して来た。開け放たれた玄関先からは、鬚《ひげ》を生やした年配のずんぐりした男が現われた。メリエットの希望を修道院に告げに来たフレマンドという執事に違いなかった。切り盛りの行き届いた家だ。これなら、ピーター・クレメンスが突然訪れた時も、玄関で丁重に迎えられたに違いない。ここの従者たちを驚かすのは難しかったろう。

カドフェルは、ご主人のレオリックに会いたいと申し出た。すると執事は、主人はいま裏の畑に出かけているが、すぐに呼びにやりましょう、よろしければ客間で十五分ほどワインかエールでも一杯飲んで待っていてください、と言う。何でも、小川の土手が崩れて一本の木が傾き、流れをせき止めているので、レオリックはそれを取り除く作業を監督しに出かけているのだという。ラバに乗って来たところだったから、カドフェルは喜んでその申し出を受けた。ラバのほうはもうとっくに連れ去られていたが、恐らく同じような歓待を受けているのであろう。レオリックは先祖からの威厳のある生活をそのまま維持しているのだ。きっとこの家では、客は神聖な預かりものとして扱われるのだろう。

レオリック・アスプレーは戸口の横木を白髪混じりのごわごわした髪で擦《こす》りながら、狭い戸口をふさぐように姿を現わした。もとは明るい茶色の髪だったはずだ。メリエットは姿形ではまったく父親似ではないが、顔だけはそっくりだった。ジェイニンが教えてくれたように、二人が喧嘩《けんか》ばかりして和解することがないのは、顔付きがあまりにも似ているためであろうか？　レオリックは隙《すき》のない冷静な態度で客を迎え、自ら酒杯を用意すると、二人だけの話ができるようにきちんと入口の扉を閉めた。

「わしは修道院長ラドルファスの使いでやって来ました」窓際の深い朝顔口に向かい合って腰を下ろした時、カドフェルは口を開いた。酒杯は二人のかたわらの石の上に置かれた。

「他でもない、あなたの息子のメリエットのことなのですが」

「息子のメリエットがどうしたというのかね？　あいつは今や自分の意志で、わしよりも、ブラザー、あなたがたのほうが近い親族になっていて、修道院長を父と仰いでいる。わたしに相談する必要など、どこにあるのかね？」

その声は抑制されて静かで、冷たい言葉を無慈悲な感じではなく、むしろ穏やかで理にかなった感じに変えていた。だがカドフェルはその時、多くの助けは期待できないと悟った。それでも、試みる価値はある。

「それでも、彼を儲けたのはあなたです。たとえ今は、それを思い出したくないとしても」堅牢な鎧《よろい》のひびを探るように、カドフェルは言った。「この期《ご》に及んで、鏡をご覧くださいなどとは申しません。しかし、赤ん坊を修道院に預ける両親は、だからといって息子を愛することをやめるわけではありません。あなたも同じではないかと、わしは確信しています」

「あなたが言いたいことは、あいつがもう、自分の選択を悔やんでいるということかね？」レオリックは侮蔑するように唇を歪ませた。「もう、修道院から逃げ出そうとしてるのか？あなたは、尻尾《しっぽ》を巻いてあいつがここに帰りたがっているということを、知らせに来たのかね？」

「とんでもない！　彼は口を開くたびに、たった一つの自分の願いを聞き届けて欲しいと言い続けています。それを早められることなら、何でもやっています、異常なほど熱心に。起きている時は、すべての時間をその目標達成のために使っています。しかし、眠りに落ちると様子が違うのです。わしには、彼の心と魂が恐怖にたじろいでいるように見受けられます。眠ると、起きている時に熱望しているものから目を背け、ベッドの中で叫び声を上げるのです。このことは、あなたもお知りになっていたほうがよいと思います」

レオリックは顔をしかめて黙っていたが、その様子からみると、明らかにいくぶん気がかりなようだった。カドフェルはその機を逃さず、僧坊での騒ぎのことを語って聞かせた。しかし、自分でも完全には分からない理由から、メリエットがブラザー・ジェロームに襲いかかった顚末《てんまつ》……そのきっかけや、あとの罰……については詳しくは話さなかった。もしも修道院とこの男との間に深い恨みでもあるとしたら、どうして油を注ぐ必要があるだろう？

「眠りから覚めると、彼は何も覚えていないのです」カドフェルは言った。「これには、何も非難するようなことはありません。しかし、彼の精神生活には、重大な疑問があります。そこで修道院長は、彼が今はどんなに熱望しているにしても、今の道を続けさせるのは、もしかしたら重大な誤りではないかと案じて、あなたにも真剣に考えていただきたいと望んでいるのです」

「あいつが自分自身から逃げ出したいというのは、よく理解できる」無慈悲と言ってもいいくらいの冷静さを取り戻してレオリックは言った。「あいつは常に、強情で不機嫌な奴だった」

「修道院長にもわしにも、そのように見えたことはありません」カドフェルは少し苛立った。

「それならなおのこと、他にもどんな面倒があるかは知らんが、あいつはわしの所にいるより、あなた方と一緒のほうがよい。あいつの性質は子供の時から変わっていない。それにこうも言えるではないか、つまり、あいつがせっかく良い目的に向かって精進してるのに、それから引き離すのは大きな誤りではないかと。あいつは自分で自分の道を決めた、それを変えることができるのはあいつだけだ。諦めるより、この最初の試練に耐えたほうがよい」

自分の企てに関してこうと決めたら一直線で、言葉にはきちんと責任を持ち、頑固さからと同様に名誉からも最後までその企てを追求しようとする男……そのような男の反応としてみれば、特に驚くべきことではなかった。にもかかわらず、カドフェルはなおも、鎧のひびを捜そうとしていた。取り乱した息子に対して、まったく愛情のかけらも示さないというのは、尋常な怒りではない。

「わしはあいつに、あれこれと指示を与えるつもりはない」最後にレオリックは言った。「むろん、あいつの所を訪れてあいつの心を乱すつもりはない。家族の者にもそんなことはさせない。今のままに放っておいてくれ、いずれ自分で分かる時がくる。それに、あいつはこれからも、あなた方と一緒にいることを願うだろう。鋤《すき》に手をかけたからには、自分の畝《うね》は自分で終わらせなければならぬ。たとえあいつが逃げ出したとしても、ここに戻ることは許さん」

彼は立ち上がり、話はもう終了したこと、これ以上彼からは何も得られないことを明らかにしたうえで、再び自信に満ちた主人の役に戻り、カドフェルに昼食はいかがですかと言った。それを丁寧に辞退されると、彼はカドフェルを中庭の所まで送って来た。

「馬に乗るには最高の日ですな」彼は言った。「それにしても、一緒に食事ができなかったのは残念です」

「わしもです」カドフェルは言った。「何しろ、すぐに戻って、修道院長にあなたの言葉を伝えなければならぬもんですから。いや、短い距離ですから、大丈夫です」

馬丁がラバを出して来た。カドフェルはそれに乗り、丁重に別れの挨拶をすると、低い石の囲いに作られた門から外へ出た。

かろうじて二百歩くらい進んだ所で、ということは、囲いの中に残した人々の姿がようやく見えなくなった頃、カドフェルは二人の人物がぶらぶらと、今あとにした門へと向かってやって来るのに気づいた。二人は手をつないでいたが、ラバに乗ってやって来るカドフェルにはまだ気づいていなかった。二人は互いの目しか見ていなかったからだ。二人は正確な表現など必要としない一つの夢の中に浸《つ》かっているかのように、途切れ途切れの言葉を交わしていたが、その声は……つややかな男の声と冴えた女の声だった……かなり離れているにもかかわらず、短く鋭い笑いのように聞こえた。それとも、馬勒についた鈴の音？　……だが、二人は徒歩だった。後ろには、よく訓練された二頭の猟犬が従っていて、しきりに両側から漂って来る匂いを嗅いでいたが、気を散らすことなく家へと向かっていた。

二人が噂の恋人であることは間違いなく、これから食事をしに帰るところなのだ。むろん、恋人だとて腹はすく。カドフェルはゆっくりとラバを進ませながら二人に目をやった。彼らは観察に値する。二人が近づいてくると……まだ充分に距離があってカドフェルは気づかれていなかったが……その姿はますます注目に値した。二人とも背が高かった。男のほうは父親似の堂々とした身体付きだが、若者らしい機敏さと身軽さを感じさせ、髪はサクソン人らしい明るい茶色で、日焼けして赤味がかった肌をしている。こんな息子なら誰でも欲しいと思うだろう。たぶん、生まれた時から丈夫で、気持ち良い植物のように育って繁茂し、ゆくゆくは立派に実をつけそうだった。これに比べれば、数年後に生まれた暗くずんぐりした弟は、初めから自慢の種にはほど遠かったろう。跡取り息子は一人でよい、ましてそれに匹敵する者がいないとすれば。もしもそれが何の欠点もなく、何の阻害要因もなく成年に達するとすれば、二番目にはどんな必要があるだろう？

女のほうも負けず劣らずだった。恋人と同じようにすらっとして、その肩をついている姿は弟を思い起こさせたが、弟の気持ち良い魅力的な資質は、姉にあっては磨かれて美に達していた。同じようにふっくらと卵型をした顔は、透き通ると思われるほどに洗練され、同じくきれいな青い目は、いくぶん暗く、とび色のまつげで縁取られていた。そして、紛れもない、あの赤味がかった金色の豊かな髪を持ち、いくつかの巻き毛がこめかみの所に見えていた。

だが、これでメリエットのことが説明できるだろうか？　実を結ばぬ恋の悩みから女のいない世界へと必死に逃避を謀《はか》り、さらには兄の幸福の前に、ほんの少しでも悲しみや非難を見せることがないようにした……これが、彼の行動の説明になるのか？　だが、彼は自分を責め苛《さいな》む者のシンボルを修道院に持ち込んだ……それは分別のある行動だろうか？

乾いた草と小石に当たるラバのひづめの小さな音が、ようやく女の耳に達した。彼女は顔を上げてラバで近づく人を認め、恋人の耳に何か囁いた。相手の若者は一瞬立ち止まり、頭を真っ直ぐにして、アスプレー家の門を出てラバで立ち去ろうとしている修道士の姿を見つめた。彼はすぐさま、関連を理解した。彼の顔からたちまち笑いが消え、女の手を振りほどくと、足を速めた。カドフェルに話しかけようとしていることは明らかだった。

二人は互いに近寄り、申し合わせたように立ち止まった。近くで見ると、アスプレー家の上の息子は父親よりも背が高く、この不完全な世界では珍しいほど容姿端麗だった。彼は大きくて形の良い片方の手をラバの馬勒に向かって差し出しながら、カドフェルを見上げた。澄んだ茶色の目は、何かを懸念しているように少し見開かれている。彼は急いで短い挨拶をした。

「シュルーズベリからですか、ブラザー？　ぶしつけな質問、お許しください。でも、あなたはぼくの父を訪ねて、帰るところではないでしょうか？　どんな知らせです？　ぼくの弟は……まさか彼は……」そこまでしゃべって彼はひと息つき、遅ればせながら挨拶をして、自分を紹介した。「ぼくのことも何も言っていないのに、こんな乱暴な挨拶、お許しください。ぼくはナイジェル・アスプレーといって、メリエットの兄です。何か、彼にあったんですか？　まさか、何か馬鹿なことをやったんじゃないのでしょうね？」

これには、どう答えたものだろう？　カドフェルには、メリエットの意識的な行動を馬鹿なことと判断してよいのかどうか、まったく確信がなかった。だが、彼がどうなったかを心配し、顔付きから判断すると彼がとんでもないことをやらかしたのではないかと……まだそれは明らかになってはいなくても……心配している者が一人はいることは確かだった。

「彼に関しては、何も不安を感じる必要はない」カドフェルは安心させるように言った。

「元気だし、ひどい目に遭っているということもない。心配する必要はない」

「では、彼はいまでも意志が固く、決心を変えたということはないんですね」

「むろんだ。いまでも修道士になることを熱望している」

「しかし、あなたは父と話をしたはずです！　他にどんな話題がありますか？　きっとメリエットは……」彼は急に黙り込んで、カドフェルの顔を疑わしそうにのぞき込んだ。女のほうはゆっくりと近寄って来て、そばに立ち、落ち着いた表情で二人を見つめていた。その姿は非常に優雅だったので、カドフェルも思わずそちらに視線を走らせる誘惑に勝てなかった。

「わしが修道院を出る時は、君の弟は元気いっぱいだった」カドフェルは嘘をつかないように慎重に言った。「むろん、わしらの所にやって来た時と、決心は変わっていない。わしがここに派遣されたのは、君の父親とある疑問について話をするためだが、それはどちらかというとブラザー・メリエットの心にではなく、修道院長の心に浮かんだものだ。彼は修道士になるのを急ぐにはまだ若すぎる年齢だし、その熱意は年寄りには行き過ぎのように映るのだ。君は君の父やわしらよりも、彼と一緒に過ごした時間がずっと長い」カドフェルは相手を納得させるように言った。「彼がどうしてこのような決心をしたのか、君は分かるかね？　いったいどんな理由で……むろん彼には、もっともで充分なものだったはずだが……そんなに早く、これまでの生活を捨てようとしたのか？」

「分かりません」ナイジェルはぎこちなく答え、見当もつかないと首を振った。「彼はなぜ、あんなことをするんでしょう、ぼくには理解できませんでした」……まして、メリエットにはこれまでの暮らしを変更する理由はなかったのだから、と言いたいのであろう。「自分はそうしたい、彼が言ったのはそれだけでした」ナイジェルは言った。

「今でも、それは変わらない。ことあるごとに、そう言い続けている」

「あなたは彼を支持しますか？　彼の希望を叶えてやろうと助力しますか……もしも、それが本当に彼の望みだったら？」

「わしらはみな、彼の希望を叶えてやる所存なのだ」カドフェルはもったいぶって言った。

「すべての若者が同じ運命をたどろうとするわけじゃない、それは君にも分かるだろう」カドフェルは女のほうを見た。女は彼の視線に気づいた。彼は女がそれを意識していることに気づいていた。赤味がかった金色の髪がさらにひと房頬の上にこぼれ落ち、深い金色の陰を作っている。

「ぼくからの伝言を彼に伝えていただけませんか、ブラザー？　彼のために祈っているし、愛していると」ナイジェルは馬勒から手を放し、一歩さがってカドフェルが進む道を空《あ》けた。

「わたしも愛していると伝えてください」こってりと甘い蜜のような声で、女も言った。その青い目がカドフェルの顔を見た。「わたしたちはみんな、長いあいだ遊び友達だったんです」それは恐らく真実だった。「こんな言い方も許されると思います、もうじきわたしは彼の姉さんになるんですもの」

「ロスウィザとぼくは、十二月にシュルーズベリの修道院で結婚式を挙げることになっているんです」ナイジェルはそう言って、再び彼女の手を取った。

「君たちの伝言は喜んで伝えよう」カドフェルは言った。「それから、君たちには、その日まで神の祝福があるように」

手綱が揺すられたのに応えて、ラバは諦めたように動き始めた。カドフェルはロスウィザから目を離さずに、二人のそばを通り抜けた。彼女の青い目は夏の空のように彼に注がれていた。唇にはかすかな笑みが浮かび、目には満足したようなかすかな光がきらめいた。相手が自分を賛嘆せざるをえないことを彼女は知っていた。たとえその相手が中年の修道士でも、嬉しかったのだ。彼女が目の前で見せた……非常に微細で意識的な……動きは、相手が充分に気づいているということを知ったうえでのことなのだ。この巧妙な糸は、思いもかけないもう一匹の蝿を捕まえないとも限らない。

カドフェルは振り返らないように注意した。彼女が自信に満ちて、彼がそうするだろうと思っていることは明らかだったからだ。

畑が終わり、雑木林が始まるすぐ手前あたりの道の脇には、羊用の石積みの囲いがあって、そこに誰かが腰かけて裸足《はだし》の足を投げ出していた。膝の中にこの秋最後のハシバミを抱え込み、歯で次々と割っては、殻の破片を深い草むらの中に放り投げている。遠くからでは、少年なのか少女なのか、分からなかった。長着を膝までたくし上げ、短く刈り込んだ髪は肩のかなり上までしかなく、着ているものは、このあたりの田舎でよく見る褐色のホームスパンだったからだ。だが、近寄って見ると、少女であることは間違いなかった。というより、懸命に女になろうとしているところだった。ぴっしりと身体にまとった胴着の下には、はちきれそうに膨らんだ胸が見え、全体は細身なのに、腰周りは将来の安産を約束するように豊かだった。十六くらいかな、とカドフェルは思った。

不思議だったのは、彼女が彼の来るのを予想し、それを待っていた節があることだった。というのも、彼が近づくと彼女は身体を回して彼のほうを見て歓迎するような笑みを作り、彼がなおも近づくと、残りの殻を払い落としながら石積みの囲いから飛び降りて、機敏な動作で長着の縁を下に降ろしたからだった。

「お話があるんですが」彼女ははっきりと言い、ラバの首にほっそりした褐色の手を置いた。「そこから降りて、ちょっと腰をおかけになりませんか？」

顔はまだ子供っぽかったが、少女特有の肉付きは後退して優雅な頰と顎の輪郭が備わり、明らかに女らしさをかもしだしていた。日焼けしてなめらかな皮膚はハシバミの殻そっくりの色をしていたが、その下には一面に温かなバラ色が広がり、口は開きかけたバラの花びらのように上に反りかえっていた。短く刈ったカールした豊かな髪は薄茶色で、目は少し暗く、まつ毛は黒かった。質素に見せようとし、洗練をあえて拒否しているとしても、小作人の娘でないことは明らかだった。彼女は自分が遺産の相続人であることを自覚し、他人からもそのように見なされていることを知っていた。

「喜んで、そうしよう」カドフェルは間をおかずに返事し、ラバから降りた。何一つ質問もなく、こちらからの説明もないのに、相手があまりに簡単に言いなりになったので、彼女は一歩退いた。だが、相手が彼女と肩を並べ、頭一つしか背が高くないのに気づくと、彼女は突然心を決めたように彼に向かって明るく微笑んだ。

「わたしたちは気持ち良くお話ができそうですわ。あなたは何もお聞きにならないから、わたしの名前さえご存じないでしょうけど」

「そんなことはない」ラバの手綱を石積みの突起につなぎ止めながらカドフェルは言った。「他でもない、あなたの名はアイスーダ・フォリエットというんじゃないかね？　わしはもう、他の人たちには全員会ったし、しかもここでは、あなたがいちばん若いということも聞いて知っている」

「彼がそう言ったのですか？」彼女は鋭い関心を示してすかさず訊いたが、そこに不安は見られなかった。

「彼が他の人にあなたのことをしゃべったのを、わしはあとから聞いたのだ」

「彼はどんなふうにわたしのことを言ってましたか？」しっかりした顎を突き出すようにして、彼女は感情を交えずに言った。「あなたはそれも聞いていますか？」

「わしが聞いた限りでは、彼はあなたのことを妹と思っているようだ」どういうわけか、カドフェルはこの相手に嘘をつくことはできないと感じたし、真実を曲げても何の役にも立たないだろうと思った。

彼女は考えごとをするように微笑《ほほえ》んだ。それはまるで、危うくなった前線に立つ誇り高い将軍が、勝ち目を慎重に判断しているように見えた。

「つまり、わたしのことを大して気にしていないということね。でも、心配ないわ！　彼はきっとわたしのことを考えるはず！」

「もしも彼に会うことがあったら、あなたのことを伝えよう」カドフェルは敬意を払って言った。「ところでアイスーダ、わしはこうしてあなたの希望どおりラバから降りた。さあ、座って、わしに何をしてもらいたいのか聞かせてくれ」

「あなた方修道士は、女とのかかわりを持つことはありえませんよね」石積みの上に再び飛び上がるようにして腰を下ろしながら、彼女はにやっと笑った。「だから、彼は〈彼女〉からは安全なんです。でも、彼の気紛れが行きすぎることがあってはいけないんです。ところで、お名前を教えていただけません？　わたしの名前はもうご存じですが」

「わしはカドフェルといって、トレフリュー生まれのウェールズ人だ」

「わたしの最初の乳母がウェールズ生まれでした」彼女はそう言って、身体を屈め、足元に生えているしおれかかっている草を引きちぎると、真っ白で丈夫そうな歯でくわえた。「あなたは最初から修道士だったとは思えませんわ、カドフェル。あまりに多くのことをご存じですもの」

「わしは八歳の時から修道院で生活している修道士たちを知っている。そうした人たちは、どうしてそんなことができたのかは分からんが、わしよりも多くのことを知っている」カドフェルは真面目に言った。「だが、確かにわしは、修道院に入る前に四十年間、この世間で暮らしたことがある。わしの知識なんて、たかが知れている。だが、知っていることは何でも答えよう。あなたはメリエットのことを知りたいんじゃないのかね？」

「まだ、ブラザー・メリエットじゃないんですか？」彼女は喜び、猫のように飛び降りた。

「まだだ。もうしばらくは、そうはならない」

「決してならないわ！」彼女は自信に満ちて言い切った。「そんなことにはならない、なってはいけないんだわ」彼女は顔をカドフェルのほうに向け、ほとんど尊大といってもいいような目付きで彼の顔を見た。「彼はわたしのものです」彼女はいとも簡単に言った。「メリエットはわたしのものです、たとえ彼がそれを知っていてもいなくても。他の誰も、彼を自分のものにすることはできません」

6

「さあ、聞きたいことを何でも聞いてくれ」カドフェルはそう言って、石積みの上のなるべく尖《とが》っていない場所に身体をずらした。「わしからも聞きたいことがある」

「では、わたしが知りたいと思っていることに、正直に答えていただけますか？　何も隠さずに？」彼女は言った。その声は高くはっきりしていて、子供のように率直な言い方だったが、威厳に満ちてもいた。

「もちろんだ」彼女はそれを聞くに値するし、聞く準備さえできていた。あの悩めるメリエットのことを、この娘ほどよく知っている者はいない。

「修道士になるための勉強はどのくらいまで進んでいるんですか？　どんな敵を作ったんです？　あの殉教者のような熱意で、どんな馬鹿なことをしでかしたんですか？　わたしと別れてから、彼に起こったことを何もかも話してください」……『わたしたちと』ではなく、彼女は『わたしと』と言った。

カドフェルは彼女に話して聞かせた。言葉は慎重に選んだが、真実を伝えることを心がけた。彼女はじっと身構えて静かに耳を傾け、当然と思うところでは時々うなずき、馬鹿な振る舞いを非難する時には頭を振り、かと思うと、メリエットの行動に納得したような時には……カドフェルには完全には理解できなかったが……急に短く笑ったりした。最後に彼は、メリエットが受けることになった罰について手短に話し……そこがいちばん慎重を要するところだったが……そのきっかけとなったあの焼かれた髪の房についても触れた。だが、彼女は驚いたり、うろたえたりはせず、そのことにはほとんど考慮を払わなかった。

「彼は前にも、何度鞭で打たれたか分からないほどなんです！　そんなことで彼をまいらせることはできません。それから、ジェロームという修道士が彼女の誘惑の髪を焼いたとおっしゃいましたね……よくやってくれたと思います。何も手がかりがなければ、彼もそんなに長く自分を騙し続けることはできませんから」

カドフェルは一瞬、これは女の嫉妬だなと思ったが、彼女は彼の心の動きを悟ったようだった。彼女は彼のほうを振り向き、面白がるようににやっと笑った。

「でも、わたしはあなたが二人に会うところを見てたんです！　二人はもちろん、あなたも気づきませんでしたが、わたしはずっと見ていました。彼女は美人でしょう？　そう思ったはずです、実際彼女は美人ですから。彼女は科《しな》を作って、あなたを歓《よろこ》ばそうとしませんでしたか？　あれは、あなたに向けたものなんです、そうでしょう？　どうしてナイジェルにそんなことをする必要がありますか？　ナイジェルはもう釣り上げた魚、彼女が本当に欲しかった魚なんです。でも、彼女は釣り糸を垂らさずにはいられないんです。メリエットに髪の房をやったのは、もちろん彼女です！　彼女はどんな男でも見逃すことができないんです」

カドフェルは沈黙せざるをえなかった。その指摘は、ロスウィザを見た時から彼が思っていたことと、寸分も違わなかったからだ。

「わたしは彼女を恐れてはいません」アイスーダは寛大なところを見せた。「彼女のことはよく分かっているんです。メリエットは彼女がナイジェルのものになったので、彼女を愛していると思い込み始めただけなんです。彼はナイジェルが欲しがるものを欲しがらなければ気がすまないし、ナイジェルが持っていて自分が持っていないものがあると、何でも羨《うらや》ましがるんです。それなのに……あなたには信じられないかもしれませんが……彼にはナイジェル以上に好きな人はいないんです。今のところは誰も！」

「メリエットについて、あなたはわしよりも、遥《はる》かによく知っている。あの若者は悩みの種だが、どうにも好意を抱かざるをえないようなところがある」カドフェルは言った。「そこでだが、彼がわしには話さなかったことを聞かせてくれんか、彼の家のこと、どんな育ち方をしてきたかなどを洗いざらい。彼にはあなたとわしの助けがいる。もしもあなたが彼の無事を念願するなら、むろんわしもそれを願っているが、わしは喜んであなたの代理人を務めよう」

彼女は膝を引き付け、ほっそりした両手でそれを抱きかかえてから話し始めた。

「わたしは荘園主の娘で、小さな時に孤児になり、父の隣人であるレオリック叔父……実際は叔父ではないのですが……を後見人として、その屋敷に預けられました。叔父はいい人です。わたしの荘園はイングランドのどの荘園にも負けないくらいきちんと運営されていますし、叔父は何も取ろうとはしません。叔父は少し古い人で、真っ正直な人です。もしも彼の息子だとしたら一緒に住むのは大変だったと思いますが、さいわいわたしは女だったので、叔父はいつも甘やかしてくれて、親切でした。アヴォータ夫人は……亡くなってからもう二年になりますが……そうですね、まず第一に妻であり、メリエットの母であるのは二番目でした。ナイジェルをご覧になりましたよね、跡継ぎとしてあれ以上の者が望めるでしょうか？　アスプレー夫妻にはメリエットは必要なかったし、望んでもいなかったんです。彼が生まれてきた時、もちろん世話はしましたが、ナイジェルばかりが頭にあって、二番目の息子のことをきちんと見ることさえできなかったんです。実際、メリエットはナイジェルと比べて非常に変わっていました」

彼女はそこでひと息入れ、二人を比較して、その違うポイントに思い当たったようだった。

「あなたは、小さな子供が自分は二番目にすぎないということを、いつ知るとお思いになりますか？」彼女は分からないというように訊いた。「メリエットは早くから、それを知っていたんだと思います。彼は見た目にも違っていましたけど、それは小さなことです。彼は両親が望むことと反対のことを、いつもしようとしていたように思えます。父が白と言えば、彼は黒と言い、彼を変えようとすると、ますます足を踏ん張って梃子《てこ》でも動こうとしませんでした。頭が良くて好奇心が旺盛だったので勉強することが好きで、彼はすぐに物知りになりました。でも、両親が聖職者にしようとしていることを知ると、下層の人たちのあらゆる言動をまねして、父親を馬鹿にしたんです。彼はいつもナイジェルに嫉妬していました」彼女は膝を抱きかかえながら、思いにふけった。「でも、いつもナイジェルを崇《あが》めていたんです。自分が少ししか愛されていないことが分かっていたので、父の言うことには故意に逆らっていましたが、自分よりも父に愛されているナイジェルのことは憎むことができなかったんです。愛しているのに、憎むことなんかどうしてできるでしょう？」

「それで、ナイジェルはその好意に応えていたのかね？」兄の困ったような表情を思い起こしながらカドフェルは言った。

「ええ、もちろんです、ナイジェルも彼のことが好きでした。いつも、弟をかばい、弟が罰を受けそうになると、間をとりなしていました。彼らが一緒に何かをやる時には、何をするにも、彼は弟を必ず連れて行きました」

「彼らだって？　わたしたちじゃないのかね？」カドフェルは訊いた。

アイスーダは嚙んでいた草の茎を吐き出し、驚いて振り向いたが、顔は笑っていた。

「わたしはいちばん小さくて、メリエットよりさらに三つ年下なんです。初めは、みんなに付いていけなかったんです。もちろん、その期間はわずかでしたから、たいていのことは知っていますけど。あなたは、わたしたちの他の仲間のことは知っていますか？　彼ら二人は六歳違いで、リンデ家の二人はちょうど、その中間なんです。そして、いちばん下がわたし。あなたはロスウィザには会ってますけど、ジェイニンには会いましたか？」

「じつは、ここに来る途中で会っている。わしに道を教えてくれたのだ」

「彼らは双子なんです。気がつきましたか？　でもわたしは、知性のほうはジェイニンのほうが独り占めしてしまっているんじゃないかと思っています。彼女のほうが得意なのはたった一つ……」アイスーダは裁断するように言った。「男を引き付けることと、つなぎ止めることです。彼女はあなたが振り返るのを待っていました。そうしていたら、きっとあなたに秋波を送ったはずです。あなたは今、わたしのことを愚かな女だと思い、美人に嫉妬しているだけだと考えていましたね」彼女はどきっとするようなことを言い、彼がむっとするのを見て笑った。「わたしだって美人になれたらいいなと思います、もちろんです。でも、ロスウィザのことは羨んでいません。結局、わたしたちはみんな、どこかしら少しへそ曲がりなことでは、とても似ているんです。そうなんです！　これまでの年月がきっと何か関係があるんですわ」

「あなたは」カドフェルは言った。「他の誰よりもメリエットのことをよく知っているように思える。教えてくれ、どうして彼は修道院に入ろうなどという気紛れを起こしたか？　彼が今どれほど修道士になりたがっているかは、わしは他の誰よりもよく知っている。だが、理由が分からない。あなたには、何か見当がつかないかね？」

彼女は強く首を振った。「わたしの知っている彼とは、どうしても矛盾してしまうんです」

「じゃあ聞かせてくれないか、彼がその決心をした頃のことで、あなたが思い出せる限りのことを。そして、その話を、あのピーター・クレメンスという司教の使節がアスプレー家を訪れた時から、してもらえないだろうか？　もうあなたも知っているはずだが……これは公然の事実だから……その男は次の宿泊地に到着しなかったのだ。そして、それ以来、消息不明になっている」

彼女は急に振り向いてカドフェルの目を見た。「そのあと、彼の馬が発見された、みんながそう言ってます。チェスターとの州境の近くで。あなたはまさか、メリエットの気紛れが、それと何か関係があると考えていらっしゃるんじゃないんでしょう？　そんなことありえませんよね？　でも……」彼女は頭の回転が速く、すでに不安なつながりを連想していた。

「あの人がアスプレー家に泊まったのは九月八日の晩でした。何も奇妙なことはなく、何も特別なことはありませんでした。あの人は夕方ずいぶん早く、一人でやって来ました。レオリック叔父が彼を迎え、わたしは彼の外套を受け取って中に運び、召使いに言い付けてベッドの用意をさせました。メリエットは彼の馬の世話をしました。彼は馬とすぐに仲良くなれるんです。わたしたちは客のためにご馳走を出しました。わたしが寝るために引き下がったあとも、客間では音楽を鳴らし、歓待は続いていました。次の日の朝、あの人は朝食を摂ると出発しました。レオリック叔父にフレマンド、それに二人の馬丁が、最初の道のりを馬に乗って案内して行きました」

「彼はどんな男だったかね？」

彼女は寛大さと軽い軽侮の混じったような笑いを見せた。

「いい男で、それを自分でも知っていました。ナイジェルよりほんの少し年上だったと思いますが、見聞が広く、自信に溢れていました。端麗な顔付きで、物腰は洗練されていて、機知にも富み、とても聖職者とは思えませんでした。でも、ナイジェルには気に入りませんでした！　ロスウィザのことは、もうお分かりですよね。あの男は、すべての女は自分に魅了されるはずだという自信を持っていました。彼はロスウィザとすっかり意気投合してしまいましたから、ナイジェルは不機嫌でした。でも、彼は何も言わず、礼儀正しくしていました……少なくとも、わたしがいた間は。メリエットはそんな二人のくだらぬやり取りに嫌気が差し、早々と厩に行ってしまいました。彼は人より馬のほうが好きなんです」

「ロスウィザもアスプレー家に泊まったのかね？」

「そんな！　暗くなってきてから、ナイジェルが家まで送って行きました。わたしは二人が出て行くのを見ました」

「彼女の弟は一緒じゃなかったのかね？」

「ジェイニンのことですか？　彼は恋人たちと同席することに興味がないんです。二人のことを笑っています。だから、家にいました」

「次の日のことなんだが……ナイジェルは客と一緒には行かなかったのだね。メリエットも？　その日の朝、二人はどこにいたのかね？」

彼女は顔をしかめて、思い起こしていた。「ナイジェルは朝早くリンデ家に出かけたんだと思います。彼女には何もなかったんですけど、彼は嫉妬していましたから。一日じゅう、彼は家にいませんでした。夕食の時間にも帰っていなかったように思います。メリエットのほうは……そうです、クレメンスさんが出発した時にはわたしたちと一緒にいました。でも、そのあとは午後遅くなるまで、彼の姿は見かけませんでした。レオリック叔父は昼食のあと、フレマンドと礼拝堂付き牧師と犬舎番人を連れて、猟犬とともに狩りに出かけました。そうです、メリエットは彼らと一緒に戻って来ました、出かけた時は一緒ではありませんでしたが。彼は弓を持っていました……わたしたちにいらいらすると、彼はよく一人で出かけていたんです。彼らは一緒に戻って来ました。なぜかは分かりませんけど、その晩は特に静かでした。たぶん、客はいなくなったし、仰々しいことをする必要がなかったからだと思います。その日の夕食にはメリエットは姿を見せなかったと思います。その晩は、彼の姿を一度も見かけませんでした」

「そのあとは？　彼がシュルーズベリの修道院に入りたいと言っているのを、初めて聞いたのはいつだったかね？」

「次の日の晩で、それを知らせてくれたのはフレマンドでした。その日も一日じゅう、わたしは彼を見かけませんでした。彼と話ができたのは、その翌日でした。彼はいつものように荘園の近くをぶらぶらしていて、特に変わったところはありませんでした。彼は裏庭のわたしのそばにやって来て、山羊の世話を手伝ってくれました」アイスーダは膝を抱き締めながら言った。「わたしは彼の決心を聞いていると言い、どこかおかしくなったのじゃないかと思うと言って、どうしてそんな実りのない暮らしに憧れるのかと訊きました……」彼女は手を伸ばしてカドフェルの腕を掴み、相手が理解を示してくれているのを確認して微笑んだ。

「あなたの場合は違います、あなたはもう別の生活を送ってきていましたから、新しい生活は新鮮な恵みだったはずです。でも、彼の場合は。ところが、彼はわたしの目をまるで槍先《やりさき》で突くように真っ直ぐに見つめて、自分は何をしようとしているのか分かっている、それが自分の望みなのだと言いました。彼はもうわたしよりずっと大人ですから、彼がわたしを偽《いつわ》ったり、わたしが訊いたことに対して答えをためらう理由もありません。彼が言ったことは真実だと思います。彼は修道士になることを望み、今もそう望んでいます。でも、どうしてなのか、その理由については、何も言いませんでした」

「彼は誰にもそのことを話していない。避けられる限りは、話すつもりがないのだ」カドフェルは浮かぬ顔で言った。「いったい、どうすればいいのだろうか、あの若者は檻《おり》に閉じ込められた野鳥のように、自分を滅ぼそうとしているのだ」
「でも、まだ救いがないわけじゃありません」アイスーダはきっぱりと言った。「十二月になれば、ナイジェルの結婚式でわたしたちはシュルーズベリに行きますから、わたしは彼に会うことができます。それが過ぎれば、ロスウィザも完全に彼の手の届かない所に行ってしまいます。というのも、ナイジェルは結婚にともなって父親から、北方のニューアークの近くにある荘園をもらうんですが、そこを管理するためロスウィザを連れて行くことになっているからです。彼は今年の夏、下見と必要な準備をするために、ジェイニンを連れてそこに行っていました。たとえ一マイルでもロスウィザが遠くに行けば行くほどいいんです。ブラザー・カドフェル、わたしはその時、あなたを捜します。これだけ話しましたから、わたしはもう怖くはありません。メリエットはわたしのものです、きっと最後にはわたしのものになります。今彼が夢見ているのは、わたしではないでしょう。でも、その夢は不吉です。わたしはそんな中に入りたくありません。わたしは彼が目覚めてくれるのを望んでいます。もしもあなたが彼を愛しているのでしたら、剃髪だけはさせないでください。他のことはみんなわたしがやります！」

もしもわしが彼を愛していたら……そして、もしもわしが君を愛していたら、ということか？　彼女と別れ、ラバの背中に揺られての帰り道、カドフェルは思った。確かに、君は彼にふさわしい女かもしれぬ。そして、君が教えてくれた事柄は、慎重に検討しなければならぬ。メリエットのためにも、君のためにも。

アスプレー家ではとてもそんな気にはなれずに昼食を辞退していたから、カドフェルは帰り着くと、まずパンとチーズの軽い食事を摂り、一杯のビールを飲んだ。そのあと、彼は修道院長ラドルファスの所に報告に出向いた。大半の者は回廊や庭園や畑で忙しく働いている午後の時間で、広場は空《から》っぽで静かだった。

院長は待ち構えていて、カドフェルの詳しい報告に注意深く聞き入った。

「ということは、わしらは、心得違いをしてここに入り込み、まだそれに固執しているのかもしれぬ若者の面倒を見なければならぬということだ。わしらにできることは彼をここに置き、彼の希望が叶えられるよう、あらゆる便宜を与えることくらいしかない。だが、同時にわしらは、彼を怖がり、彼の異常な睡眠に脅えている見習い修道士たちの面倒も見なければならぬ。彼はあと九日間は懲罰部屋にいなければならぬが、彼にとっては歓迎すべきことのようだ。だが、そのあとは？　彼に修道士になる道を開いておき、なおかつ僧坊での騒動をなくすには、彼をどのように扱うのがいちばんいいのだろう？」

「わたしもそれを考えていたところなのです」カドフェルは言った。「彼を僧坊から別の場所に移せば、彼のためにも、他の者のためにもいいことです。というのも、彼は孤独を好む性格で、もしも徹底した逃避を選ぶなら、彼は修道士になるよりも隠者になるのではないでしょうか。懲罰部屋に閉じ込められて、彼がむしろ落ち着いているのを見ても、わたしは驚きませんでした。彼は狭い場所と静けさを得て、瞑想《めいそう》と祈りに専念することができています。それは、一つの広い部屋を大勢の者と分け合う場所では、とうてい不可能だったでしょう。聖職者というもののイメージも、決して一つではありません」

「それは確かだ！　だが、わしらは共通の目的のもとに結集している修道士会で、それぞれが孤立した生活をしている砂漠の教父の集まりではない」院長は表情を変えずに言った。「むろん、あの若者をいつまでも懲罰部屋に閉じ込めておくことはできない、彼が懺悔僧や見習い修道士の首を次々と絞めることでも計画しない限りは。君には、何かいい考えがあるかね？」

「彼をセント・ジャイルズのブラザー・マークの下で働かせてはどうでしょう」カドフェルは言った。「あそこでは一人にはなれませんが、彼が一緒に生活し、世話をしなければならないのは、ハンセン病を病む者や物乞いたちや明らかに彼よりも不幸な人たちです。あの中に入れば、彼は自分の困難を忘れることができます。これには、もっと良いことがあります。しばらくここを離れれば、彼は授業に出られませんから、それだけ修道士になるまでの道のりは長くなります。これはいいことです、今の彼はとても修道士になれるような心の状態ではありませんから。それに、ブラザー・マークはわしらの中でいちばん無邪気で慎ましい若者ですが、自分のしていることを自然に相手に分からせてしまう、多くの聖人に特有の才能を持っています。しばらくすれば、恐らくブラザー・メリエットは彼に心を開き、窮地から救われるでしょう。少なくとも、この方法はわしらに、しばしの休息をもたらしてくれます」

剃髪だけはさせないでください、他のことはみんなわたしがやります！　アイスーダの言葉がカドフェルの心によみがえってきた。

「確かに、良さそうな考えだ」ラドルファスは思いをめぐらしながら賛意を表した。「見習い修道士たちも、あの騒動のことを忘れることができる。そして君が言ったように、自分よりも不幸な人たちの世話をすることは、彼にとっていちばんの薬かもしれない。わしはブラザー・ポールと話をして、あの若者の懲罰期間が終わった時には、セント・ジャイルズに送り出すように伝えよう」

あの若者が施設で働かされるようになることを、もしも誰かが懲罰の延長と考えるなら、それはそれでよい。カドフェルは満足を覚えて院長の所を辞去した。ジェロームは自分の受けた傷を忘れるような男ではないから、その報復の足しになるようなら、どんなことでも敵意を減じる効果があるだろう。町のはずれにある施療院での一定期間の奉仕は、メリエットにはむろん有益だが、それ以上にブラザー・マークの必要にも応えることになりそうだった。セント・ジャイルズで病人の世話に従事するマークは一年ほど前までカドフェルの貴重な弟子だったが、最近、長い間そこでかわいがってきた浮浪児のブランがいなくなって、意気消沈していた。ブランはジョスリンとイヴェッタの結婚にともなって、二人に引き取られたからだった。「悪魔の見習い修道士」の煩悶《はんもん》に関しては、マークの耳にひと言伝えれば、すみそうだった。彼はすぐに同情するに違いなかった。もしもマークにメリエットの心を摑むことができないとすれば、いったい誰にできるだろう？　だが、そのことを別にしても、メリエットはマークの役に立ちそうだった。それにもう一つ、都合のいいことがあった。カドフエルには施療院の患者に必要な、薬や洗浄剤や軟膏を供給する責任があって、その補充のために三週間に一度……時にはもっとしばしば……セント・ジャイルズを訪れなければならなかった。ということは、メリエットの様子を見守ることができるということだった。

夕べの祈り《ヴェスパー》の前に院長の居室から出て来たブラザー・ポールは、メリエットが懲罰部屋から解放されたあとも、しばらくは面倒から逃れられるという見通しに、明らかにほっとしていた。

「わしは院長から、あなたの提案を聞いた。いい考えだと思う。この際は長い猶予期間をおいて、また新たに始めたほうがいい。若い者たちはすぐに恐怖を忘れてしまうとは思うが、あのような暴力に関しては……なかなか忘れるのが難しい」

「あの若者はどうしているかね？」カドフェルは訊いた。「わしは今朝、あそこに行ったが、あなたはそのあと行ってみたかね？」

「ああ。静かにおとなしくしていて、説教にも辛抱強く耳を傾けていた。だが、本当に悔い改めているかどうかは、わしにも分からない」ポールは半信半疑だった。「わしはあまり問い詰めることはしなかった。もしも彼がわしらと一緒にいるより、あそこにいるほうが幸せだとすれば、残念ながらわしらの失敗ということになる。彼が思い悩むのは、今何もすることがないからだとわしは思ったから、アウグスティヌスの説教集と、明るいランプと、ベッドに置ける小さな机を持って行ってやった。心が何かに集中できるなら、それに越したことはない。彼には本を読むのは苦じゃないからな。だが、どうせならあなたが、パラディウスの農事暦でも持って行ってやったほうが良かったかもしれん」ポールは冗談半分に言った。「そうすりゃ、オズウィンがいなくなった時に、彼を薬草園で働かせることができるかもしれんじゃないか」

それはカドフェルも考えたことだった。だが、それよりもやはりここから離して、マークの親身な世話に託したほうが良さそうだった。

「まだあなたから許可はもらってないんだが、寝る前にもう一度、彼の所に行けるとありがたい。わしが彼の父親を訪ねたということは、まだ彼には話していない。今も話すつもりはないんだが、じつはそこで会った二人の者から彼への伝言を預かって来ているのだ」伝言こそ託さなかったが、さらにもう一人の者がいる。だが、彼女は自分のやり方をよく心得ている。

「むろん、構わない。就寝前の祈り《コンプライン》の前に行くといい」ポールは言った。「彼は規則に従って収容されているが、永久追放になっているわけじゃない。完全に隔離してしまうのは、彼をわしらの仲間に迎えるためにも適切なやり方じゃない。彼を迎え入れることこそ、わしらの最終の目標なのだからな」

それはカドフェルの目標ではなかった。だが、それを口にすることは、必要でもないし、今言うことでもない、と彼は思った。この世に生きるどんな人にも、ふさわしい場所というものがある。だが、少なくともメリエット・アスプレーに関しては、どんなに彼がそれを熱望しているにしても、修道院ほどふさわしくない場所はないということは、はっきりしていた。

メリエットはランプを灯し、簡易ベッドの枕のあたりに開いたアウグスティヌスの著作の頁に光が当たるようにしていた。扉が開くと彼は素早く振り向いたが、その顔は平静で、入って来た者を認めると、にっこりと笑みを浮かべさえした。部屋の中は非常に寒く、彼は温かくするために僧衣と肩衣《かたぎぬ》をまとっていた。身体をゆっくりと回転させ、まだひりひりする傷からシャツのひだを引きはがそうとしてほんの一瞬ひるんだところからすると、みみず腫れも固まってきているようだった。

「健全な過ごし方をしているようで、わしも嬉しい」カドフェルは言った。「ほんの少し祈りにも精を出せば、アウグスティヌスは君にいい影響を及ぼすだろうな。軟膏はその後、使ったかね？　ポールに頼めば、塗ってくれたはずだが」

「彼はぼくに親切でした」メリエットはそう言ってから、本を閉じてカドフェルのほうに向き直った。嘘を言っているのでないことは、明らかだった。

「しかし、君はあえてへりくだってまで好意を得たり、自分が必要としていることを認めようとはしなかった、わしには分かる！　さあ、わしが肩衣を取って、僧衣を脱がしてやろう」それはまだ、身に馴染《なじ》んだものというにはほど遠かった。この若者が僧衣を着て自然だったのは、怒り狂ってそれを身に付けていることを忘れていたあの時だけだ。「さあ、うつ伏せになって、わしに見せなさい」

メリエットはおとなしく背中を見せた。カドフェルはシャツをまくり上げ、血が黒く固まってあちこちに斑点になり、もう消えかかっている傷に軟膏を塗ってやった。

「ぼくはどうしてあなたの言うことに従うんだろう？」メリエットは少し反抗的に言った。

「まるであなたのことを修道士ではなくて、父と思ってでもいるように」

「わしが聞いた範囲では」カドフェルは忙しく軟膏を塗ってやりながら言った。「君は父親の言うことに、てんで従わないということで有名なようだが」

メリエットはカドフェルの腕の中で身体を回転させ、緑色がかった金色の目をカドフェルに注いだ。「あなたはどうしてそんなに、ぼくのことを知っているんです？　ぼくの家に行って、父と話したんですか？」顔には不信感が表われ、背中の筋肉はすでに硬くなっていた。

「彼らは何をしようというんです？　今さら、どうして父の言葉なんかが必要なんです？　ぼくはここにいるんです！　もしもぼくが規則に違反したなら、それを償うのはぼくです。誰もぼくの罪を肩代わりすることはできません」

「誰もそんなことを言ってはいない」カドフェルは冷静に言った。「自分を律することがどんなに下手でも、君自身以外にそれができる者はない。何も変わってはいない。わしが、君あてに伝言を頼まれたことを除けばな。だが、それさえ、君が自分を救おうと破滅させようと、それを決めるうえでは何もお節介にはならない。君の兄さんは君によろしくと言い、君を変わらず愛しているということを伝えてくれとわしに頼んだ」

メリエットはじっとしたままだった。褐色の皮膚がかすかに震えるのが、カドフェルの指に伝わっただけだった。

「それからロスウィザも、君の姉として君を愛していることを知って欲しいと言っていた」

カドフェルは乾いて硬くなったシャツのひだを手の中で揉んで柔らかくし、消えかかっている傷の上に引き下ろしてやった。これなら、傷跡も残らないだろう。ロスウィザのほうが遥かに致命的な傷を与えたかもしれない。

「さあ、僧衣を引き上げて。もしわしが君なら、まずランプを消して、本を片づけ、寝るところだ」

メリエットはひと言も言わず、依然としてうつ伏せになっていた。カドフェルは毛布を掛けてやり、黙りこくって身体を硬くしている姿を見下ろした。

だが、それはもはや、かちかちではなかった。幅広の肩は圧し殺したような、こみ上げるようなリズムで大きく上下し、組み合わせた腕は硬く、何かを保護するように顔を覆っていた。メリエットは泣いていた。ロスウィザのため？　それともナイジェルのため？　それとも自分の運命に対して？

「メリエット」カドフェルは半分いらいらし、半分大目に見ながら言った。「君は十九で、まだ人生を生き始めてさえいない。なのに、最初の不幸に遭っただけで、もう神が君を見捨てたと思い込んでいる。絶望は大罪だ。だがさらに悪いことは、それが非常な愚行であることだ。君には多くの友があるし、神は今までどおり、君の道を注意深く見守っている。君がそれらに値するためにしなければならぬことは、忍耐強く待つこと、そして心の平静を保ち続けることだ」

分からないように気を静め、怒ったように涙をこらえながらも、メリエットはそれを聞いていた。緊張と沈黙からも、そのことは明らかだった。

「もしどうしても君が知りたいというなら」カドフェルはほとんど自分の意志に逆らって言ったから、口調はいっそういらいらしたものになった。「そうだ、わしは父なのだ。わしには一人の息子がいる。このことを知っているのはわし以外には君しかいない」

言い終わると彼はすぐさまランプの芯を揉み消してから、暗闇の中を進み、外に出してもらうために大きな音を立てて扉を叩いた。

翌朝カドフェルが顔を出した時は、どちらのほうがいっそう超然としているか、どちらのほうが相手を注意深く見守っているか、分からないくらいだった。カドフェルには予想外のことだったが、どちらもすでに充分に、心の内をさらけ出していた。もう、これ以上は必要ない。メリエットは謹厳で落ち着いた表情を見せて、隙を見せず、カドフェルのほうはぶっきらぼうで実務的だった。彼はこの気難しい患者の傷がもう相当に小さくなっているのを確認すると、もう手当ての必要はないと告げ、これからは読書に集中できるし、この償いの時間を使ってせいぜい心を清めることだと忠告した。

「それじゃあ、もうぼくの面倒は見てくれないんですね」メリエットは率直に言った。

「ここに入ることを要求する口実は、わしにはもうないということだ。君は一人きりで罪を反省することを求められているのだから」

メリエットは石の壁にむかってちょっと顔をしかめ、ぎこちなく言った。「まさか、ぼくがあまり馴《な》れ馴れしくなるのを恐れているんじゃないでしょうね？　ぼくに打ち明け話までしてしまったということで。ぼくはあなた以外、あるいはあなたの頼みがない限り、誰とも話すつもりはありません」

「そんなことは、何も考えたことはない」カドフェルはびっくりすると同時に少し心を動かされて、相手を安心させるように言った。「君はわしのことを、信頼ということの意味さえ知らぬおしゃべり屋に、打ち明け話をする人間だと思うかね？　そんなことじゃない、わしには然るべき理由がなければ、ここに出入りすることができないというだけのことだ。君と同様、わしも規則を守らなければならぬ」

かすかな堅苦しさは、もう消え去っていた。「でも、残念です」メリエットは笑いとともに急に緊張を解いて言った。カドフェルはあとから、その笑いがびっくりするほど心地良く、同時にまたとないほど哀れを誘うものだったことを思い返した。「あなたがここにいてぼくを叱ってくれれば、よりよく罪を反省することができると思ったんです。一人きりだと、ブラザー・ジェロームに煮え湯を飲ましてやろうという考えが、どうしても忍び込んでくるんです」

「その言葉も、わしらは君の告白と見なすだろう」カドフェルは言った。「むろん、他の者の耳に入れてはならぬ言葉だ。この十日間は、君はわしなどの助けなしに償いをすませなければならぬ。わしは君のことを救いがたく、改心の見込みがないとは思っていないが、わしらにできるのは君に試練を課すことだけだ」

カドフェルが扉の所まで行った時、メリエットは不安そうに「ブラザー・カドフェル……？」と声をかけ、彼が振り向くと、「ぼくはそのあとどうなるのか、ご存じですか？」と訊いた。

「どうなるにしろ、君を追い出すようなことはない」カドフェルはそう答えたが、どうして彼にその後の計画を話さなかったのか、自分でも分からなかった。だが、たとえそうしても、何も変わらなかったろう。ここから追い出されることがないと分かると、メリエットは落ち着き、安心したようだった。聞きたかったのは、そのことだけだったのだ。だが、それで彼の気分が晴れ晴れしたわけではなかった。

カドフェルはくたびれ果てて部屋をあとにした。その日は一日じゅう、誰に会っても、カドフェルはいらいらを隠さなかった。

7

ヒューは北方の湿地から何の収穫もなくシュルーズベリに戻ると、その日の晩の食事にカドフェルを招いた。そうした招きはたびたびあったが、カドフェルには特別に正当な資格があった。というのも彼は、生まれてからもう十カ月になるベリンガーの息子のジャイルズの名付け親になっていて、その成長ぶりを見守る義務があったからだ。ジャイルズは健康そのもので、はちきれんばかりのエネルギーに溢れていて、何も問題はなかった。だが、世の父親の常で、ヒューは息子の道徳的傾向にしばしば疑問を呈し、息子の驚くべきいたずらの才を、尊敬と誇りを交えて、こと細かに報告した。

アラインは男たちに食べさせ、酒を出したあと、息子の瞼がとろんとするのをめざとく目にすると、すぐにコンスタンスのそばで寝かせるべく、部屋から連れ出した。コンスタンスはアラインが子供の時からの召使いで、忠実な友でもあり、今はジャイルズの大好きな奴隷になっていた。ヒューとカドフェルはしばらくの間二人きりになったので、いくつかのやり取りをした。だが、交換すべき情報は哀れなほど乏しかった。

「湿地帯の住民たちは誰一人として……犠牲者にしろ、犯人にしろ……よそ者の姿を目撃してはいません」ヒューは言った。「しかし、馬が湿地帯にいたことは紛れもない事実なので、あの男も近くにいたことは間違いありません。わたしにはいまだに、彼が湿地の沼の中のどこかに横たわっているような気がします。恐らく、再び彼の姿を見たり、その噂を聞くことはないと思います。わたしは大聖堂参事会員のエルアードに、クレメンスがどんなものを身に付けていたかを調べて知らせてくれるように、伝言を送りました。たぶん、彼はいい身なりをして、宝飾類も身に付けていたんでしょう。だとすれば、追い剝ぎには好餌《こうじ》です。しかし、もしそうなら、それはずっと北から侵入した者たちによる、初めての犯罪ということになります。そして、われわれの捜索が、再度の侵入を思い留まらせているのかもしれません。あのあたりで危害を加えられた旅人は、他に見当たらないのです。もちろん、不案内な者には、誰にとってもあそこは危険な所です。安全な所がどこか、はっきりと分かっていなければなりません。しかし、どうもわたしには、それが真相のような気がします。現地には、一人の執行官と二人の部下を置いてきました。住民たちもわれわれに協力して、目を光らせてくれています」

一人の男の失踪に関して、それが最もありえそうな説明であるということには、カドフェルにも異論がなかった。

「だが……一つの事件がある事件のあとに起こったからといって、前のことが後のことを引き起こしたとは必ずしも言えない。これは常識だ。ただ、わしらの心は、それらの間の結び付きを想定せずにはいられないようにできている。ここには、二つの思いがけない事件がある。クレメンスはアスプレー家を訪れ、そこをあとにした……それも一人で出発したのではなく、四人もの人間がしばらくのあいだ供をし、別れの挨拶をして戻って来た……これが一つだ。その二日後、同じ家の下の息子が、急に修道士になりたいと言い出した。これがもう一つだ。むろん、関係などありそうもないが、わしにはどうしても、この二つを切り離して考えることができないのだ」

「ということは」ヒューははっきりと言った。「あの若者がクレメンスの死にかかわりがあり、修道院に逃げ場所を求めたと思っているんですか？」

「いや、そうではない」カドフェルは断定した。「だが、今はわしの考えを聞くのはよしてくれ、まだ霧の中なのだ。しかし、霧の後ろに何が隠れていようとも、今君が言ったことは正しくない、それは確信している。彼の動機はまだ推測できないが、殺人の血に汚れているとは信じられない」彼は真実そう思って言ったが、果樹園の草の中にブラザー・ウォルスタンが倒れて血を流し、メリエットが恐怖に顔を強張《こわば》らせている情景が、再びよみがえってきた。

「あなたのおっしゃったことには充分な敬意を払うつもりですが、あのおかしな若者には注意を怠らないようにするつもりです。いざとなれば、いつでも拘束できるようにしておきます」ヒューは正直に言った。「ところで、彼がセント・ジャイルズへ送られるというのは本当ですか？　あの町はずれの、森や荒れ地のすぐそばの！」

「心配はいらない。彼は逃げはしない。逃げて行く所はないし、彼の父親はまったく息子と肌があわず、家に戻った息子を迎え入れることはない。そもそも、あの若者は逃げたいなどと思っていないのだ。彼が唯一あせっているのは、できるだけ早く修道士として受け入れられ、ここから外に放り出される心配をなくすことなのだ」

「彼が求めているのは、永遠の監禁だというんですか？　逃亡ではなく？」

「逃亡ではない、違う」カドフェルは重々しく言った。「わしの見るところ、彼にはどこに行っても逃げ道はない」


贖罪《しよくざい》の期間を終えて独房から出て来たメリエットは、ひんやりと薄暗い中で過ごしていたため、十一月の朝のくすんだ光にもまぶしそうに目を細めた。修士会に連れ出された彼は、無表情な厳しい顔付きの面々に向かって、自分の罪の許しを求め、懲罰の正しさをはっきりと認めた。彼の態度は落ち着いて威厳があり、声も静かだったので、カドフェルはほっとすると同時に感心もした。粗末な食事で彼は少し痩せたように見え、ここに来た時の日に焼けた銅色のつやつやした肌は、くすんだ象牙色に退色していた。もともと、怒った時以外は、色つやのいい肌ではなかったのだ。今は従順そのものだった。だがもしかすると、好奇の目や非難や敵意によっては容易に動かされないように、深く自分の中に沈潜する方法を学習したのかもしれなかった。

「ぼくは自分の義務を学び、それを忠実に実行したいと切望しています」彼は言った。「どうかぼくにやらせるのがふさわしいとお思いになることを、何でも命じてください」

少なくとも、彼は口をつぐむことを知っていた。カドフェルが彼の処遇について教えてくれたということを、ブラザー・ポールにさえ明かしていないことは明らかだった。アイスーダの話からすれば、彼は大人になり始めた時から……あるいはもっと早くから……自分が兄ほど愛されていないということを知って、心に思っていることを明かさない習慣を身に付けてきたに違いなかった。そして、自分を一段低いものとしか見ない人たちの注意を引き付けるために、ことあるごとに強情を張り、悪ふざけをしてきたのだ。その結果はますます彼らを遠ざけ、自分をもますます愛とは無縁な場所に追い込んだのだ。

だがカドフェルは、生涯の最初の悲惨に決して屈するなと叱り飛ばした、すでに彼の生涯の半分は悲惨そのものだったのに。カドフェルは良心の呵責《かしやく》を覚えた。

院長は威厳を崩しはしなかったが親切なところを見せ、すでに償いの終わった過失については多くを語らず、これからのことをメリエットに説明した。

「今日の午前中は礼拝に参加し、そのあと、君の同僚たちと一緒に食堂で食事を摂りなさい。午後にはブラザー・カドフェルが、君をセント・ジャイルズの施療院へ案内する。彼には薬品を補充する用事があるからだ」

それはつい三日前にカドフェルも聞かされたことだったが、院長が個人的な配慮を示してくれたという歓迎すべき証拠だった。煩悶《はんもん》を抱え、手もかかるこの見習い修道士に対してカドフェルが特別な関心を抱いていることを考慮して、院長はこれからも監督を続けてくれると言ってくれたのだ。

その日の午後早く、二人は肩を並べて正門から出て、門前通り《フォアゲイト》の日頃の賑《にぎ》わいの中へと入って行った。穏やかで湿っぽく哀愁の漂う十一月のこの時間には、人の往き来はそれほど頻繁ではなかったが、人の活動はそこここに見られた。肩から袋を下げ、犬を後ろに連れて、とぼとぼと家に向かう少年、薪を積んで町へと向かう荷馬車引き、杖に寄りかかる老人、買いものを下げ、町からあわただしく帰って来た門前通り《フォアゲイト》の頑丈そうな二人のおかみさん……かと思うと、馬に乗ったヒューの部下の一人が橋をめざしてのんびりと戻って来る。メリエットは目を大きく見開いて、周りのすべてのものを見ていた。何しろ、十日間も石の壁に囲まれ、かすかなランプの光しかなかったのだ。表情は重々しく落ち着いていたが、目は貪欲《どんよく》に色彩と動きを貪《むさぼ》っていた。

正門からセント・ジャイルズまでは、ほんの半マイル足らずだった。修道院の壁沿いに進み、馬市広場の緑の原っぱを過ぎると、門前通り《フォアゲイト》の家並を挟んで道は真っ直ぐに延びていた。

やがて家々の間に木立や畑が挟まるようになり、さらに進むと田園風景がひらけた。施療院の低い屋根と、付属礼拝堂のずんぐりした塔が見えてきた。街道の左手にある緩やかな土手を登った所にあって、そこは道の分岐点にもなっていた。

メリエットは近づいてくるその場所を、興味深げに見ていた。だが、あくまで自分に割り当てられた場所にすぎなかったから、特別熱心に見るというわけではなかった。

「ここには、何人くらいの病人がいるんですか?」

「最高で二十五人くらい、いることもある。だが、数はしょっちゅう変化する。中には、このような施設を次から次へと移動する者もあって、そういう人たちは一カ所に長居することはない。中には、ここにたどり着いて、病が重くて居ついてしまう者もいる。死ねば数は減るが、新しく来た者がまた空きを埋める。君は感染すると思わないのかね?」

「いいえ」その言い方はあまりに無頓着だったから、まるで「どうしてぼくが恐れなくちゃいけないんです? 病気がぼくにどんな脅威だというんです?」と言っているように聞こえた。

「ブラザー・マークが一人でみんなの面倒を見てるんですか?」

「一人の平信徒の上役がいる。門前通り《フォアゲイト》に住んでいる立派な人で、良い監督官だ。その他に二人の手助けをする者がいる。しかし、患者の世話をしているのはマークだ。君がもしやってくれるなら、彼には大きな助けになる」カドフェルは言った。「君とほとんど同じ年齢だし、君が一緒なら喜ぶはずだ。マークはわしの薬草園での右腕で、救い主でもあったのだが、そのうちに、ここで哀れな人たちの面倒を見ることを義務と考えるようになった。今ではもう、再びわしの所に取り戻すことは無理だろうと思っている。見捨てることができない人をいつもここで抱えているし、そういう人がいなくなると、またすぐに見つけてしまうのだ」

カドフェルはとっておきの自分の弟子を、ほめすぎるのを自重した。だがそれでも、街道から緩やかな土手を登り、編み垣と低い玄関口を通り抜けて施療院の中に入り、小さな机に向かうブラザー・マークの姿を目にした時、メリエットの驚きは大変なものだった。マークは帳簿に屈み込んで聡明そうな額にしわを寄せ、数字を無言で口に乗せて、それをヴェラム紙に書き入れていた。羽根ペンはもう、削り直しが必要だった。指はインクだらけで、その指でごわごわした麦わら色の縁の髪の毛をかきむしったものと見え、眉毛にも剃り上げた頭のてっぺんにもインクのしみが付いていた。小柄で痩せ、平凡な顔をしたマークは……彼もかつては見捨てられた浮浪児だった……二人が入って行くと顔を上げた。その顔に浮かぶ心を和ませるにこやかな笑みを見て、メリエットの引き結んだ口は思わず開き、警戒していた目は思わず和んだ。カドフェルが自分を紹介してくれる間、彼は素直な驚きを浮かべて相手を見つめていた。こんな小さな弱々しい若者、十六歳にしか見えない痩せた身体、おまけにひもじそうな感じ……これが、二十人かそれ以上もの病人や身体の不自由な者、貧しい者や虫けら同然に扱われてきた者、そして年寄りの世話をしているのか！

「君の所にブラザー・メリエットを連れて来た」カドフェルは言った。「この、いつもの袋も忘れないでな。この若者はしばらくの間、君の所に留まって、ここの仕事を覚える予定だ。何でも言い付けてくれ、きっとやってくれるはずだ。とりあえず、居場所と寝る所を確保してやってくれ。わしはまず戸棚に薬を補充する。それが終わったあとで、何か必要なものがあったら、わしに言ってくれ」

カドフェルはここの場所には明るかった。互いに見つめ合い、相手に話しかける言葉を急がずに捜している二人をあとに残し、彼は薬品戸棚のある場所へ向かった。特に急ぐ必要はなかった。あの二人……一人は二つの荘園を持つ領主の息子、もう一人は小作人の家に生まれた孤児……の境遇ほど対照的なものはなかった。だが彼はひと目で、二人に共通の何かがあることを見て取った。どちらも見放されて軽視され、どちらもほぼ同じ年齢、片方にはまれに見る温かさと謙虚さがあり、もう片方には熱情的で衝動的な寛大さがある。そんな二人が仲良くなれないことがあろうか？

カドフェルは袋の中味を開け、薬品が切れて空いている棚がないか確認し終わると、二人を捜しに行った。彼らを見つけると、カドフェルは少し離れて付いて行った。マークは新しい助っ人を連れて、施療院、礼拝堂、墓地と次々に案内し、裏手に回って隔離されたような小さな果樹園に出た。そこには身体がそれほど不自由ではない者たちが、新鮮な空気を吸うために戸外に出て、昼のひと時を過ごしていた。貧しい者と救われない者たちの場所だった……皮膚病に肌をむしばまれた者、事故やハンセン病やおこりで身体が不自由になった男や女、捨てられたりして孤児になった子供たち、単に土地や技能や生活の資を稼ぐ手段を持たず、あるいは社会の中に居場所を見つけられないために、健康だが物乞いに生きなければならない者たち……。

ウェールズなら、慈善によってではなく血族関係によって、こうしたことはもっとうまく処理されている。一つの血族に属す者は、血族によってメンバーと認められて援助を受け、見捨てられたり困窮から死ぬようなことはない。だがそこにおいても、血族を持たないよそ者は、一人で世に立ち向かわなければならぬ。ここに身を寄せる人々……逃げ出した農奴、追い払われた小作人、労働価値がないというだけで見捨てられた身体の不自由な人たち……は、みなそうだ。それから、何人もの貧しく、くすんだ、身を持ちくずした女たち。中には子供がまとわり付く者もいるが、むろん父親は内縁で、誠実ではないか、すでに死んでいる。

カドフェルは二人を残し、空の袋を持ち、いっそうの確信を心に抱いて静かにそこを立ち去った。新しい助っ人の来歴について、マークに何かを言う必要はなかった。二人の純粋な兄弟愛に任せればいい、もしもこの言葉が本当に何かの意味を持つものならば。マークには、何の先入観も持たず、何の暗示もなしに判断させよう。恐らく一週間もすれば、メリエットについての、哀れみを通じてのものではない、何らかの明るい知らせが得られるはずだ。

別れ際に見た二人は、裏の小さな果樹園にいた。子供たちが走り回っている。四人は走ることができたが、一人は一本の松葉杖にすがってよろよろと歩き、九歳になる一人の子は小さな犬のように、四つんばいになって這い回っていた。厳しい冬の霜にさらされて壊疽《えそ》になり、両足の指を失っているのだ。マークはメリエットにその小さな一画を案内する時、その子の手を取った。メリエットは恐怖にはまだ無防備だったが、その恐怖は少なくとも嫌悪ではなかった。彼は身を屈めて、足元を回るその子に手を差し出した。だが、相手が立ち上がることができないことを知ると、彼は有無を言わせずその子を抱き上げるようなことはしなかった。彼は急に尻をついて座り込み、自分をその子と同じ高さにすると、痛ましい表情を見せながら熱心にその子の言うことに耳を傾けていた。

もう充分だった。カドフェルは満足して、そのまま立ち去った。

二人のことは、カドフェルは数日の間放っておいた。そのあと、しつこい潰瘍《かいよう》に悩まされている乞食の手当てをするという口実でセント・ジャイルズに出かけ、彼はマークと内々に話をする機会を作った。別れ際に、マークは門を出てからも、しばらくの間送って来てくれたが、彼はそこで初めてメリエットのことを口にした。

「新しい助っ人はどうしているかね？」カドフェルは試用期間にある新米の様子を聞く時のような、いつもながらの気楽な感じで訊いた。

「とてもうまくいってます」何の疑念も抱かず、上機嫌でマークは答えた。「ぼくが指示すると、何でもへとへとになるまでやってます」むろん、そうだろう、それは逃げられないものを忘れる一つの方法なのだ。「子供たちにはとても優しく、みんな彼に付きまとって、よく彼の手を引っ張ったりしています」それも、充分に説明がつく。子供たちは、彼が答えたくないような質問をすることはない。大人の基準で彼を評価したりすることもない。むしろ彼を頭から信頼して、好きになればまつわり付くのも当然だ。子供に対しては、常に警戒している必要もない。「それに、どんなにひどい姿形の人を見ても尻込みしませんし、どんなに汚い仕事でも苦にしません。とはいっても、ぼくほどは慣れていないので、彼が悩んでいるのは分かります」

「それは必要なことだ」カドフェルは簡単に言った。「もしも彼が悩まないようなら、ここにいる必要はない。病人の世話をする時の冷静な親切心は、半分の義務でしかない。だが、君に対してはどんな様子かね？ 彼は自分のことを何か話したかね？」

「いいえ、何も」マークは笑った。そのことには、格別驚いてはいないのだ。「言いたいことはないようです、今のところは」

「彼について、知りたいことは何もないのかね？」

「ぼくが知ったほうが良いとあなたが考えるものがあれば、それには喜んで耳を傾けます」マークは言った。「でも、いちばん大切なことは、もう知っています。これまでの彼自身や他の人たちや悪い境遇がどれほど彼の生涯を損なってきたとしても、彼が生来、正直であり、やましいところがないことは明らかです。ぼくが望んでいるのは、彼がもっと幸せになることだけです。彼の笑い声が聞きたいんです」

「じゃあ、君のためではなく、むしろ彼のために、わしが知っていることをすべて話そう」カドフェルはそう言って、直《ただ》ちにすべてのことをマークに話して聞かせた。

「それで分かりました」聞き終わった時マークは言った。「どうして彼が自分のベッドを屋根裏に持ち上げたかが。彼は恐れていたんです、もしかして自分が寝ている時に、そうでなくてもすでに耐えられないほどの悩みを抱えている人たちを、さらに悩ませ、脅《おび》えさせるんじゃないかと。ぼくは彼と一緒の場所に寝ることにしようかどうかと、迷っていたんです。でも、これで考え直しました。彼にはちゃんとした理由があったんですね」

「それは彼のすべての行動に都合のいい理由だろうか？」

「あくまで、彼にとって都合がいいというだけのことです。いつも賢いとは限りません」マークは胸の内を吐露《とろ》した。


マークは自分が知ったことを、何一つメリエットには話さなかった。メリエットが自分から閉じ込もった納屋の屋根裏にも踏み込まず、その行動についても、何も問わなかった。しかし、その日からの三晩、みんなが寝静まった時を見計らってひっそりと自分の寝床から抜け出して納屋に忍び込み、屋根裏の物音に耳を澄ましました。だが、熟睡している人の安らかな深い寝息以外には、時々寝返りを打つ時の、何かがこすれるような物音と息の音がするだけだった。それとは違う、もっと深いため息のような音も聞こえたが、恐らくそれは心にのしかかる重荷を解き放つもので、叫び声は一度も聞こえなかった。セント・ジャイルズでは、メリエットは疲れ切って、心地良い達成感を覚えて寝床に就くためか、夢も見ないで眠っていた。

セント・ジャイルズの施療院の後援者は数多くあったが、中でも王はその筆頭で、修道院は金銭の面でも、その他の面でも王に大きく依存していた。何人かの荘園主は日を決めて、領地内の森の木の実を収穫したり、枯れ木を集めることを許していた。しかし、近くにあるロング・フォレストでは、燃料にしたり垣根や建物を作ったりするために、年に四日に限って森の木を利用してよいことが、施療院に権利として認められていた。うち三日は十月、十一月、十二月に一日ずつ、天気を見計らっていつでも実行してよく、もう一日は二月か三月に、冬の備えが乏しくなった時に利用することができた。

メリエットの滞在がちょうど三週間を数えた十二月三日は、森へ出かけるには絶好の穏やかな日和だった。朝早くから太陽が顔を出し、足元の土は固く締まって乾いていた。何日か雨なしの日が続いたが、良い天気がそれ以上続く保証はなかった。空気も乾いているので、枯れ木を集めて運ぶには最適だったし、むろんついでに雑木を切ってもよい。マークは空気の匂いを嗅ぎ、その日を休日として森へ出かけることにした。二台の軽い手押し車、小枝を束ねるための紐が用意され、食べものを入れた大きな革製のかごが手押し車の上に載せられた。ゆっくりとした森への歩みに付いて来られる者は、すべて狩り出された。行きたくても、どうしても無理な者だけがあとに残った。

セント・ジャイルズから南に向かう道は、カドフェルがアスプレーに行く時にたどった道を左手にやり過ごして、真っ直ぐに続いていた。そこからしばらく行った所で右手の広い草の道に入ると、そこはもう森の縁に当たるまばらな雑木林の中だった。あの四つんばいでしか歩けない少年も一緒で、彼は手押し車に乗せてもらっていた。体重はほとんど問題にならなかったし、彼が喜ぶのは何ものにも代えがたかった。一行は林の中の開けた一画にたどり着くと、彼を草の上に降ろしてやり、そこで遊ばせておきながら、さっそく仕事に取りかかった。

メリエットは最初のうち、いつもどおりの真面目腐った表情をしていたが、日が高くなるにしたがってようやく、心も和んだのか表情も穏やかになってきた。森の匂いを嗅ぎ、草地をたどるうち……まるで雨のあとの乾ききった新芽のように……地面から活力を吸収して気分が明るくなったようだった。倒れた木の太い枝を集めるのに彼ほど疲れを知らない者はなく、それらを紐で縛ったり手押し車に乗せるのに、彼ほどきびきびと働く者はなかった。革製のかごを開け、一行が昼食にしようとひと休みした頃には、彼らは森の中に深く入り込み、いちばん収穫の期待できる場所に到達していた。メリエットはパンとチーズとタマネギを食べ、エールを飲み終わると、片腕に例の少年を抱えるようにして、腹這いになった。枯れかかった深い草の中に飲み込まれて横たわるその姿は、まるで地面から萌え出た下生えのように見え、冬に向けて半分眠り、次の春に向けて半分目覚めているようだった。

休息のあと、十分も森の中を行かないうちに、メリエットは立ち止まってあたりを見回した。柔らかな木漏れ日《こもれび》が斜めに差し込み、右手には地衣類がへばり付いた低い岩が露出していた。

「ここがどこかが分かったぞ。初めてポニーをもらった時、ぼくは家から西に向かっては、ぼくらが最初にたどったあの本道までしか来てはいけないと言われていた。だから、そこからさらに南西に、こんな深い森の中まで入ることはもちろん禁止されていた。だけど、ぼくはよくこのあたりまで来たんだ。この近くには一人の年取った炭焼きがいて、窯《かま》を持っていた。その老人は今から一年以上前に、小屋の中で死んでいるのが見つかった。でも、跡を継ぐ息子もなく、こんな寂しい所で暮らそうとする者もいなかった。彼はきっと雑木を切って、乾燥させるために積み重ねておいたはずだ。それを焼くことは結局できなかったんだけど。マーク、そこへ行ってみてもいいだろうか？　きっと収穫があると思うんだ」

それは無邪気な子供時代の思い出にすぎなかったが、彼が自分から口を開いたのは初めてだったし、彼が熱意を見せたのも初めてだった。マークはその提案を喜んだ。

「もう一度そこを見つけることができるのかい？　もうたっぷり収穫したけど、そこでいいものが見つかれば道端まで運んでおけばいい。荷を一度降ろしてから、また取りに来ればいいんだ。丸一日あるからね」

「確かこっちの方角だった」メリエットはそう言って、左のほうへと自信ありげに進んで行った。先頭に立って任務を果たすみたいに、歩幅も自然に広くなっていた。「みんなには自分のペースで付いて来るように言って。ぼくは先に行って場所を捜すから。そこは森の中に開けた窪地なんだ……雑木の山には覆いがかかっているはずだ……」声も姿も、木々に隠れてだんだん見えなくなった。だが数分後には、彼の声が聞こえてきた。その叫び声はほとんど喜びの声といってよく、マークが初めて聞くものだった。

マークが彼の所にたどり着くと、目の前にはさしわたし四十歩か五十歩の浅い円形の窪地が開け、真ん中には土と灰が踏みならされて平らになった場所があった。二人の近くにある森の縁には、棒切れとシダと土で作った粗末な使い古された小屋があり、空っぽの戸口の上へ崩れかかっている。窪地の反対側には、雑木の丸太が森の縁に沿うように積み上げられ、その下のほうは茂った草むらに覆われている。真ん中には大股で五歩くらいの直径を持つ炭焼き窯をゆうに二つは作れるくらいの広さがあって、実際にその跡がはっきりと見えていた。だが、草はすでに周りから押し寄せていて、真ん中の灰の部分にまで新芽が侵入を果たしていた。

手前の窯は炭焼きが終わってすでに片づけられていて、新しい雑木の山は作られていなかった。だが、もう一つのほうには山ができていた。それは半分が焼けてなくなっていたが、もう半分は草や葉や土のおおいの下に、潰れて平らになりながらも、もとのままの形で残っていた。

「彼は最後の山を作り、それに火を付けた」メリエットは言った。「でも、それが燃えている間に、もう一つの山を作ることはできなかったんだ。いつも、そうしていたんだけど。それだけじゃなくって、最初に火を付けた窯も、最後まで面倒を見ることはできなかったんだ。彼が死んだあと、強い風が吹いたに違いない。だけど、その風が窯の中に吹き込んで中を燃やしても、窯の裂け目をふさぐ人はいなかったんだ。見て、片側は完全な灰になってるけど、もう片側は焦げているだけだろ。炭はあんまりないと思うけど、かご一杯くらいは簡単に見つかる。それに、彼は雑木の山を残してくれた。しかも、よく乾いているのをね」

「ぼくは炭焼きのことなんて、何も知らないんだ」マークは興味を覚えて言った。「あんなに大きな雑木の山を、どうして炎を上げさせないで燃やすことができるんだい？　そうすることで、また燃料として使えるようになるんだろう？」

「まず、真ん中に一本の高い柱を立てるのさ。それから、その周りに乾いた細い薪を積み、その外側に雑木の丸太を積み上げげる。これで山ができあがる。次に、葉か草かシダを使って、山全体をすっぽりと包み込む。これは、さらにその上を覆って山を完全に密閉する土や灰が、中に落ちないようにするためなのさ。準備ができて火を付ける時には、まず柱を抜く。そこが煙突になるわけさ。つぎに、そこから燃えている石炭を投げ入れ、そのあとからよく乾いた細い棒切れを入れて完全に火が付くようにする。あとは通気孔をふさげば、中の丸太はゆっくりと高い温度で燃え続ける。時には十日間もね。もし風が出た時には、ずっと見張らなくちゃならない。裂け目から風が吹き込んだりすれば、中のものはいっせいに炎を上げて燃えちゃうからね。そんな場所を見つけたら、すぐにふさがなくちゃいけないんだ。ここの場合には、そういう人がいなかったんだ」

後ろからゆっくりと付いて来た連中が、姿を見せ始めた。メリエットは真ん中の窯の跡に向かって、緩やかな斜面を降り始めた。マークはすぐ後ろに従った。

「君は炭焼きにすごく詳しいね」マークは笑みを浮かべて言った。「どこでそんな知恵を仕入れたんだい？」

「彼はむっつりした年寄りで、みんなから好かれてはいなかったんだ」雑木の山のほうへ向かいながらメリエットは言った。「でも、ぼくには気難しくなかった。一時は、ぼくはしょっちゅうここに来ていたんだよ。けれど、ある時炭出しを手伝って、言い訳もできないほど真っ黒けになって家に帰った。ぼくはお尻を鞭でこっぴどくぶたれて、もうここには来ませんと誓うまでポニーを返してもらえなかったんだ。確か、九歳くらいの時だった……すっかり昔の話さ」彼は雑木の山を嬉しそうに、誇らしげに見て、いちばん上の丸太を転がした。

びっくりした多数の虫があわてて物陰に逃げ込んだ。

一台の手押し車はすでにいっぱいだったので、昼にひと休みした場所に置いて来た。だが、もう一台は一行の中でいちばん頑健な二人が、木々の間を縫って引いて来た。みんなは喜んで丸太の山に襲いかかり、それを荷台に積み始めた。

「あの窯の中には半分燃え残った丸太がまだあるはずだ」メリエットは言った。「掘り返してみれば炭も出て来ると思うよ」彼は崩れかかった小屋まで行って、大きな木の熊手を持って出て来た。そして、風にあおられて無残な形に燃えてしまった窯を崩しにかかった。「変だな」彼は頭を上げ、鼻にしわを寄せながら言った。「まだ、燃えた時の鼻を突く臭《にお》いが残っている。そんなに長い間、臭いが残るなんてことがあるだろうか?」

確かにかすかな悪臭がした。山火事が雨によって消され、そのあと風によって乾かされた時の臭いのようだ。マークもそれに気づき、メリエットのそばに寄って来た。メリエットはすでに、半分残った窯の上の土や葉を、熊手を使ってどけ始めていた。湿っぽい腐葉土の土の匂いが立ち昇り、半分だけ燃えた丸太が傾いて足元に転がり出た。マークは反対側に回り込んだ。そちら側は山がなくなって白っぽい色をした灰の塊《かたまり》になっていて、風が細かい灰を森の縁近くまで運んでいた。焼け跡の臭いはさらにきつく、マークの足が灰をかき乱すたびに臭気は波のように襲いかかった。いちばん近くにある木々にまだ付いている葉は、明らかに熱にあおられて枯れてしまったように見えた。

「メリエット！」低いが、切迫したようなマークの声が響いた。「こっちに来て見て！」

メリエットは熊手を土のおおいに食い込ませたまま振り向いた。びっくりはしたが、特に狼狽することもなく、彼はマークのいる所まで回り込んで来た。だがその時、彼は熊手を放さずに、低い山のてっぺんを削り取るように引っ張ったので、半分焼け焦げた丸太が大きな音を立てて灰まみれの草の中に転がった。メリエットがこれほど楽しそうなのを見るのは初めてだ、とマークは思った。存分に身体を使い、自分のしていることに没頭して、メリエットはその他のことはすっかり忘れていた。

「どうしたの？　何があるの？」

乾いたほこりが舞い上がる中、今転がり落ちたばかりの、焼け焦げて無残な姿になった丸太が見えた。だがメリエットの足元には、何か、丸太ではないものが転がり出ていた。真っ黒になり、ひびが割れて乾燥し、革でできたそれが、変色した留め金の付いた、かかとの高い乗馬靴だと分かるまでには、しばらくの時間が必要だった。そこからは、何か長くて固そうなものが突き出ていた。白っぽい象牙色をしたそれは、ひらひらする火口《ほくち》のような焼け焦げた繊維の下に透けて見えた。

メリエットはずいぶん長い間それを見つめたまま、わけが分からないで立ち尽くしていた。口には今発したばかりの無邪気な質問の最後の言葉が形を留め、表情はまだ生き生きとしたままだった。次の瞬間、マークはかつてカドフェルが見たのとまったく同様の、衝撃的な激しい変化を目撃した。ハシバミ色の目の輝きは一瞬にして内側へと吸収されて完全な暗闇となり、満足げだった表情は消え去って恐怖に凍り付いた。メリエットは喉から小さな声を発し、死ぬ直前の人のような荒々しい息遣いを見せたかと思うと、後ろに一歩のけぞって平らではない地面につまずき、そのまま草の中に倒れ伏した。

8

腕を抱えてうずくまり、耐えきれないもの……だが見続けるしかなかったもの……からメリエットが目をそらしていたのは、ほんの一瞬のことにすぎなかった。彼は気を失ってはいなかった。丸太の山を忙しく取り崩している連中を脅かさないように、叫び声一つ上げずにマークがそばに駆け寄った時、彼はもう頭を起こして、しっかり握り締めた拳を地面に押し付けて、身体を起こそうとしていた。立ち上がっても彼はまだ震えていたので、マークは片方の腕を彼の腰に回して支えてやった。

「見たかい？　あれを？」メリエットは囁いた。半分燃え尽きた丸太の山は彼ら二人と他の連中との間にあって、誰も二人のほうを振り返った者はいなかった。

「見たよ、確かに！　みんなを立ち去らせなくちゃいけない」マークは言った。「この山はこのままにして、これ以上触っちゃいけない。炭は諦めよう。丸太だけを積んで、みんなを連れてここを立ち去ろう。君は大丈夫かい？　いつもどおりに、みんなの前で冷静にしていられるかい？」

「大丈夫だよ」メリエットは少し緊張して言い、額に噴き出た冷や汗をシャツの袖でぬぐった。「ぼくはできる！　でもマーク、もしもぼくが見たものを君も見たなら……ぼくらは知っていなくっちゃ……」

「分かっているよ」マークは言った。「もう、ぼくらの仕事じゃない、これはお役人の仕事なんだ。ぼくらは彼らに任せなくちゃいけない。もう、あっちを見てもいけない。たぶんぼくは、君よりもよく見ているよ。何があったか、ぼくは知っている。ぼくらがしなくちゃならないことは、せっかくの今日という日を台無しにしないように、みんなを無事に帰らせることだ。さあ、ぼくと一緒に行って、丸太を積もう。もう、大丈夫かい？」

答える代わりに、メリエットは肩をぴんと張って大きく息を吸い込み、まだ腰の所にあったマークの腕を、意を決したように振りほどいた。

「準備よし！」メリエットはみんなをそこに導いた時と同じような、元気の良い頼もしい声を出し、平らな地面を横切ってみんなと合流すると、すぐさま手押し車に丸太を積む作業に飛び込んで行った。

マークは用心深く彼のあとに従った。そしてすべての誘惑を退けて自分自身の命令に従い、灰の中から現われたもののほうには決して目を向けないよう懸命に努力した。だが一度だけ、彼はその禁を破った。みんなが働いている時に、彼は窯の縁の所に、注意深く目を注いだ。そこに彼は、もう一つの考え込まずにはすまないある状態を発見していたのだ。熊手が丸太の雪崩を引き起こしたため、まさにメリエットに告げようとしていたそのことは、口にされずじまいだったのだ。

手押し車には丸太が山と積まれたため、帰りには例の少年を荷台に乗せる余裕がなくなった。メリエットは少年を背中に背負ってやった。しばらくすると少年は眠くなったとみえ、首にかじり付いていた腕の力が抜けた。メリエットは少年の重みを片方の腕に移し、こっくりをする麻色をした少年の頭が自分の肩の所にうまく落ち着くようにしてやった。腕にかかる重さは軽く、胸に当たる少年の身体は温かだった。

(彼が胸の内に抱えるものは、遥かに重く、触ると氷のように冷たいはずだ) マークは黙って彼を見つめながら思った。だが、メリエットは岩のように平静を保っていた。一瞬の嫌悪からくるひるみは、もう過ぎ去っていた。おそらく、二度とあのような状態を見せることはないだろう。

セント・ジャイルズに着くと、メリエットはまず少年を中まで送って行ってやり、それから戻って来ると、短い土手を登って納屋まで手押し車を押して行くのを手伝った。丸太はその低い軒下に積み上げられ、あとは必要に応じて切ったり、割ったりされるはずだった。

「ぼくはこれからシュルーズベリに行ってくる」頭かずを数えて、無事に全員を施設の中に収容し終わるとマークは言った。みんな疲れてはいたが、その日の首尾は上々だったので表情は明るかった。

「いいよ」木製の控え壁の間に、切り口を手前に向けて丸太をきれいに積み上げていたメリエットは、振り向きもしないで返事した。「誰かが行かなくちゃならないものね」

「みんなと、ここにいてくれないか。ぼくはできるだけ早く戻るから」

「分かったよ、そうする。みんなは喜んでいるよ、良い日だったものね」


修道院の正門まで来た時、マークはためらった。気持ちとしては、まずすべてのことをブラザー・カドフェルに話したかった。今すべきことは、まず王の執行官の所に行って、一部始終をできるだけ早く報告することだった。だが、メリエットの身柄を彼に預けたのはカドフェルだったし、彼は心の中で、炭焼き窯の所での身の毛もよだつ発見は、どこかでメリエットと関係があるに違いないと確信していたからだった。メリエットが受けたショックは間違いなく本当のものだったが、その程度は異常といってよかったし、その時のひるみようは非常に個人的なものと考えざるをえなかった。彼はあんな発見をすることになるとは知らなかったし、夢にも思っていなかった。だが明らかに、あれを見つけた時、彼はそれが何であるかを知っていたのだ。

マークが正門のアーチの所でぐずぐずしていた時、後ろから肩をぽんと叩いたのはカドフェルだった。彼は夕べの祈り《ヴェスパー》の前に、門前通り《フォアゲイト》に住む悪性の胸の疾患を病む老人の所へ行かされたところだったのだ。迷っていた問題を一気に解決してくれた天の恵みに感謝して、マークはすぐにカドフェルの袖を掴んで頼んだ。

「カドフェル、ヒュー・ベリンガーの所まで一緒に行ってください。ぼくらはロング・フォレストで恐ろしいものを発見したんです、もちろん彼が処理しなくちゃならないものです。あなたに会えたらと思っていたんです。その時メリエットは一緒でした……彼にも何か関係があるんです……」

カドフェルは鋭い目でじっと見つめていたが、いきなりマークの腕を掴んで身体を町の方向に向けさせた。

「行こう、話すのは向こうへ行ってからでいい。思いのほか早く戻れたから、あと一時間か二時間は、君とメリエットのために割くことができる」

二人はセント・メアリー教会の近くにあるヒューの家に着いた。運良くヒューは夕食前で家にいて、その日はもう仕事がなかった。彼は温かく二人を迎え入れたが、マークがその華奢《きゃしゃ》な胸の内に抱える心配ごとを全部吐き出してしまうまでは、賢明にもひと息つく余裕も与えなかった。マークは慎重に言葉を選びながら話をした。几帳面《きちょうめん》に事実を拾っていくやり方は、危険な流れの中に安全な踏み石を見つけて、一歩一歩進んで行くようだった。

「ぼくはこちらに来るよう、彼に声をかけました。ぼくのいた側は、丸太の山が完全に焼けてしまっていました。風が細かな灰を森のほうまで吹き飛ばしていて、近くの木の枝は熱であぶられて、葉は褐色に変色して縮れていました。ぼくが彼を呼んだのは、それらに注意を向けるためでした。というのも、火が燃えたのは比較的最近だと思ったからです。褐色にあぶられた葉は今年のものですし、まだ灰色の灰はそんなに何週間も前のものではありません。彼はすぐにこちらに回って来ました。でもその時、熊手を握ったまままかまわず引きずったので、まだ燃え残っていた山のてっぺんが崩れました。丸太と土と葉が崩れ落ち、そしてそれが、ぼくたちの足元に転がり出て来たんです」

「君はそれを見た」ヒューは静かに行った。「見たとおりに話してくれたまえ」

「それは爪先の長い、しゃれた乗馬靴でした」マークは沈着だった。「焼かれて縮み、乾いて、歪んでいましたが、形を留めていました。その中に、人の足の骨が、灰になったズボンとともにありました」

「確かなんだね」同情を覚えながらヒューは言った。

「間違いありません。ぼくは山の中から、丸い膝の関節が飛び出しているのも見ています。すねの骨はそこから落ちたんです」マークの顔は青ざめていたが、声は平静だった。「それがもげて落ちるのを実際に見たんです。人の身体であることは間違いないと思います。火は風にあおられて反対側を焼き尽くしましたが、あそこに埋まっている人は、キリスト教徒としての埋葬もできるくらいに完全かもしれません。最低、骨を集めることはできると思います」

「もし君の言うとおりなら、然るべき敬意を払って、そのことは処理されることだろう」ヒューは言った。「先へ進んでくれ、君にはもっと話があるはずだ。ブラザー・メリエットは君が見たものに目を向けた。それで、どうしたのかね？」

「彼は打ちのめされるほどのひどいショックを受けました。彼は子供の頃そこに行って、年寄りの炭焼きを手伝ったことがあると話していたんです。そこにそんなひどいものがあるなんて、何も知らなかったと思います。ぼくはまず彼に、みんなを脅かさないようにして無事に帰さなくちゃいけないと言いました。彼は立派に自分の役割を果たしてくれました」マークは言った。「ぼくらが見つけたものはそのままにしてあります。朝になれば、そこへ案内することができます」

「その役は、むしろメリエット・アスプレーにやってもらおう」思案の末にヒューは言った。「さあ、君はもう話すべきことを話したのだから、一緒に座って少し食べたり飲んだりするとよい」

　重荷を降ろしたのでほっとして、マークは言われるままに腰を下ろした。彼は最も慎ましいもてなしにも感謝したが、同時に最も豪華なもてなしにも平然としていた。思い上がりはなかったし、こびへつらいとも無縁だった。アラインが食事と飲みものをカドフェルと彼に持って来てくれた時、彼は喜んで素直にそれを受け取った。それは聖人が施しを受ける間、いつでも驚きと喜びを隠さず、いつでも平静でいるのと、まったくそっくりだった。

「ところで」ヒューはワインを口にしながら穏やかに訊いた。「そこで火が燃えたのは今年で、一年も前のことではないと君が思ったのは、吹き飛ばされた灰と、火であぶられた木々を見たからだと言ったな。他には、そう考える理由はなかったのかね？」

「ありました」マークはいともあっさりと言った。「ぼくたちはひと山の雑木の丸太をそっくり持ち帰ったんですけど、そこからあまり離れていない脇の草むらに二ヵ所、平らになった白っぽい場所がありました。ぼくたちが山をどけた所ほどは白っぽくなくて、かなり緑がかっていましたが、はっきり他の場所とは区別できました。あの窯を作る時に、できた跡だとぼくは思いました。メリエットはぼくに、炭にする丸太は乾燥させなければならないと言いました。あそこにあった丸太は予定よりも遥かに長い間、一年以上も放っておかれて、すっかり乾いていたはずです。火を見張る者はいなかったので、乾きすぎた丸太はたちまち炎を上げて燃えたんだと思います。その場所はご自分で見ることができるはずです。そうすれば、そこにあった丸太がいつ頃に動かされたものか、きっとぼくよりも正確に判断することができると思います」

「それは難しいな」ヒューは笑いながら言った。「君の判断は的確だと思うよ。どちらにしても、明日には分かるだろう。この世には、木食い虫とかクモとか、丸太のへりのささくれなんかから、非常に細かなことを見破ることができる人がいる。さあ、戻る前に少しくつろぎたまえ。明日の朝になるまでは、もうできることはないんだから」

マークはほっとして深々と腰を沈め、アラインが用意してくれた野鳥の肉詰めパイを感激して食べ始めた。マークがあまりに痩せているので、彼女は栄養失調ではないかと思って心配した。確かに、他人のことを心配するあまりに食べることも忘れて、ろくに栄養を摂っていないのかもしれなかった。マークには良い意味での女らしさがあった。アラインはそれに気づいた。

「明朝は」いとま乞いをするためにマークが立ち上がると、ヒューは言った。「早朝の祈り《プライム》のすぐあと、部下の者を連れてセント・ジャイルズに出向くつもりだ。ブラザー・メリエットには、わしと同道して、問題の場所を案内してもらうつもりだということを伝えておいてくれ」

むろん、このことには、無実な者を不安に陥れる材料は何もない。そうでなくても、今回の発見は彼が発端になっているのだ。しかし、完全には無実でない者には、眠れない不安な夜をもたらしたかもしれない。たとえば、必要以上に多くのことを知っている者には。ほぼ同じようなことを考えていたマークは、その遠回しの脅しに反対できなかった。だが別れ際に、彼はメリエットを弁護するいちばん強力な理由を繰り返した。

「彼がそこへぼくたちを案内したのは、良い燃料が手に入るかもしれないという、ちゃんとした理由があったからです。そこで発見するかもしれないものを彼が前もって知っていたら、ぼくたちをそこに近づけることはしなかったと思います」

「むろん、そのことは心に留めておく」ヒューは重々しく言った。「しかし、彼が死体を掘り出した時に見せた恐怖に、君は普通じゃないものを見たのだとわしは思っている。君は彼と同じ年格好だし、殺しとか暴力とかには、彼と同様それほどの経験はないはずだ。だから、君は心の底から震え上がったに違いない……しかし、彼ほどではなかった。仮に、その不法な埋葬について彼が何も知らなかったとしても、その発見は彼にとって、君にとってよりも、ずっと多くのこと、ずっと悪いことを意味したのだ。仮に、死体がそんなふうに処理されることを彼が知らなかったとしても、内密に処理する必要がある死体のことを知っていて、それを見た途端に何者の死体かが分かったということではないだろうか？」
「ありえないことではありません」マークは簡単に言った。「それらすべてのことを調べるのは、あなたに任せる以外にありません」彼は別れの挨拶をして、セント・ジャイルズへと一人で戻って行った。

「その男が誰で、何者かは、まだまったく分かっていない」マークが立ち去ってからカドフエルは言った。「その男はメリエットとも、ピーター・クレメンスとも、北の湿地をさまよっていた馬とも、何も関係がないかもしれん。一人の行方不明な男がいて、一人の死体が発見された……だが、同一人物であるとは限らない。そう思うには疑問が多すぎる。馬はここから北へ二十マイル以上も離れた場所で見つかった、それに乗っていた男の最後の宿は、ここから南東へ四マイルの所だ。そして今度の場所は、そこからさらに南西に四マイル離れている。これらを順序良く関連付けて一つに結び付けるのは、大変な仕事だ。クレメンスはアスプレーを発って北へ向かった。その時彼が生きていたことは、多くの証人によってはっきりしている。いったい彼は、北のほうではなくアスプレーの南で何をしていたんだろう？しかも、馬はずっと北のほうの、彼がたどる予定になっていた道筋で発見されている……迷って、少しそこからずれてはいるが」

「わたしにも分かりません、しかし……」ヒューは言った。「もしもその死体がどこかで追い剝ぎにやられた別の旅人で、クレメンスとは何も関係がないと分かれば、むしろわたしにはそのほうがいい。今のところ、彼の死体は湿地の沼の底にあると思われるのですから。しかし、このあたりで行方不明になっている人が他にいますか？　それにカドフェル、普通の追い剝ぎが乗馬靴を見逃しますか？　ズボンもそうです。追い剝ぎにあった死体は金目のものを身に付けていることはありませんし、手がかりになるようなものも身に付けていません。裸にするのは殺人者にとって二重の利益があるからです。さらに、その男が乗馬靴を履いていたとすれば、歩いて遠くまで行くつもりではなかったことも確かです。歩くのに乗馬靴を履く馬鹿はいませんからね」

馬がいない乗り手と、乗り手のない鞍付きの馬……この二つを結び付けるのは、当然といえば当然ではないか？

「今ここで頭を悩ましてもしょうがない」カドフェルはため息をついた。「君がその場所を見て、集められる限りの事実を集めてからのことだ」

「一緒に行ってください！　修道院長のラドルファスもあなたを連れて行くことに賛成してくれるはずです。あなたはわたしよりも死人の扱いには慣れているし、死んでからどのくらい経つか、死因は何なのかに関しても、わたしよりずっと正確な判断ができます。それだけでなく、修道院長はセント・ジャイルズに影響を及ぼす事柄には、誰かが目を光らせてくれることを望んでいます。あなたほどそれに適任の人はいません。あなたはもう、腰までどっぷりと今度の件に浸《つ》かりきっています。もう、沈むか、這い上がるか、どちらかしかありません」

「何の因果か！」カドフェルは少し猫をかぶって言った。「だが、喜んで一緒に行こう。メリエットにとりついている悪魔がどんな形でわしを悩まそうとも、力を振りしぼって悪魔払いをすることにしよう」


次の日、ヒューとカドフェル、ヒューの配下の一人の執行官と二人の部下がそろってメリエットを迎えに行くと、彼はすでに待っていた。ヒューの部下たちは金梃子《かなてこ》とシャベル、灰をふるって細かな骨と残留物を捜すための一つの篩《ふるい》を携えていた。静かな朝のかすかな霧の中で、メリエットは冷静な表情でそれらの準備に目をやり、これからの出来事に気を引き締めて、突然言った。

「道具類は今でも小屋の中に残っています。ぼくはそこから熊手を引っ張り出しました。たぶんもうマークから聞いていると思いますが……炭焼きの老人はそれをコラックと呼んでいました」彼は引き締めた口元を、分かるか分からないくらいかすかに緩めてカドフェルを見た。「ぼくが必要だということはブラザー・マークから聞きました。彼がもう一度行かないですんで、良かったと思います」その声は表情と同じように完全にコントロールされていた。たとえどんなことに直面しようと、彼は驚きそうもなかった。

　時間の節約のため、彼には馬が用意されていた。彼は喜んでひらりとそれにまたがり……そんな喜びは恐らく今日は二度と訪れることはないだろう……先頭に立って道をたどり始めた。自分の家へと続く分岐点を通りすぎても、彼は脇目もふらず、やがて反対側の広い草の道へと入って行き、三十分もしないうちに炭焼き窯のある浅い盆地へと一行を案内した。潰れた窯の上には、地面を這うような青い霧がかすかに漂っていた。ヒューとカドフェルは縁に沿ってしばらく歩いてから、中心の灰の中に転がる「丸太」の眼前で立ち止まった。

　ぼろぼろになった革紐に付いた変色した留め金は銀製だった。靴は凝《こ》っていて、高価なものだった。ほとんど肉を留めない骨には、焼け焦げた布切れの端がひらひらと揺れてくっ付いていた。ヒューは爪先から膝までを見てから、上に露出した丸太の中に関節の部分を捜した。

「この中に死体が横たわっているはずだ。犯人は打ち捨てられた窯を掘り返して死体を放り込んだわけじゃない、新しく窯を作って、その真ん中に死体を置いたのだ。むろん、犯人は窯の作り方を知っていた、そんなに詳しくではなくとも。まず、注意してこの部分を壊そう。上を覆っている土や葉を熊手で取りのけてくれ」彼は部下に言った。「丸太の部分に達したら、一本ずつ取り除こう。恐らく、骨しか残っていないだろうが、残っているものはどんな小さなものでも集めたい」

彼らはさっそく、おおいの部分を取りのける作業を開始した。カドフェルは風が吹きつけた方向から見てみようと思い、ぐるっと窯の周りを回った。積み上げた丸太の地面に近い部分に、小さなアーチ形をした穴が見えた。彼は屈み込んで、半分葉っぱに隠れたその穴の中に手を入れてみた。穴は中心へと向かっていて、肘《ひじ》の所まで彼の腕を呑《の》み込んだ。窯が作られた時に設けられたものだった。彼はヒューの所に戻った。

「これを作ったのは確かな知識を持った者だ。風上に当たる部分に、空気を導き入れるための小さな通気孔が設けられている。丸太の山全体を焼いてしまうつもりだったのだ。だが、誤算があった。犯人はちゃんと火が付くまでは通気孔を閉じておき、それから通気孔を開けて立ち去った。ところが風が強すぎたため、半分は完全に燃えたのに、風上のほうの半分は焼け焦げただけだった。これを完全に燃やすには、誰かが見張っていなければ駄目なのだ」

メリエットは馬をつないだ場所の近くに少し離れて立ち、みんなの活動を無感動な表情で眺めていた。ヒューとカドフェルが森の縁まで歩いて行くのが見えた。そこには草むらの中に、周りより白っぽい色をした三つの長方形をした平らな部分があった。丸太が積み上げられていた場所だった。マークが言ったように、二つは残りの一つより緑が濃く、枯れた草の間から新しい草が太陽に向かって萌え出していた。三つ目はむろん、セント・ジャイルズの連中が持ち去った丸太が置かれていた場所で、漂白されたように白く真っ平らだった。

「これくらいの草が生えるにはどのくらいかかります？　今の季節で？」ヒューが訊いた。

枯れた草の柔らかいむしろを爪先でつつきながら、カドフェルはしばらく考えていた。

「たぶん、八週間から十週間というところだろうが、はっきりとは分からない。吹き飛ばされた灰も恐らく、その頃のものだ。マークは正しかった。炎の熱は木々にまで達している。もしもここの地面がこんなに裸でなくて硬くなかったとすれば、火は木にまで燃え移っただろう。だが、さいわい地面には、厚い枯れ葉や木の根の層がなかったのだ」

二人は窯の所に戻った。土と葉のおおいはすでに取り除かれ、丸太の硬い表皮が見えていた。真っ黒になっているが、形は崩れていない。執行官と部下たちは熊手を置いて、丸太を一本ずつ手で取りのけ、少し離れた場所に積み上げる作業に取りかかった。時間のかかる仕事だった。メリエットはその間ずっと、身動きもせず、何も言わずに見守っていた。

二時間以上も続いた作業のあと、男の死体はようやく少しずつ丸太の棺の中から現われた。死体は中央の煙突の近くの風上側に横たわっていて、服はかけらを残してほとんど燃え尽きていたが、炎の走りが速すぎたのか、肉はすべては失われていず、それどころか髪の毛まで残っていた。彼らは死体の上を覆う炭の燃えかすや灰や焼け焦げた丸太などを慎重に取り除いたが、死体はまったく無事というわけにはいかなかった。山の一部が崩れ落ち、関節を切断してばらばらにした。だが、彼らは集められる限りの骨を集めて、それを草の上に並べ、ほぼ完全な骨格を作り上げた。指や手首の小さな骨はなかったが、それらはあとで、灰を篩にかければ回収できるはずだった。真っ黒になった顔の上の頭骨には、短く刈られた褐色の髪がわずかにへりに残っていて、剃り上げたてっぺんは無事に残っていた。

　だが、他にもいろいろなものが見つかった。金属類は火に強い。靴の銀製の留め金は真っ黒にはなっていたが、腕のいい職人が作ったと見えて、もとの形を留めていた。半分だけ残ったねじれた革のベルトにも凝った大きな銀の留め金が付き、革にも銀の装飾のあとがあった。変色してちぎれた銀の鎖には銀の十字架が付き、真っ黒になって泥がこびりついていたが、宝石類がはめこまれていたのは明らかだった。死体のそばの灰を篩にかけていた部下がやって来て、一本の指の骨を持って来た。そこには一個の指輪がかろうじて引っかかっていた。中心の大きな黒い石には彫刻が施され、今は灰が詰まっていたが、どうやら十字架の装飾のようだった。すっかり焼き尽くされ、ばらばらになった肋骨《ろっこつ》の間にも、何かが見えた。それはこの男を殺した矢尻だった。

　ヒューは厳しい顔付きをして、長いあいだ無残な残骸に見入っていたが、それからメリエットのほうを振り向いた。彼は身を硬くして、黙って斜面の縁に立っていた。

「ここに来てくれ。何か気づくことはないか、こっちに来て、これを見てくれ。男の名前が知りたいのだ。君がたまたま知っている人じゃないかどうか、一度見てくれ」

メリエットは蒼白な顔付きで近寄って来て、地面に広げられたものに目をやった。カドフェルは出て行きはしなかったが、それほど遠くない所に立って見守った。ヒューは仕事の義務も感じていたが、復讐《ふくしゅう》の念にもかられていた。したがって、メリエットに対する応対がいくぶん残酷だったのも、目的がまったくなかったわけではなかった。今や、眼前の男が何者であるかについてはほとんど疑問の余地がなく、この男とメリエットとの結び付きは由々しいものになっていた。

「もう分かるだろうが」ヒューは静かに冷たく言った。「この男の頭は剃髪《トンスラ》だ、髪の色は褐色で、骨から判断して背は高い。カドフェル、いくつくらいの年だろうか？」

「背筋は真っ直ぐで、老齢化に伴う変形はまったく見られない。若い男だ。三十か、あるいはもうちょっと上というところか」

「そして聖職者だ」ヒューは手を緩めなかった。

「指輪と十字架、それにトンスラからみて、確かにそうだ」

「ブラザー・メリエット、もう君にはわしらの推論が分かるだろう。このあたりで行方不明になったこのような男のことを、君は知らないかね？」

メリエットは沈黙の遺骸に目をやったままだった。顔はこれほどはないというほど蒼白で、目は大きく見開かれていた。彼は普通の声で言った。

「あなたの推論はもちろん分かっています。しかし、ぼくには誰だか分かりません。こんな状態で、分かる人がいるでしょうか？」

「確かに、顔からは分からんだろう、だが、持ちものから判断できるのではないか？　十字架と指輪、それから留め金もある……これらには見覚えがあるはずだ、同じ年格好で、同じようなもので身を飾った聖職者と、君は知り合いではないかね？　君の家に客として来たんじゃないかね？」

メリエットは目を上げ、緑色のきらめきをちらっと見せて言った。

「あなたのおっしゃりたいことは分かります。ぼくが修道院に入る前、今から数週間前に、一人の聖職者がぼくの家にやって来て、ひと晩泊まりました。でも、次の日の朝、北に向かって旅立ちました。こっちの方角ではありません。彼がこんな所に来るわけがありません。そもそも、ぼくにしろ、あなたにしろ、こんな状態になってしまっては、一人の聖職者とも他の者とも区別することは不可能です」

「十字架でも、指輪でも、できないかね？　もしも君が仮に、この男は彼ではないとはっきり言えるなら」ヒューは機嫌を取るように言った。「それはそれで、わしらは非常に助かるのだ」

「ぼくは父の家では重きを置かれていないんです」メリエットは苦々しく、しかし冷静に言った。「だから、大切なお客のそばに呼ばれることもありません。ぼくは彼の馬を厩に入れました……これは前にも言ったとおりです。しかし、彼が身に付けていたものについては、はっきり見てはいないんです」

「それについては、誰か他の者が証言するであろう」ヒューは怖い顔をして言った。「ところで、その馬のことだが、君があの馬と大変な仲良しであることは、わしも見ている。君は馬の扱いがうまいと自分から言った。もしも乗り手が死んだ場所から二十マイル以上も馬を運ぶことが必要になったとしたら、君以上にそれをうまくやれる者はいない。あの馬に乗るにしろ、引っ張って行くにしろ、君には何の問題もなかっただろう」

「ぼくがあの馬の手綱を取ったのは、彼が来た晩と、次の日の朝だけです」メリエットは言った。「その時以来、あなたがあの馬を修道院に連れて来た時まで、ぼくはあの馬を見ていません」怒りの色が突然、額の所まで昇ったが、声は落ち着いていて、彼はしっかりと自分をコントロールしていた。

「もうよい。ともかく、この男の身元を明らかにすることが先決だ」

ヒューはそう言って、崩れた窯の周りをもう一度ぐるっと回り、何か意味のあるものがないか、散らかって汚れた地面を調べ始めた。彼は革のベルトの所にくっ付いた焼け焦げたものに目を止めた。ベルトは留め金の近くを残してほとんど失われていたが、それは痩せた男の左腰のあたりにくるものだった。

「この男は剣か短剣を下げていた。ここに、剣帯の輪がある。細くて華奢なところからみると、短剣に違いない。だが、短剣は見当たらない。恐らく、この山の中のどこかにあるはずだ」

彼はさらに一時間、残骸の山をほじくり返したが、金属や布切れの類《たぐい》は何も見つからなかった。もう何も出て来る可能性がないことを確認すると、ヒューはみんなを引き上げさせた。彼らは回収した骨と指輪と十字架を丁寧にリネンの布と毛布に包み、セント・ジャイルズまで戻った。メリエットはそこで馬を降りたが、執行副長官の自分に対する意向を聞こうと、黙ってその場に立っていた。

「君はこの施療院に留まる予定かね？」ヒューは何も含むところはなく訊いた。「君にここの仕事をするように言ったのは修道院長かね？」

「そうです。修道院に呼び戻されるまでの間は、ここにいますし、呼び戻されることがなくても、ここにいます」その言い方には力が入っていた。それは単に事実を述べたものではなく、自分はもう修道士になる誓いをすましたものと思っているということを強調していた。服従の義務だけでなく、自分の意志としても、ここに留まるつもりなのだと。

「よろしい！　それならわしらも、必要が生じたら簡単に君を見つけることができる。ここでの仕事を続けたまえ。しかし修道院長の言い付けを守り、わたしの必要にはいつでも応えられるように」

「そうするつもりですし、そうします」メリエットは言い、いくぶん哀れな威厳を保って回れ右をすると、大股で土手を登って編み垣の間にある門へ向かった。

「あなたはたぶん、立腹しているでしょうね」カドフェルとともに馬で門前通り《フォアゲイト》へと向かいながらヒューはため息をついた。「わたしがあの子を手荒く扱ったことに。でも、あなたが我慢して黙っていてくれたので、わたしは感謝しているんです」

「そんなことはない」カドフェルは正直に言った。「彼を問い詰めたからといって、何も悪いことはない。秋の茂みにかかる蜘蛛《くも》の巣さながら、彼の周りには疑惑が絡み付いているのだから」

「あれは間違いなくクレメンスです。彼もそれを知っています。靴と足をかき出した瞬間、彼には分かったんです。彼がほとんど気を失うほどの衝撃を受けたのは、誰だか分からない人物のむごたらしい死を目にしたからではありません。彼はピーター・クレメンスの死を知っていたんです……しかも確実に。そして同じくらい確実に、死体がどう処理されたかは知らなかったんです。ここまでは、あなたも賛同してくれますか？」

「わしもそう考えていた」カドフェルは浮かぬ顔で言った。「だが、みんなを真っ直ぐにあそこに導いたとは、皮肉なものだ。彼はみんなのために、冬の燃料を見つけてやろうということだけを考えていたのだから。冬といえば、今晩はその前触れのようだな、わしの天気に対する勘が鈍っていなければだが」

空気は確かに重たく、ひんやりとしてきていて、空からはどんよりとした雲が降りて来ていた。冬の到来は遅れていたが、もう近いことは間違いなかった。

「まず、やらなければならないことは」ヒューは話をもとに戻した。「あの骨の身元確認です。アスプレー家の人々はみな、一晩あそこで歓待されたあの男を見ています。彼らはみな、彼が身に付けていたあの宝飾類を知っているはずです、今は汚れて真っ黒ですが。もしもわたしがレオリックに使いをやって、彼の客の身に付けていた十字架や指輪について話を聞きたいと言ってやれば、鳩の群れに猫を放つようなものでしょう。鳩がぱっと飛び立てば、一本や二本の羽根は簡単に手に入ると思います」

「確かにそれはそうだが」カドフェルは真剣に言った。「わしならそうはしない。こちらが探りを入れていることは、誰にも悟らせないほうがいい。安心させておくのだ。殺された男が見つかったということだけを知らせて、それ以上は明らかにしないほうがいい。あまり明らかにすると、犯人を手の届かない所に逃がすおそれがある。何も問題はないと彼に思わせるのだ。そうすれば油断する。忘れてはいないだろうが、アスプレー家の長男は今月の二十一日に結婚式を挙げる。その二日前には、あそこの一家はむろんのこと、近所の者や友人連中も含めて全員が、修道院の宿泊所にやって来る。そうなれば、全員が君の手中にあることになる。その頃までには、わしらも真実と虚偽を区別する方法を見つけているはずだ。それから、あれがピーター・クレメンスかどうかをはっきりさせる方法だが……わしだってまったく疑ってはいない！……確か君の話では、エルアードがリンカーンからの帰途に、ウエストミンスターに戻る王と別れて、ここに寄ると言っていなかったかな」

「そうです、彼が自分でそう言ったんです。彼はウインチェスターにいる司教に、何とかしてクレメンスについての知らせをもたらしたいと思っているからです。残念ながら悪い知らせですが」

「もしもスティーブンがクリスマスはロンドンで迎えたいと思っているなら、エルアードは結婚式の連中が着く前に、ここに姿を現わすはずだ。彼ならクレメンスをよく知っている、二人とも司教ヘンリーの近くにいたのだから。彼は最善の証人になれる」

「確かに。二週間くらいそのままでも、もうクレメンスの遺体は傷みませんからね」ヒューはカドフェルの意見に同意した。「しかしカドフェル、今度の件でのいちばん奇妙なことに気がつきませんでしたか？　何もかも焼かれて、何一つ盗まれなかったという点です。あの窯を作るには、二人以上、あるいは三人以上の人手が必要だったはずなのにです。全員に命令を下した者がいたとは思いませんか？　殺しの痕跡を消し去る必要に駆られながら、盗みを許さなかった者が？　そして、その命令に従った者たちは、指輪や十字架を欲しがる気持ちよりも、命令を下した者を恐れるか……少なくとも気にする……気持ちのほうが強かったのだと」

それは間違いなかった。ピーター・クレメンスの死体の処理を命じた者には、その死をそのへんの追い剝ぎか盗っ人のしわざに思わせようなどという考えは、露ほども念頭になかったのだ。もしも彼が、すべての疑惑を遥か離れた場所に向けようと考えたとすれば、それは一つの誤算だった。彼には安全よりも、頑なな誠実さのほうが大切だったのだ。殺しは彼には納得できる事柄だった。だが、死人から盗むことは問題外だったのだ。

9

その晩は霜が降り、それは一週間続いて厳しい気候の先駆けとなった。雪こそ降らなかったものの、身を切るような東からの風が吹きすさんだ。野鳥は食物のかけらを求めて人の居住区に近寄り、森の狐さえ町のほうへと引き寄せられた。野に住み、略奪をこととする人間も例外ではなかった。これまでは町から離れた場所にある飼育場から時折り鶏を盗む程度だったのに、今では時々台所からひとかたまりのパンさえ盗むようになっていた。町長の所へは、城壁の外側にある畑の倉庫からものが盗まれたという苦情が届くようになっていたし、城のほうへも、門前通り《フォアゲイト》のはずれに近い民家から、家禽《かきん》が盗まれたという報告がもたらされたが、それは狐のしわざでも、他の害獣のしわざでもないという。ロング・フォレストの森の住人からは、ひと月前に行方不明になった鹿が、ばらされた状態で見つかったという知らせも届いた。犯人が鋭いナイフを持っていたことは明らかだという。寒気が野に住む野人を、町の近くに引き寄せていることは間違いなかった。寒風の吹きすさぶ森の中より、牛小屋や納屋のほうが夜の寒さはしのぎやすい。

スティーブン王はシュロップシャーの州執行長官からいつもどおりの秋の会計報告を受けると、そのまま彼を長いこと自分のそばに留まらせ、チェスター伯とルーメアのウィリアムをリンカーンに表敬訪問する旅に、彼を同道した。したがって、鶏小屋荒らしに始まって、王の秩序に対するありとあらゆる挑戦を処理する仕事は、すべてヒューの肩にのしかかった。

「やれやれ！　邪魔されずにクレメンスの件に集中できればどんなにかいいんだが。だがもう、そうも言っていられない」

もしも王がクリスマスまでにウエストミンスターに戻る予定であれば、執行長官は数日中にもシュルーズベリに戻るはずだった。ということは、ヒューがこの問題に一人で奔走して解決できる時間は、もう非常に限られているということだった。ヒューにとっていちばん気がかりだったのは、ロング・フォレストの近辺で起きた鹿の事件だった。といっても、クレメンスの件との直接的なつながりを予測していたわけではなかった。

内戦にかき回され、法と秩序の維持が思うままにならない所では、説明のつかない事件はすべて野に住む無法者のせいにされた。だがしばしば、こうした最も単純な説明が真実であることも事実だった。クレメンスの短剣についてはヒューはまったくそのような可能性を考えてもいなかったから、部下の一人が得意満面になって一人の泥棒を城の中庭に連れて来た時は、本当にびっくりさせられた。だがその理由はその男自身にあったわけではなく——男は比較的警戒心のない門前通り《フォアゲイト》の人々を頼りに生きてきたらしく、いかにもそれらしい風采《ふうさい》だった——彼の持ちものとして部下から差し出された短剣と、その鞘《さや》とにあった。短剣にはその刃のみぞに沿って乾いた血の跡さえ付いていて、どこかの雌鶏かアヒルのものに違いなかった。

非常に見事な短剣だった。柄には荒削りの宝石が手に馴染む感じにちりばめられ、金属製の鞘は細工を施した革で覆われていた。だが、その鞘は火で焼けて黒くなり、それを覆う革は先っぽから半分が擦り切れてなくなっていた。細い剣帯の端がまだくっ付いていて、恐らくそれはヒューの見ていた剣帯の輪に通っていたものに違いなかった。

ヒューは広間の控えの間に首を振り向けて部下に言った。「そいつを中に入れろ」そこには火が燃え、一つのベンチが置かれていた。「鎖をはずして、火のそばに座らせろ」すっかり参っている大きな男を一瞥《いちべつ》してヒューは言った。「君はそいつのそばにいるように。なあに、何も心配することはない」

長い手足の骨に肉が付いてさえいれば、男は巨漢といってよかった。だが、飢えで痩せ細り、冬の始まりだというのに、ぼろをまとっただけだった。男は年を取ってはいなかった。目と退色したようなもじゃもじゃの髪の毛は若者のものだったし、肉は付いていなくても動きには若者特有の活力があった。厳しい寒さの中から火の近くに来て急に温まったため、顔は紅潮し、身体は少しくつろいだようだった。だが、こけた頰の中にある青い目はヒューをじっと見たまま恐怖に囚われていた。さながらその様子は囚われの野生の動物が、身を硬くして逃げ込む場所を捜しているようだった。男は重い鎖をはずされたばかりの手首を、ひっきりなしに擦っていた。

「名前は？」ヒューは聞いた。男はその穏やかな口調にかえってびくびくして、ヒューを見つめたまま硬くなっていた。

「おまえはみんなから何と呼ばれてるのか？」ヒューは辛抱強く繰り返した。

「ハロルドです、閣下。ハロルドと名付けられました」大柄な骨格から生み出される声の響きは、深いが乾いていて、遠くからの声のように聞こえた。男はそれだけを言うのにも何度も咳《せき》込んだ。その名はかつての王の名で、それはいまだに老人の記憶の中に生きていた。

「ハロルド、これをどこで手に入れたのか？　おまえにも分かるだろうが、これは金持ちの持ちものだ。凝った作りといい、宝石細工といい、見れば分かるだろう。どこで見つけたのか」

「盗んだものじゃありません」男は震えていた。「決して！　投げ捨てられていたんで、誰もいらないものとみえて……」

「どこで見つけたのかと訊いているのだ」ヒューは語気を強めた。

「森の中です、はい。炭焼きの場所がありまして」男はどもったり、まばたきしたりしながら、罪から逃れようと懸命に説明した。「そこには火を燃やした跡があります。あっしは時々、そこから燃料をいただいてました。けど、そこは道に近すぎて、あっしには怖い場所でした。短剣はその灰の中にありました。捨てられたか、誰かがなくしたかして。あっしはナイフが欲しかったんで……」男は、無表情なヒューを脅えきった青い目で見て、震え上がった。「盗んだんじゃありません……閣下、あっしは生きるのに必要なもの以外盗んだことはありません。誓います」

男は明らかに腕のいい盗っ人ではなかった。身体も肝っ玉も、かろうじて保つのが精いっぱいだったのだ。ヒューは男を公平にみて、特に厳しい目で見ることはなかった。

「どのくらい森の中で暮らしてきたのか」

「四カ月になります、閣下。でも、あっしは暴力をふるったことはありません。盗んだのも、食いものだけです。ナイフは狩りをするのに欲しかったんで……」

王なら鹿一頭くらいどこでも簡単に手に入る。この男にとっては、短剣は王にとってよりも必要だったのだ。機嫌が良ければ、王はこの男にそれを与えたかもしれぬ。ヒューは大きな声で言った。

「厳しい暮らしだ、特に冬はな。だが、しばらくの間は、おまえはここにいられる。食いものも与えられる、鹿の肉とはいかんがな」彼はそれから、かたわらに用心して立っていた部下に向かって言った。「こいつを牢に入れ、毛布を与えるように。それから食いものもだ。ただし、最初はあまり多くやってはならん、詰め込みすぎて死にかねん」前年の冬のウースター攻撃の時、彼はその実例を見て知っていた。命からがら逃げ出した者たちは、路上で飢え死にするか、避難場所で食べすぎて多くの者が死んでいた。「それから、手荒らに扱ってはならん！」部下が男を引ったてるのを見て、ヒューは鋭い声を出した。「そいつは手荒な扱いには耐えられん。そいつはあとで必要なのだ。分かったな？」

部下はその意味を、その男が例の殺しの犯人であり、したがって最後には処刑されるにしろ、裁判の時までは生かしておかなければならないのだ、ととった。そして、にやっと笑うと、男の痩せた肩を摑んでいた手を緩めた。「閣下、仰せのとおりにします」

二人は出て行った。あのハロルドという男、恐らくそれなりの理由があって逃げ出した農奴であろうが、牢に入れれば少なくとも森の中よりは暖かく、粗末ではあっても、ともかく自分で捜さなくても食いものは与えられる。

ヒューは城での日課の雑務を片づけると、カドフェルを作業場に訪ねた。彼はちょうど、寒気の到来で傷んだ喉を和らげる、いい香りのする混合薬を作っているところだった。ヒューは木の壁ぞいに置かれた、馴染みのベンチに腰かけ、カドフェルが出してくれたワインの杯を受け取った。それは特別の友人に出す極上のワインだった。

「とうとう、殺しの犯人を捕まえて牢に入れましたよ」ヒューは表情を変えずに口を開き、ことの次第を詳しく説明した。カドフェルはぐつぐつ煮えるシロップのほうに全神経を集中しているように見えたが、注意深く耳を傾けていた。

「そんな馬鹿な！」彼は軽蔑するような声を出したが、シロップがあまり激しく泡を立てるので、それを火鉢のかたわらに移した。

「もちろん冗談です」ヒューは言った。「身を覆うぼろ切れ一枚も持たず、食いものさえない哀れな男が、人を殺しても何も取らない、衣類さえも！　そんなことはありえません。二人は恐らく同じくらいの背丈だったでしょう、だから、服を剝げば嬉しい収穫だったはずです。それに、一人であの丸太の山を積み上げ、その中に死体を入れたなんて考えられません。たとえ奴がそのやり方を知っていたとしてもです……とうてい、こんなことは信じることはできません。奴は言ったとおりに、あの短剣を見つけたんです。あの男はむごい領主に苦しめられて逃げ出したんでしょう。そして、臆病すぎるか、領主の追跡を恐れるあまりに、町の中へ逃げ込んでそこで仕事を捜すことができなかったんです。もう四カ月も森の中で暮らしているんです、あちこちで食いものを漁《あさ》りながら」

「君はもう、すべてを明らかにしたようじゃないか」カドフェルは依然、シロップに目を注いだまま言ったが、それはもう鍋の中で時折り泡を立てるくらいに静かになっていた。「それで、わしには何をしてもらいたいのかね？」

「あの男は咳込んでましたし、腕には化膿《かのう》した傷がありました。犬に嚙まれたあとらしく、どこかで鶏をくすねた時にでもやられたんでしょう。奴の手当てをしてもらえませんか。そして、どこから来たのか、領主は誰なのか、何をしていたのかなど、できるだけ多くのことを聞き出してください。ご存じのように、腕の立つ職人なら町で職に就ける余地があります。

すでに何人かの者を紹介したこともあります。もしかしたら、奴も有能な職人かもしれませんん」

「それなら、喜んで引き受けよう」カドフェルは言い、鋭い目でヒューを見やった。「だが、その男は何を提供してくれるのかね、食事とベッドの見返りに？　残念ながら君の説明では、君の服の見返りにとは言えんが。ピーター・クレメンスは君より、手の長さくらい背が高いはずだからな」

「そのとおりです」ヒューはにやっと笑って言った。「横幅なら、わたしでも奴の二倍はありますが。たぶんあなたはご自分で見て、奴のために知り合いの適当な人の着古しを捜してくれるでしょう。ところで、飢え死にしないように生きていてもらうということは別にして、奴が何の役に立つかという点ですが……わたしの部下はすでに、野人が捕まったと触れ歩いています。短剣のことも知らせているはずです。といっても、あの男を責めて、今以上に脅かす必要はありませんん。しかし、殺人犯人が捕まったのだと世間が受け取れば、これ以上都合がいいことはありません。みんなが安心しますし、本当の犯人はもちろんのことです。あなたがおっしゃったように、油断した者は致命的な過ちを犯すかもしれません」

カドフェルはふむふむと納得した。取るに足らないよそ者でごろつき、このあたりで起こったあらゆる悪事をかぶせることができる者が捕まったというのは、望ましい決着だった。

結婚式の一行がやって来るのはもう一週間後だったが、これですべての人は心安らかになれるはずだった。

「特に、あのセント・ジャイルズにいる頑固な若者は、クレメンスに何が起こったのか、あの男がそれに関係しているかどうか知っているはずですから」ヒューは真剣な顔付きで言った。

「確かに知っている」カドフェルの声も真剣だった。「もしくは、知っていると思っている」

その日の午後、カドフェルは町を抜けて城へと向かった。ヒューが囚人や犯罪人にも手当てが必要だからと修道院長に頼んでくれたのだった。ハロルドの牢には石の長椅子があり、腰かけても痛くないように、また寒さを防げるようにと何枚かの毛布が入れられていた。恐らくヒューの指図であろう。一人でいるところに扉が開いたので、彼はびっくりしたが、僧衣を着た修道士が入って来たので、もう一度驚くと同時に少し安心した。傷を見せるように言われると、彼はますます当惑したが、すぐにほっとしたようだった。声といえば恐怖以外の何ものでもなかった森の中に、たった一人で長いこと暮らしてきたあとだったので、彼は喜んで、しわがれ声で話し始めた。そして最後には号泣《ごうきゅう》するように、疲れきるまで言葉の雨を降らせた。

カドフェルは城をあとにする前に、ヒューにすべてを報告した。

「あの男は蹄鉄工《ていてつ》だ。腕は確かだと自分で言った。恐らく嘘ではないだろう、彼に残された唯一の誇りなのだ。町で使えるかね？　腕の嚙まれた傷はオオルリソウの洗浄剤で処置してやり、他の傷には軟膏を塗ってやった。健康状態はすぐに回復するだろう。だが、この一日か二日は、食事は少しずつ何回かに分けてやるといい。そうしないと病気になる恐れがある。出身は南のグレットンの近くだそうだ。何でも主人の執事が彼の妹をたぶらかしたらしく、その復讐をしようと思ったらしい。だが、殺しは得意じゃなかった」カドフェルは思わせぶりに言った。「相手にはかすり傷を負わせただけで逃げられた。恐らく、蹄鉄所のほうが向いているのだ。主人は彼を捕まえようとした、そこで逃亡したというわけだ……彼を責めることはできん」

「農奴ですか？」

「そうだ」

「そして恨みをかって追われている。だが、シュルーズベリ城に追い込んでしまっては、追跡も失敗だ。奴もここなら安全だ。でも、あなたは奴が嘘をついているとは思いませんか？」

「嘘をつくほどの気力は残っていない。むろん、簡単に嘘もつくだろうが、むしろ正直であることのほうを尊ぶ実直な男だ。しかも、彼はわしの僧衣を信用した。ヒュー、ありがたいことに、わしらにはまだ信用があるのだ」

「たとえ牢の中にせよ、奴はいま国王の勅許を受けた町にいる」ヒューは満足したように言った。「それを取り戻そうとするほど不敵な領主はいないはず。あの哀れな男が殺しの罪で捕らえられたと知れば、むしろ喜ぶはずです。殺人犯が捕まったということにして、何が起こるか見てみましょう」

噂は噂を呼んで、予想どおりに広まった、町の住人は外の住人に自分の仕入れた知識をひけらかし、町や門番通り《フォアゲイト》の市場にやって来た連中は、村や荘園にその話を持ち帰った。ピーター・クレメンスが行方不明になったという噂はとっくに行き渡り、そのあとには森の中でその死体が見つかったという話が広まった。同じようにして、今度は犯人が捕まって……その男はクレメンスの短剣を持っていた！……牢に入れられたという噂が、真《まこと》しやかに広まった。酒場や街角であれやこれやと推測をたくましくすることはなくなり、もう騒ぎは起きないだろうと思われるようになった。町は手持ちの噂で満足し、それを都合のいいように利用した。だが、遥か離れて孤立した荘園にそれが達するには、一週間かそれ以上はかかるはずだった。

驚くべきことは、その噂がセント・ジャイルズに到達するのに三日もかかったということだった。患者たちは感染への恐れから町に近づくことを禁じられていたから、施療院は確かに孤立していたが、どういうわけか町の噂は、たちまちのうちに届くのが通例だった。だが今回ばかりは、その機能が低下した。カドフェルは、その知らせがメリエットにどんな影響を与えるだろうかと気を揉んでいた。だが、その時が来るまでは、待つ他なかった。その話をあえて自分から持ち出して、彼の耳に入れる必要はなかった。それよりも、他の者と同じように、自然に耳にするのに任せたほうがよかった。

メリエットがハロルドという名の逃亡していた農奴が捕まったという話を聞いたのは、三日目に修道院から、いつものようにパンを届けにやって来た二人の平《ひら》修道士からだった。たまたま彼が大きなパンかごを受け取り、二人の手を借りて、貯蔵庫に入れている時だった。彼が黙っていると、二人は話しかけた。

「ブラザー、こんな寒さが続いたら、ますます多くの乞食がここに避難してくるんでしょうな。きつい霜が降りて、また東の風が吹いたりしたら、道端で過ごすのは無理ですからな」

礼儀正しく、しかし多くはしゃべらず、メリエットは貧しい者には冬は確かにきついと口を合わせた。

「みんながみんな正直で、ここで慈悲を受ける資格があるわけでもないんでしょう?」もう一人が肩をすくめて言った。「時々は、とんでもない奴も紛れ込むでしょうな。ごろつきと浮浪者を見分けるなんてできませんからね」

「今週はもしかしたらそんな奴が舞い込んでいたかもしれんな」相手が言った。「そして夜の間に誰かの喉をかっ切り、めぼしいものを取って逃げてたかもしれん。でもブラザー、さいわい大丈夫ですよ。そいつは今シュルーズベリの城の牢に入っていて、殺しの罪で裁きを待つ身ですから」

「あろうことか、そいつは聖職者を殺したっていうじゃないか！　確実に縛り首だろうが、それでも償いは足りんくらいだ」

メリエットは急に振り向いて、眉をひそめて聞き返した。「聖職者を殺したって？　それは誰のことです？」

「ブラザー、まだ聞いていないんですか？　あの、ロング・フォレストで見つかったクレメンスとかいうウインチェスターの司教の右腕だった人のことですよ。町の外の民家から食いものを盗んで生きていたならず者が殺したんです。そいつのことを今、言ってたんです。こんなに寒くなったら、そいつが震えながらここにやって来たかもしれないってね。その聖職者から奪った短剣をぼろの中に隠してね」

「もう一度、確かめたいんですけど」メリエットはゆっくりと言った。「その聖職者を殺した罪で、その男は捕まったんですか？」

「そうです、それで牢に入れられたんで。縛り首は確実でしょう」彼は得意げに言った。

「でもブラザー、そいつはもう何もできませんから大丈夫です」

「それはどんな男なんですか？　どういうふうにして捕まったんですか？」メリエットは熱心に知りたがった。

二人はまだその話を知らない者がいたことを喜んで、代わる代わる説明した。

「否定しても時間の無駄というもんです。なにしろそいつは、殺された人が持っていた短剣を身に付けていたってんですから。何でも、炭焼きの窯のある所で見つけたんだと、そいつは言ってるそうですが、見え透いた嘘です」

メリエットは二人の遥か向こうを見つめながら、低い声で聞いた。「その男というのは、どんな人なんです？　このあたりの人ですか？　名前は？」

二人はこれには満足に答えられなかった。だが、かなりの説明はできた。

「このあたりの者じゃありません。どっかから逃げて来て、森の中に潜んでいたんです、飢えて痩せ細って。生きるためにパンとか卵とかは盗んだけれど、それ以上悪いことは何もしていないって抜かしたそうです。だけど、森の住人たちはそいつが鹿を盗《と》ったと言ってます。まるで垣根の棒みたいに痩せ、ぼろをまとって、惨めなもんです……」

二人はかごを持って立ち去った。メリエットはその日、ひと言も言わずに押し黙って仕事に精を出していた。惨めなもんです……確かに。縛り首は確実でしょう！　飢えて、逃げて、森の中に暮らし、やつれ果てて……

彼はマークには何も言わなかった。だが、子供の中でもいちばん頭が良くて、いちばん好奇心の強い子が、台所の扉の陰で耳を澄まして、そのやり取りを聞いていて、喜び勇んで施設じゅうにそのことを触れ回った。セント・ジャイルズでの暮らしは時折り退屈になることもあったから、日々のリズムに変化をもたらす出来事は歓迎された。その話はマークの耳にも達した。彼はメリエットの凍り付いたような表情と、内にこもったハシバミ色の目の表情を見て、言い出すべきか否かと迷った。だが、とうとう決心して言葉をかけた。

「君は聞いたかい？　ピーター・クレメンスを殺した男が捕まったってこと？」

「うん」メリエットは重苦しい声で返事をしたが、遥か遠くを見たままだった。

「でも、もしも無実なら」マークは強い調子で言った。「その男は罰せられるはずはないよね」

　メリエットは何も言わなかった。マークには、それ以上言うのは控えたほうがよさそうに思われた。だがその時から、マークは友のことを目立たないように見張っていた。その知らせが友の心に重くのしかかり、まるで何かの毒のようにむしばんでいるのを見て、彼は心を悩ました。

　その晩、マークは眠れなかった。もうしばらく前だが、彼は夜陰に紛れて納屋に忍び込み、屋根裏に続く階段の下に潜んで耳をすまして、メリエットが安らかに眠っているのを確かめてほっとしたことがあった。彼はその晩、再び納屋に行ってみることにした。メリエットの苦悩の本当の中味や原因については何も分からなかったが、それが深刻なものでつらいものであることは明らかだった。彼は近くの者を起こさないように注意して抜け出し、納屋に向かった。

　寒気はそれほど厳しくなくて、幾晩か続いた凍て付くような星空の代わりに、かすかなもやがかかっていた。屋根裏は暖かく、木材やわらや穀物の匂いが充満して心地良いはずだったが、他の人を驚かすことを恐れて自分からそこに引っ込んだ者には、寂しい所のはずだった。マークはしばらく前から、メリエットにそこから降りて来て、みんなと一緒に寝るように言おうかと思っていた。だがそれを言えば、メリエットは自分の眠りが……どれほど親切心からであれ……監視されていたと感づくおそれがあったので、言い出すのが難しかった。

真っ暗な中でも、急な階段の下まで行くのは簡単だった。それは階段というよりむしろ梯《はし》子《ご》に近く、手すりも付いていなかった。彼は息を殺した。収穫物の匂いが鼻をついた。屋根裏の空気は落ち着かなくて、かすかな動きが感じ取れた。眠りが浅いのだろう、と彼は最初思った。ベッドの中で寝返りを打ち、深い眠りに落ちることができる姿勢を無意識に捜しているのだろうと。だが、そうではなかった。メリエットは何かつぶやいていた。それは奇妙に遠い所からの声のように思え、一つとして言葉は聞き取れなかったが、二つののっぴきならない選択の間で、議論を戦わしているのだった。それはまるで、反対方向に疾走する馬によって手足を引き裂かれる時のように、心が引き裂かれているような感じだった。にもかかわらず、その声はあくまでもかすかだったので、彼は耳をすまさなければならなかった。

マークは昇って行って、彼が眠っているなら起こそうか、彼が起きているならばそばに行ってやり、そこを離れないようにしようかと、迷いに迷っていた。どうなろうとそのまま見守るのも一つの方法だし、禁じられた場所に踏み込んで、旗を振り、らっぱを吹き鳴らして、降伏を勧告するのも一つの方法だった。マークは、それがそれほど極端な結果になるとは思ってもみなかった。マークは言葉ではなく、心の蠟燭に火を付け、その炎を高々と立ち昇らせて、ひたすらメリエットのために祈った。

上の暗闇の中で、夜に徘徊《はいかい》するネズミの足音のような、籾《もみ》がらとわらを踏むかすかな足音が聞こえた。柔らかな足音はゆっくりと、なめらかに動いた。差し込む星明かりで和らいだ闇の中で、マークは上を見上げた。暗闇が揺らいで渦を巻いた。階段の降り口から、何か柔らかな白っぽいものが降りて来て、いちばん上の桟に達した。裸足の足だった。と、もう片方が続いて、その下の桟へと延びて来た。声が聞こえた。それは階段の上に乗り出した身体の奥深くからの声のようだったが、はっきり聞き取れた。

「そんなことは耐えられない！」

彼は助けを求めて降りて来たのだ。マークは今こそチャンスと思い、上の暗闇に向かって静かに声をかけた。「メリエット！　ぼくはここにいる！」非常に静かな声だったが、それで充分だった。

次の足がかりを求めて降りて来た足は、急に動きを止められて桟を踏み外した。小鳥の鳴き声のようなかすかな叫びが聞こえ、次の瞬間、混乱の中に怒りの渦巻くような、凄《すさ》まじい悲鳴に変わった。メリエットの身体は二つに折れて傾き、マークが反射的に差し出した腕の中に半分を落ち込ませ、あとの半分をはみ出させて、納屋の床に空気の抜けるような鈍い音を立てて落下した。マークは重さをこらえながらメリエットの身体を放さなかったが、手足がぐったりとしているのに気づいて、できるだけ柔らかに下に降ろした。自分の荒い息遣いしか聞こえなかった。

無我夢中になって、彼は動かなくなった身体に触り、耳を近づけて息と心臓の鼓動を確かめ、なめらかな頰ともじゃもじゃの黒い髪に触れたが、温かでねばつく血のようなものを感じてあわてて手を引っこめた。「メリエット！」彼は耳のそばで叫んだが、相手がとっくに気を失っていることは明らかだった。

マークは明かりと助けを求めて走った。だが、その事態の中でも寮舎の全員を起こすことがないように注意して、中でもいちばん頑健で、何でも進んでやってくれる二人だけをうまく起こした。都合良く二人は入口のそばに寝ていたから、他の者を起こさないですんだ。ランタンを近づけて見ると、メリエットはまだ気を失ったままだった。マークはかろうじて落下の勢いを止めたが、メリエットは頭を梯子段の角にぶつけて大きな傷を作っていた。それは右のこめかみを斜めに横切って髪に達し、血が流れていた。彼は落下の時に自分の重みで右足も捻《ひね》っていた。

「ぼくの間違いだ、ぼくの！」マークは骨が折れていないか、ぐったりした身体を触りながら、悔恨にかられてつぶやいた。「ぼくが起こしてびっくりさせたんだ。眠っているとは知らなかったんだ。自分からぼくのほうに来たんだとばかりに思って……」

メリエットは何も気づかずに横たわり、されるがままになっていた。骨は折れてなさそうだったが、捻挫《ねんざ》しているのは間違いないだろう。頭の傷からは大量の血が流れていた。本人をできるだけ動かさないように、彼らはわらのベッドを屋根裏から降ろした。頭の傷を洗い、手当てをしてやってから静かにベッドに移し、毛布を一枚余分にかけてやる。ショックと負傷で、身体は冷たくなっていた。だが、包帯の下の顔はマークがこれまで見たことがないほど落ち着いて、穏やかで、この数時間の間の苦悩は完全に吹き飛ばされていた。

「もうこれでいい、戻って寝ていいよ」マークは心配そうにしている二人に言った。「もう、ぼくたちにできることはない。ぼくはここにいてやるつもりだ。君たちにはまた必要になったら、声をかける」

マークはランタンの芯を整え、安定して燃えるようにすると、わらのベッドの脇に一晩じゅう座っていた。メリエットは夜が明けるまで身動き一つしないで横たわっていたが、気を失った状態から眠りへと移行するにつれて、呼吸ははっきりそれと分かるくらい長くなって、より静かになった。だが、顔は依然として血の気《け》がなかった。早朝の祈り《プライム》が過ぎた頃、口が引きつり、瞼が動いた。開けたいのだが力がないとでも言いたげだった。マークは顔をぬぐってやり、水とワインで口を湿らせてやった。

「静かにじっとして」メリエットの頬に片方の手を当ててやりながら彼は言った。「ぼくはここにいる……マークだよ。何も心配することはないよ、ぼくがここにいる限り安心だよ」

彼はその言葉の意味を自覚していたわけではなく、それは自然に口をついて出た。それは無限の慈悲を約束する言葉で、彼にはそんな力を要求する権利などあるはずもなかった。

重たい瞼が持ち上がり、一瞬だがそれをふさいでおこうとする力と戦った。それから瞼が開き、絶望的な表情の緑の目が現われた。メリエットの身体に戦慄《せんりつ》が走った。乾いた口が動いて、弱々しい言葉が漏れた。「ぼくは行かなくちゃ……話をしなくちゃ……ぼくを起こして！」

胸に手を置いてやると、メリエットは起き上がろうとする努力を簡単に諦めた。彼は横になったまま震えていた。

「行かなくちゃ！　ぼくを助けて！」

「君はどこにも行く必要はないんだよ」マークは身を乗り出した。「もし君が誰かに何かを伝えたいんなら、横になったまま、ぼくに話して。きっとぼくが伝えてあげる。君は落っこちたんだ。じっと寝ていなくちゃいけないんだよ」

「マーク……君かい？」彼は毛布の外をまさぐった。マークはその手を取って、しっかり握ってやった。

「君なんだね」メリエットはほっとため息をついた。「マーク……あの捕まった男だけど……司教の書記を殺した疑いで……ぼくは話をしなくちゃ……ヒュー・ベリンガーの所へ行かなくちゃ……」

「ぼくに言えばいいよ。それですむよ。君がしたいことなら、何でもそのとおりにぼくがしてあげる。そしたら君は休める。ヒュー・ベリンガーに何と言えばいいんだい?」だが、マークにはすでに分かっていた。

「彼に言って欲しい、その哀れな男を釈放しなくちゃいけないって……彼は殺していない。ぼくは知っている!」メリエットのハシバミ色の大きく見開かれた目は、じっとマークの顔に注がれていた。「ぼくは死をまぬがれない大罪を犯したんだ……ピーター・クレメンスを殺したのは、他でもないぼくなんだ! アスプレーから三マイルちょっと離れた森の中で、矢で殺したんだ。父の名誉を傷つけてすまなく思っているということも、彼に伝えてくれ」少し遅れてやって来たショックに震え、彼はすっかり弱々しくなり、ぼーっとしていた。涙が溢れ、その量に自分で驚いていた。彼はマークの手を握り締めた。「約束して! きっと彼に伝えるって……」

「もちろんだよ、確かにぼくが引き受けた。他の誰にも頼んだりはしないよ」マークは自分の顔が相手によく見えるように、さらに屈み込んだ。「今君が言ったことはみんな伝える……もしも、ぼくが出かける前に、君にもぼくにも必要で、良いことを一つ、君がやってくれるならね。そうすれば、もっと心安らかになれる」

緑色の目が驚き、マークを見つめた。「それはどんなこと?」

マークの話し方は静かだったが、きっぱりしていた。彼が言い終わらないうちに、メリエットは手をもぎ放し、傷だらけの身体をベッドの上で波打たせて、顔を背けた。「できない！」彼は涙声で言った。「できない、ぼくにはできない！　できないよ……」

マークはなおも話し続け、してもらいたいことを言い続けたが、相手が頑なに拒み続け、ますます激してくるのを見て、それ以上を言うのを諦めた。「もういい！」彼は言って、今度はなだめようとした。「そんなに心配しなくてもいいんだよ。それがなくても、ぼくは君の言うとおりにするし、君の言葉をきちんと伝えるよ。もう、眠ったほうがいい」

メリエットはたちまちそれを信じた。抵抗して硬くなっていた身体は柔らかになった。包帯を巻いた頭が再びマークに向けられた。ランタンのほのかな明かりにも、メリエットは顔をしかめて、まぶしそうに目を細めた。マークはランタンを消して、毛布を引っ張り上げた。そしてメリエットにキスをすると、伝言を届けるべく外に出た。

マークは門前通り《フォアゲイト》を抜けて橋を渡り、顔見知りの人たちと挨拶を交わしながら、セント・メアリー教会の近くのベリンガーの自宅を訪れた。あいにくベリンガーは城に行っているということだったが、マークは当惑することも疲れを感じることもなく、そのまま城へと向かった。

カドフェルがその場に顔を出したのは、じつにタイミングが良かった。彼は今、囚人の化膿した腕の傷の手当てを終えて出てきたところだった。飢えと寒気にさらされた傷は簡単に治るというわけにはいかなかったが、ハロルドの傷には確実に治療の効果が現われてきていた。骨にはすでに肉が付き始めていたし、落ち窪んだ頬にも若者らしい皮膚が回復しつつあった。石の壁に囲まれて、恐怖を感じることなく眠ることができ、おまけに温かい毛布と、粗末だが三度の食事……ハロルドには天国のはずだった。

朝の柔らかな光も届かない中庭の城壁の中では、ブラザー・マークの小さな身体はいっそう縮こまって見えたが、その落ち着いた威厳は少しも失われていなかった。こんなところに彼が現われるのはまったく意外だったので、ヒューは驚きながらも歓迎し、火の燃えている守衛の控えの間に招き入れた。昼の光も滅多に差し込まない場所なので、そこには松明《たいまつ》が燃えていた。

「ぼくはブラザー・メリエットから執行副長官への伝言を伝えに来ました」マークはすぐに本題に入った。「ぼくは、それを一語も間違えずに伝えることを約束しました。彼にはそうしたくてもできないからです。ここの牢に、ピーター・クレメンスを殺したかどで捕らわれている男がいますね。そのことをメリエットが知ったのは、いやセント・ジャイルズの全員が知ったのは、つい昨日のことでした。昨日の晩、彼は自分の寝床に引き上げてから、眠りの中で起き上がって歩き出しました。そして眠ったまま屋根裏から下に落ちました。頭とあちこちに傷を作って、今はベッドに寝ています。一時は気を失いましたが、その後回復したので、心配はないと思います。でも、もしブラザー・カドフェルが見てくれるなら、ぼくも安心です」

「むろん、そうしよう！」カドフェルはびっくりして言った。「だが、彼は何をしようとしていたのか？　眠りながら歩いていたって？　前には発作を起こしても、ベッドを離れることはなかった。そもそも、そんなふうに歩く人は、起きている人でも危ないような場所を、じつに巧みに歩くものなのだ」

「たぶん、そのはずでした、ぼくが下から声をかけることがなかったならば」マークは自責の念にかられて言った。「ぼくは、彼が起きているものとばかり思っていたんです。そして、救いを求めに来たんだと。でも、ぼくが彼の名を呼ぶと、彼は足を踏みはずして、悲鳴とともに落下しました。彼が息を吹き返した今は、ぼくには彼がどこに何をしに行こうとしていたか、分かります。そして、彼はその用事をぼくに頼んだんです。彼は今動けませんから。ぼくはそのことを伝えに来たんです」

「彼は大丈夫かね？」カドフェルは心配して訊いた。だが心では、マークの処置を疑ったことを恥じていた。

「今は二人の者が様子を見ていますが、まもなく彼は眠ると思います。彼はぼくに心の重荷を預けました。今、ぼくはそれを伝えなければなりません」マークは彼ら二人とメリエットの間に立つ小柄で質素な……だが毅然《きぜん》と胸を張った……司祭のようだった。「彼はこう言いました。執行副長官はその囚人を釈放しなければならない、なぜならその男は無実なのだから、と。さらに彼は、自分が犯した重大な罪を告白しなければならないと言って、じつはピーター・クレメンスを殺したのは、他でもない自分なのだと言いました。アスプレーから北へ三マイルちょっと離れた森の中で、弓を射て殺したというのです。それから最後に、父の名誉を傷つけたことをすまなく思っているということも、伝えて欲しいと」

マークはいつものように大きく目を見開き、善意に満ちた表情をして二人を見つめて立っていた。簡単な結末だった！　激しやすく直情径行《ちょくじょうけいこう》な息子が殺人を犯したのを知って、誠実で厳格だが家名に未練のある父親は、家名を台無しにする世間的な屈辱か、修道院での一生の償いのどちらかを息子に求めた。息子は父を思って、屈辱的な死と一家の恥辱の代わりに、自分だけが煉獄《れんごく》に行くほうを選んだ。ありえないことではない！　これならすべての疑問は解決する。

「でも、もちろん」天使のような確信と子供のような無邪気さを見せてマークは言った。

「これは真実ではありません」

「君が今言ったことをめぐって議論するつもりはないが」長い間考えた末に、ヒューは穏やかに言った。「今の君の意見は、ちゃんとした証拠があっての話かね？　それとも、ブラザー・メリエットを信じる気持ちからだけのものかね？　むろん、それにはそれなりの理由があることとは思うが。君は、どうして彼が嘘をついていると言えるんだね？」

「普段の彼を見ているので、ぼくには分かります」マークは言い切った。「でも、ぼくはその確信を退けました。たとえぼくが、彼は待ち伏せして人を射るような人ではなく、むしろ正々堂々と出て行って一騎打ちをするほうを選ぶ人だと言ったところで、それはぼくの信念を述べているだけにすぎません。ぼくは生まれも卑しく、この世の名誉とは無縁の場所に生活しています。そんなぼくに、どうして人を信じさせることができるでしょう？　ぼくは彼を試してみたんです。彼の話を聞き終わった時、ぼくは言いました、施療院の礼拝堂の司祭を呼ぶべきだと。そして魂の平安を得るために、悩める者として今の告白を司祭にして、罪の許しを願うべきだと。しかし、彼はそうすることを拒みました」マークはそこで微笑んだ。「それを聞くと彼は震えて、そっぽを向いてしまいました。ぼくがさらに強く勧めると、彼はますます取り乱したんです。彼はぼくやあなた方や王の法に対しては、自分なりの理由から嘘をつくことはできても、懺悔僧には……ということは神に向かっては……どうしても嘘をつくことはできないと思ったんです」

10

長いこと思案した末にヒューは言った。

「真実はどうあれ、しばらくの間は、彼は今のままでいい。怪我もしていることだし、しばらくの間は動き回る恐れもない。信じてもらいたいことが、どんな理由からであれ受け入れられたと思うなら、彼も安心するだろう。マーク、彼の面倒を見てくれ、そして彼の思惑どおりにことが運んだと思わせてくれ。あの囚人についても、安心だと言ってやってくれ。告発されることはないし、何も心配はないと。だが、わしらが無実の者を牢に入れているというふうには、決して口外しないでくれ。メリエットはそれを知ってもよいが、他の者には知られたくない。世間には、わしらが殺人犯を捕まえているということにしておきたいのだ」

一つの嘘はもう一つの嘘と手を組んだ。どちらも、最終的には良い目的のためのものではあったが。マークには、真実の追求には嘘は入るべきではないと思われたが、その一方で彼は、神の目的達成の道のりの中にはありとあらゆる不可思議で思いがけない巧緻《こうち》があることもわきまえ、嘘の中にも真実があることを理解していた。メリエットには試練が終わり、告白が受け入れられたと信じさせることにしよう、そうすれば恐れも希望も抱かず、夢も見ず、自己犠牲のもの憂い満足感を抱いて眠りに就くことができ、より良い、今はまだ明らかではないもう一つの世界に生きることもできるであろう。

「そのことは彼だけに知らせるようにします」マークは言った。「そして、あなたが必要な時には、いつでも彼と接触ができるようにしておきます」

「それで安心だ！　もう、患者の所に戻ってよい。カドフェルとわしはすぐにあとから行く」

マークは満足を覚えて退去し、町を抜け、門前通り《フォアゲイト》を通ってとぼとぼと帰って行った。彼がいなくなったあと、ヒューはカドフェルと目を見交わして、長いこと思案していた。「それで、あなたの意見は？」

「筋の通った話だ」カドフェルは言った。「恐らく、大半は本当であろう。わしはマークの意見に賛成する。あの若者が殺しをしたとは思わぬ。だが、その他となると？　あの丸太の山を作らせ、それに火を付けさせた者は、部下に命じて秘密を守らせる力を持っていた。絶大な権力を持ち、恐れられ、慕われてさえいる男だ。死体からは何も盗まず、何も盗ませなかった。すべては火に投じられた。部下たちはその男を尊敬し、命令に従った。レオリック・アスプレーはまさにそのような男だ。そして、もしも自分の息子の一人が家に来た客を待ち伏せして殺したのだと信じたとすれば、そのような行動を取りかねない男だ。そこには許しはありえぬ。もしも彼が犯人に死罪をまぬがれさせたとすれば、それは自分の名前を守るためであって、犯人に一生の贖罪《しょくざい》をさせるように仕向けたのは二義的なものでしかない」

カドフェルは雨の中の彼ら……父と子……の到着を思い出していた。厳しく、冷たく、敵意さえ抱いているような父は、息子にキスさえせずに立ち去った。息子は従順そのものだったが、明らかに生来の気質とは合わず、反抗的で、同時に諦めていた。見習い期間の短縮を熱望し、一刻も早く永久に修道院に幽閉されることを望んでいたが、眠りの中では必死に自由を求めて戦っていた。確かに、もっともらしい絵図だ。だが、マークはメリエットが嘘をついていることは間違いないという。

「何も欠けているものはない」ヒューは頭を振りながら言った。「彼は一貫して、修道士になりたいのは自分の意志だと言い続けてきた……確かにそうだろう、縛り首しか他に道がなかったとすれば。クレメンスの殺害はアスプレーからそんなに離れていない所で起きた。馬は、死体捜索の目が現場から遥かに離れた所に向くように、北まで運ばれて放された。だが、あの若者が他にどんなことを知っているとしても、死体の骨がある場所へ、父親の慎重な仕事が不首尾に終わったその現場へ、薪《たきぎ》拾いのみんなを連れて行くことになるとは予想もしていなかった。それはマークの言うとおりだと思う。そして、その他のことについても、マークの言葉は嘘ではないと思いたい。だが、もしもメリエットが殺していないなら、どうして罪と処罰を自分に引き受けたのだろう？　しかも、自分から！」

「それに対する答えは一つしかない」カドフェルは言った。「誰かを守るためだ」

「では、彼は犯人を知っていたということですか？」

「それとも、知っていると思っているということだ。あそこでは人と人との間を複雑なベールがさえぎっている。レオリックの息子に対するやり方を見れば、父親のほうは息子が間違いなく犯人だと確信しているように、わしには思われる。一方のメリエットのほうは、本来の性情に反するような自己犠牲をもいとわず、今はまた死んでもよいと決心したということは、自分が愛し、命を救おうと思っている相手が罪を犯したと確信しているということだ。だが、もしもレオリックがそれほど間違っているとするなら、メリエットでさえ間違っているかもしれないではないか？」

「それに、われわれも？」ヒューはため息をついた。「さて、行きましょう、そしてまず、あの若者に会いましょう。告白をしたいと思い、それをまっとうするには嘘をつかなければならないとすれば、何かがこぼれ落ちないとも限りません。こんなことを言うのも、彼のためです。彼は自分の代わりに、いや自分よりも大切な人の代わりにさえ、何も関係がない哀れな者が苦しむのを見過ごせませんでした。ハロルドがこんなに早く、彼の沈黙を破らせることになるとは思いませんでした」

二人がセント・ジャイルズに着いた時には、メリエットは眠っていた。納屋の中のわらのベッドのそばに立ったカドフェルは、悪魔から解放されて奇妙なほどに落ち着いた、まるで子供のようなその顔をのぞき込んだ。メリエットの呼吸は深く、安らかだった。告白を終えて胸の内をすっかり吐き出し、すっかり気分が楽になった罪人がそこにいると思うことは難しくなかった。だが彼は、その告白を司祭に繰り返そうとはしなかった。マークの言い分には有力な根拠があった。

「休ませておこう」マークが渋々メリエットを起こそうとすると、ヒューは言った。「時間はあるから」

メリエットが身動きして目を開けるまで、彼らは三十分以上待った。だがヒューはその時でも、すぐに彼のそばに座って話を聞くよりも、まず傷の手当てをして食べものと飲みものを摂らせようとした。カドフェルはすでに彼の様子を見て、数日の休息さえ取れば何も問題はないと判断していたが、落ちた拍子に捻ったくるぶしと足だけは、しばらくの間体重をかけるのは無理だろうと思った。頭を強く打って気を失ったので、つい最近の出来事の記憶は怪しいかもしれなかったが、自分から語ろうと心に決めたもっと遠い記憶については、非常にしっかりしていた。こめかみを斜めに走る傷はすぐに治るはずだった。出血はとっくに止まっていた。

納屋の薄暗い明かりの中で、メリエットの目は大きく見開かれて、暗い緑色に光っていた。その声は小さかったがしっかりしていて、マークにしたのと同じ告白をゆっくりと繰り返した。億劫《おっくう》がらずに進んで細かいことを列挙して、彼は相手を納得させることに集中していた。それを聞きながら、カドフェルは当惑しながらも、メリエットの言葉が非常に説得力を持つものであることを認めざるをえなかった。ヒューもそう思っているに違いなかった。

ヒューはゆっくりと、穏やかに質問した。「君は父親がお供をして、その男が立ち去るのを見ていた。だが、躊躇はしなかった。そして、弓を持ってあとを追った……その時は馬に乗ってかね、それとも歩いてかね？」

「馬に乗ってです」メリエットは即座に答えた。もしも徒歩だったとすれば、どうしてそんな速さで迂回《うかい》して、馬に乗った者の先に出ることができただろう？　カドフェルはアイスーダの言葉を思い起こしていた。メリエットはその日、父親と一緒に午後遅くなってから戻って来たが、一緒に馬で出かけたわけではなかった、と彼女は言った。メリエットがその時馬で戻って来たか、それとも徒歩だったかは、彼女は何も言わなかった……これは確かめてみる必要がある。

「殺すつもりで？」ヒューは穏やかに追及した。「それとも、思いがけなくそういう気持ちに囚われたのかね？　そもそも、クレメンスの死を正当化するほどの、どういうことがあったのか？」

「あの男はぼくの兄さんの花嫁に、あんまりあけすけに振る舞ったからです」メリエットは言った。「聖職者なのに宮廷人のように振る舞い、自分の地位の高さを自慢していました。

荘園も持たず、土地と家柄に代わるものとしては学識と支持者の名声しかないのに、ぼくたち一家のような根っからの荘園主を軽蔑していました。兄さんがあんまりかわいそうで……」

「だが、君の兄さんは仕返しをしようなどとは考えなかった」ヒューは言った。

「その時、兄はリンデ家に行っていました、ロスウィザの所です……前の晩に兄さんは彼女を家まで送って行きましたが、その時きっと喧嘩《けんか》したんだと思います。兄は朝早く家を出ていたので、客が出発するところを見てもいません。兄は二人の間の気まずい思いをなくそうと思って、出かけたんです……兄は」メリエットははっきりと言った。「夕方遅くなるまで帰ってきませんでした。すべてのことが終わるあとまで」

アイスーダの説明どおりだ、とカドフェルは思った。すべてのことが終わり、メリエットは人を殺した犯人として家に連れ戻された。そして再び姿を見せた時には、自分から修道院に入る決意を固めていた。仮釈放の身で見習い修道士として修道院に入る覚悟を決めていたのだ。彼は平然として、遊び友だちの……非常に鋭く、勘がいい……アイスーダにそのことをしゃべったのだ。

「しかしメリエット、君はクレメンスが進む先まで馬で乗って行った。その時、殺そうと思っていたのか?」

「そうは思っていませんでした」メリエットは初めてためらいを見せた。「ぼくは一人で出かけました……でも、怒りに駆られていました」

「だが、出発した客に追い付くには、急がなければならなかったはずだ」ヒューはさらに追及した。「君の言ったように、回り道をして彼を追い越し、前に出るためには」

メリエットはヒューに大きく見開いた目を向けたまま、ベッドの中で伸びをしてから、身体を硬くし、顎を引き締めた。「もちろん急ぎました。でも、はっきりした目的を持っていたわけではありません。深い藪の中にいる時でした、彼がゆっくりとぼくのほうに向かってやって来るのに気づいたのは。ぼくは弓を引き絞って矢を射ました。彼が落ちるのが見えました……」包帯の下の青白い額に汗が噴き出た。メリエットは目を閉じた。

「もういい!」そばで黙っていたカドフェルは言った。「充分だ」

「いいえ、最後まで言わせてください」メリエットは声を大きくした。「ぼくが屈み込んで見ると、彼はもう死んでいました。ぼくが殺したんです。父がその場に現われました。猟犬が……父は猟犬を連れていたんです……ぼくの匂いを嗅ぎ付けて、父をその場に案内したんです。父はぼくのために、と同時に家名のためにも、ぼくのやったことを隠そうとしました。そのために父が法に触れるようなことをしたとしても、ぼくが悪いんです、原因はぼくなんですから。父はぼくを許しはしませんでした。そして、もしもぼくが家からの追放を受け入れ、修道院に入るなら、処罰が行なわれないように処置すると約束しました。そのあとで何が行なわれたのかは、誰も教えてくれませんでした。ぼくは自分の意志で償いを受け入れることに同意しました。ぼくはそれを望みさえしました……そしてそのために努力もしました……でも、ぼくのやったことは、ぼくに責任を取らせてください、そして償いをさせてください」

彼はすべてを語り終えて、大きなため息を漏らした。ヒューもため息をつき、立ち上がりかけるように身体を動かしたが、ひょっと質問を放った。

「メリエット、君の父上がその場に姿を現わしたのは、何時頃だったかね？」

「午後の三時頃でした」まんまと罠《わな》にはまって、メリエットは無意識に答えた。

「確か、クレメンスが出発したのは早朝の祈り《プライム》のすぐあとではなかったかね？　三マイルちょっとを行くのに、大変な時間がかかったわけだ」ヒューはことさら穏やかに指摘した。

疲れと緊張からの解放で半分閉じかかっていたメリエットの目が、驚愕《きょうがく》に大きく見開かれた。声と顔付きの平静を保つためには、死にもの狂いの努力が必要だった。だが、彼はそれをやってのけ、決意と困惑の井戸の中からもっともらしい答えをすくい上げた。

「早く話を終えたかったので、省略しすぎてしまったんです。ぼくが彼を殺した時は、昼までまだずいぶん時間がありました。ぼくは彼をそのままにして、逃げました。怖くなって森の中をうろついていたんです。でも、最後にはまた現場に戻りました。死体を道から離れた深い藪の中に隠して、夜になってから戻って埋めたほうがいいと思ったからです。恐怖に囚われていましたが、最後には戻ったんです。ぼくは後悔してはいません」

簡単に言い切ったこの最後のいくつかの言葉の中には、真実があるはずだった。彼は誰も弓で射たりはしていない。血にまみれて倒れている男に出くわしただけなのだ。リンゴの木の下で血を流しているブラザー・ウォルスタンを見て、ぎょっとして恐怖に立ち尽くした時のように。（アスプレーから三マイルの所、それは間違いない）とカドフェルは思った。そして、父親が鷹と猟犬を連れて現われたのは、秋の午後もかなり回った頃だったのだ。

「ぼくは後悔していません」メリエットは再び静かに言った。「発見されて良かったんです。いまはすべてのことを話してしまって、もっと良かったと思っています」

ヒューは立ち上がり、何を考えているのか分からない表情でメリエットを見下ろした。

「それは良かった！　ところで、君はまだ動けないし、ここでブラザー・マークの世話を受けるのがいちばんいい。ブラザー・カドフェルはわしに、ここ数日間は君には松葉杖が必要だと言った。今のままでいれば、君には何も問題はない」

「ぼくは誓ってどこにも行ったりはしません、あなたには信じてもらえるかどうか分かりませんが」メリエットは沈んだ声で言った。「でも、マークは信じてくれます。ぼくは彼に従います。ただ、あの囚人のことが気がかりなんです。釈放してもらえるんですか？」

「心配はいらない。奴は空腹を満たすためのこそ泥以外には、罪を着せられることはない。君は自分のことだけを考えればよい」ヒューは重々しく言った。「わしは君が司祭を呼んで、告白を聞いてもらうよう強く勧める」

「ぼくの司祭はあなたと縛り首の役人だけで結構です」メリエットはそう言って、わけ知り顔の痛々しい笑いを浮かべた。

「彼はまったく同じ息遣いで、嘘と本当をごっちゃにして述べています」門前通り《フォアゲイト》へと戻りながら、ヒューは半分諦めたような、うんざりした調子で言った。「恐らく父親の部分は本当でしょう。彼はそこで見つかり、保護されると同時に罪を宣告したんです。否応なく修道院に入らされることになったのはそのためです。そのあと彼があなたを悩ました問題も、それならすべて説明が付きます。しかし依然、ピーター・クレメンスを殺したのは誰かという問いには、答えが見つかっていません。メリエットじゃないことは、はっきりしているからです。わたしが突っつくまで、あれほどはっきりした時間の矛盾にさえ気づいていなかったんです。もっとも、その時受けたショックのわりには、なかなかうまい説明を考えたとは思いますがね。しかし、遅すぎました。あの誤りは決定的です。でも、これからどうするのがいちばんいいでしょう？　アスプレーの息子が殺しを告白し、縛り首を覚悟したということを、公にしたとしたらどうなるでしょう？　彼が本当に誰かの犠牲になるつもりだとして、その誰かは名乗り出て、代わりに縛り首になると思いますか？」

寒々とした確信を抱いてカドフェルは言った。

「それは無理だ。その男はメリエットが何も償われないまま地獄に行くことを知ったとしても、縛り首台から助けるために腕一本差し伸べることはないだろう。もしもわしが間違っているなら、神の許しを請わねばならぬが、その男の良心には信頼がおけない。それに、もしもそんなことをすれば、何の成果も得られずに、君自身と法とを嘘に委ねることになる。むろん、あの若者をもっと悲しませることにもなる。わしらには、まだ成り行きを見守る多少の時間がある。あと二日か三日もすれば、例の結婚式の連中が乗り込んで来る。そうなれば、レオリック・アスプレーに尋問することも可能だ。ただし、彼はメリエットが犯人だと確信しているから、本当の犯人を見つける役には立たんとは思うがな。だがヒュー、結婚式が終わるまでは、レオリックへの尋問は控えるべきだ。それまでは、彼のことはわしに任せてくれ。あの息子と父親に関しては、わしには考えがあるのだ」

「どうぞ、そうしてください。そのほうが助かります」ヒューは言った。「今の状況では、あの男をどう扱ったらいいのか、まったく見当がつきません。彼の罪はどちらかというと教会に対するもので、法に対するものではありません。死者に対してキリスト教的な埋葬も、それに伴う儀式も行なわなかったというのは、法の問題ではありません。アスプレーは修道院の支持者でもあるのですから、これは修道院長の判断に任せます。わたしがはっきりさせたいのは殺しの犯人です。あなたはきっとあの専制君主のような男の頭に、どれほど下の息子のことを知らないかということを叩き込むつもりなんでしょう。成功を祈りますよ。ところでカドフェル、わたしがいちばん頭を悩ましているのは、アスプレーにしろ、リンデにしろ、フォリエットにしろ、その他の連中にしろ、いったいピーター・クレメンスを亡き者にしなければならないどんな理由があるのかという点です。あまりにも大っぴらに女性に取り入ったのを根に持って殺す？　馬鹿な！　彼は立ち去るところでした。前から彼をよく見知っている者は誰もなく、再び会うこともないでしょう。花婿の唯一の関心は、あまりにきつく言いすぎた花嫁と仲直りすることだったでしょう。そんなことで人を殺したりするでしょうか？　よほどの短気でもなければありえません。あなたの話では、その花嫁は好意を向けてくれる者には誰彼なしに秋波を送るとか。しかし、それで死んだ者など一人もいません。そうではない、何か、何かの理由があるはずです。しかし、とんと見当がつかないのです」

カドフェルもそれには悩んでいた。一人の女をめぐる……それもあまりにひっきりなしに賞賛したためで、侮辱したわけでもないのだ……ひと晩の小さな口論、平穏な一家の生活におけるちょっとしたさざなみ……そんな取るに足らない理由で人は人を殺したりしない。しかも、ピーター・クレメンスとの間にそれ以上に激しい争いがあったとは、誰も示唆していない。遠い縁戚に当たる者たちは彼のことをほんの少ししか知らず、隣人に至ってはまったく知らない。新しく知り合いになった者が気に入らなくても、たったひと晩のことだと思えば、我慢もできる。次の日に笑みを作って送り出してしまえば、すむことなのだ。彼が通る場所に待ち伏せして殺すなんてありえない。

だが、もしも殺害の目的が彼自身ではなかったとすれば、他に何が考えられるだろう？

彼の用件？　それについては、少なくとも彼はアイスーダが近くにいた間は、触れていない。そして、たとえ彼がそれを打ち明けたとしても、その中に彼を阻止する必要があると思わせるものがあっただろうか？　彼の使命は司教ヘンリーの和平に向けての努力に、北方の二人の領主の協力を取り付けることであり、あくまでも丁重な外交使節であった。その使命は大聖堂参事会員のエルアードがあとを引き継いで成功させ、その合意を確認するために王をそこまで案内し、今はクリスマスに間に合うべく南に向かって帰途に就いているはずだった。それには、いかなる不都合もあるはずがなかった。権力者はそれぞれ秘密の計画を持ち、ある時は歓迎した訪問を別の時には拒絶するということもある。だが、今回は接近に成功し、平和なクリスマスが約束されていた。

彼自身に戻ってみても、危険な人物ではない。一家の屋根の下で少しくつろいで得意がったりした旅中の縁戚の人物にすぎず、その男はすぐに旅立ったのだ。

したがって、個人的な怨恨《えんこん》もありえない。とすれば、残るは旅に付きものの障害、つまり森や原野に住み、旅人を襲って首をはね、立派な馬や装飾品はむろんのこと衣類までも略奪する追い剝ぎか殺し屋のしわざということになる。だが、これもありえない。ピーター・クレメンスは何も取られていなかった、銀の留め金も、宝石の入った十字架も。品物にしろ道具にしろ、彼の死から物質的な利益を得た者はいない。馬でさえ、馬具を付けたまま湿地の中に放されたのだ。

「わたしは馬のことを考えていたんです」まるでカドフェルの考えをたどっていたかのようにヒューは言った。

「わしもだ。君があの馬を修道院に連れ戻した日の晩、メリエットは眠りの中で馬の名前を呼んだ。このことは聞いているかね？　バーバリー、バーバリーと名を呼んで、そのあと口笛を吹いたのだ。見習い修道士たちは、悪魔が口笛を吹いて彼に応えたと言った。はたして、馬は森の中から現われたんだろうか？　それとも、レオリックはあとで部下に命じて、馬を捜させなければならなかったんだろうか？　もしも馬が近くにいたなら、メリエットの所にやって来たんじゃないか、わしはそう思う。死体を発見した時、彼は馬のことを考えただろう。そしてあたりの森の中に馬を呼びに行ったのだ」

「猟犬は彼の匂いを嗅ぐ前に、声で分かったというわけだ」ヒューは浮かない顔で言った。「そして父親を彼の所に連れて来た」

「ヒュー、ずっと考えていたんだが、君があの時間の食い違いのことを追及した時、彼はずいぶん立派に答えた。だが、彼はそのことの本当の意味が分かっていないとわしは思う。だってそうじゃないか、もしもメリエットが単純に森の中で殺された死体に出くわし、誰のしわざかまったく見当が付かなかったとすれば、彼に分かったのはクレメンスがほんの短い距離しか行かないうちに殺されたということだけだったはずだ。とすれば、どうして犯人を知ったり、推測することができたろう？　だが、もしも彼が、死体に屈み込むか、死体を隠そうとしている誰か……彼のよく知っている大切な人物……を目撃したとするなら、その人物が犯人であるためには少なくとも六時間はその場に来るのが遅かったということに、彼はいまだに気づいていないのだ!」

十二月十八日、エルアードは得意満面でシュルーズベリに乗り込んで来た。大成功に終わった王との北方訪問を終え、ロンドンでの恒例のクリスマスを予定している王と再び南に戻って来て、今王の一行と別れてピーター・クレメンスに関するその後の情報収集のために寄り道をしたところだった。チェスターとリンカーンは今や名実ともに伯爵となったので、スティーブン王を重んじて揺るぎない忠誠を誓った。一方の王は土地と称号を贈りものにすることで、それに報いた。王はリンカーン城を手中に収めて、そこに守備隊を置くことになったが、町と州そのものはすべて新しい伯爵のものと認められた。穏やかな天候にも恵まれて、リンカーンの雰囲気は穏やかな休日のようだった。きっとそれはクリスマスまで持ち越すに違いなかった。

ヒューはエルアードと面会して情報を交換するために城からやって来た。だが、二人の情報はきわめて対照的だった。ヒューは装身具や馬具などのピーター・クレメンスの遺品を持参した。こびり付いた灰や泥などは落とされていたが、火による変色は明らかだった。遺骨は鉛で裏打ちした棺に収めて霊安用の礼拝堂に安置されていたが、まだ封印はされていなかった。エルアードはそれを開けさせて、中の遺骨をのぞき込んだ。怖い顔はしていたが、顔をしかめはしなかった。

「もう閉めてよい」彼はそれだけ言って立ち去った。誰のものといえるようなものは、そこには何もなかった。だが、十字架と指輪は別だった。

「これはよく知っている。彼が下げているのをいつも見ていた」掌の十字架を見ながらエルアードは言った。銀の表面は一面に変色して光っていたが、宝石ははっきりと輝いていた。

「間違いなくクレメンスのものだ」彼は沈んだ声で言った。「司教には、さぞかしつらい知らせだろう。それで、この犯罪の下手人は捕まえてあるのかね？」

「牢には一人の男を捕らえています」ヒューは言った。「そして、その男が犯人だと世間には知らせてあります。しかし、じつを言うと、その男はまだ裁かれていませんし、これからも、そのことで裁かれることはないと思います。そいつは空腹に耐えかねて、あちこちで小さな盗みをしただけにすぎません。むろん、その罪で牢には入れておきますが、そいつが殺したわけではありません」ヒューはこれまでの捜索のあらましを説明した。だが、メリエットの告白については触れなかった。

「もしもあなたに、もう二、三日ここで休息を取るつもりがおありでしたら、もっと良い知らせをきっとお持ち帰りいただくことができると思います」

その言葉を口にした瞬間、そんな約束をするなんて、何て愚かなんだと彼は心の中で思った。だが、第六感というのか、親指の先がむずむずして、言葉のほうが先に出た。カドフェルはレオリック・アスプレーと、何か話があると言っていた。それに、クレメンスが生きていた最後の時間に、彼の最も近くにいた人々がすべてここに集まって来るというのは、まるで嵐が来て雨が降り出す前の、雲がますます厚く、ますます低くなって来る感じに似ていた。たとえ雨が降らなくても、結婚式のあとになれば、レオリックを尋問して知っていることをすべて吐き出させることもできる。空白の六時間や、クレメンスがたった三マイルしか行かないうちに殺されたというような細かなことを指摘すれば、レオリックからも何か新しい発言が聞けるに違いなかった。

「死者は帰らない」エルアードは重々しく言った。「だが、犯人を明らかにすることは正義でもあり、当然のことでもある。わしはそうなることを信じている」

「では、あと二、三日はここに滞在なさいますか？　早めに王と合流しなくてもよいのですか？」

「わしはウインチェスターに帰るつもりで、ウエストミンスターに行くつもりはない。もう数日待って、この悲しい出来事についてのもっと詳しい知らせを司教に持って帰ることができるなら、それに越したことはない。それにじつを言えば、わしは少し休息したいのだ。もう、それほど若くはないのでな。話は変わるが、執行長官はもうしばらく、君一人にここを任せるつもりだ。スティーブン王はクリスマスが終わるまで彼を引き止めておきたいらしく、二人は揃ってロンドンへ直行する」

ヒューには悪くない知らせだった。自分が手を付けた仕事は、自分で決着を付けたかった。同じ仕事を二人でやるのは……まして一人はずっと気が短いとすれば……いい結果をもたらすはずがなかった。

「あなたのほうは、うまくいったようですね」ヒューは言った。「かなりの収穫があったように見受けられます」

「長旅だったが、それに値するものだった」エルアードは満足げに言った。「王はもう、北方のことを気に病む必要はない。レイナルフとウィリアムの二人はがっちりとあの地を手中に収めた。二人に逆らうのは、よほどの覚悟がなければできんだろう。リンカーンの城代は、二人並びにその奥方たちと非常に良好な関係を築いている。司教には喜ばしい知らせを持って帰れる。そうだ、長旅だったが、それだけの価値は充分にあったのだ」

次の日、アスプレー一家、リンデ一家、フォリエットの女遺産相続人、森の縁沿いに並ぶ近隣の荘園からの招待客の大きな一団など、結婚式の一行は中くらいの荘園らしい威儀を整えて次々と到着し、修道院の宿泊所に割り当てられたそれぞれの一画に落ち着いた。行商人や巡礼や旅人向けの休憩室と宿舎を除いて、すべては一行に提供された。修道院長の客となったエルアードは、一段高い所から、その賑わいを好意的にながめていた。日頃の決まりきった生活から少しでも抜け出せることを喜んで、見習い修道士たちや子供たちは好奇の目を光らせていた。副院長のロバートは最高の慈悲深さと最高の威厳を示しながら広場や回廊を行き来して、儀式を執り行ない、賛嘆を惜しまない熱烈な信徒たちに応対していた。ジェロームは見習い修道士たちや平修道士たちの間で、いつになく忙しく、高飛車に振る舞っていた。厩のほうも忙しく、たちまち満杯になった。宿泊客の中に親族のいる修道士たちは、居間で出迎えることを許された。広場や庭園は大きなうねりのような動きに包み込まれ、時間とともにそれはますます勢いを増した。空気は肌を刺すように冷えてきていたが、それでも雲一つなく晴れ上がっていて、かなり遅くなっても明るかった。

カドフェルはブラザー・ポールと一緒に回廊のかたわらに立ち、旅装を整えて次々と入って来る人たちをながめていた。そこには、婚礼の道具を背負わされたポニーも混じっていた。最初はリンデ家だった。ウルフリック・リンデはぶよぶよと太った中年男で、感じは悪くないが表情は無気力だった。この男との間にあんな見事な二人の子を儲けた妻とは、いったいどんな女だったのか、カドフェルは不思議に思わざるをえなかった。

あの娘が、きれいなクリーム色をした婦人用の馬に乗ってやって来た。すべての人の目が自分に向けられていることを意識してかすかに微笑み、慎み深いところを見せようとして、じれったそうに目を下に落としていた。そのため、時折り斜めにちらっと走らせる視線には、異様な力があった。立派な青いケープに身体はすっぽりと隠されて、バラ色の卵型の顔しか見えなかった。だがそれでも、彼女は美しさを演出する方法を知っていた……むろん、少なくとも四十人くらいの無邪気な男の視線が自分に向けられていることも。そして、不思議な喜びが湧き上がるのに驚いていた。修道院にはあらゆる年齢の女たちが、それぞれの目的を持って出入りしていた。不平を訴える者、請願に来る者、何かを要求に来る者、贈りものをする者……だが、騒ぎを起こす者はなかったし、賛辞を要求する者もなかった。ロスウィザは自らの力を確信してやって来た。そして、自分が引き起こした騒ぎを喜んでいた。ポールが面倒を見る見習い修道士には、おかしな夢を見る者も出そうだった。

すぐには分からなかったが、彼女のすぐ後ろから、背の高い元気のいい馬に乗ったアイスーダ・フォリエットがやって来た。朽葉色の髪をネットに包んだだけで何もかぶらず、頭巾は肩に垂らし、樺《かば》の木のように真っ直ぐしなやかに背筋を伸ばした彼女は、何の小細工もしていなかった。いや、必要ではなかった。まったく少年といってよかった！　その姿は、彼女の左手にそっと手を置きながら並んでやって来た馬上の少年と、じつに似合っていた。ジェイニンと彼女はそれぞれが荘園を相続する隣人同士であり、その父親と後見人が二人を一緒にさせようと考えたとしても不思議ではなかった。年も身分もぴったりで、幼い時からの遊び友だち……これほどふさわしい取り合わせがあるだろうか？　だが当の二人は親しげな兄妹のように、ひっきりなしにしゃべったり、からかったりしているだけだ。それに、アイスーダには別の計画があった。

ジェイニンは……それが普段の姿なのだろうが……目にするものすべてに笑いかけ、快活で気持ちの良い愛敬を振りまいていた。彼はぐるっと視線をめぐらせてカドフェルに気づくと、顔をぱっと輝かせて、金髪の頭をはっきりと分かるように動かして会釈した。

「彼はあなたのことを知っていますよ」その身振りに気づいてポールは言った。

「花嫁の双子の弟だ。彼とは、メリエットの父親の所に話をしに行った時、出逢《であ》っている。二つの家族は隣同士なのだ」

「メリエットは出て来ることができなくて、かわいそうですね」ポールは同情して言った。

「兄さんの結婚式には出席して、祝福の言葉をかけたいんじゃないかと思いますがね。まだ歩けないんですか？」

彼のためを思って最善を尽くしたこの二人の間では、メリエットは階段から落ちて具合を悪くし、足を捻って寝込んでいるということしか分かっていないことになっていた。

「彼は杖に頼って足を引きずっている」カドフェルは言った。「あのままでは、まだ無理をさせたくはない。ここ一日か二日の間には、彼がどのくらい頑張れるか試してみるつもりだが」

ジェイニンはひらりと鞍から飛び降りると、アイスーダのあぶみを取って、彼女が降りるのを助けてやった。彼女は喜んで彼の肩に手を置くと、羽のように軽々と降り立った。二人は笑顔を交わし、みんなが集まっている所に向かった。

そのあとがアスプレー一家だった。レオリックは棒を呑んだようにどこもかしこも真っ直ぐという感じを漂わせ、鞍の上に高々と円柱のように収まっていた。怒りっぽく、不寛容で、立派で、責任を果たすことに欠けることはなく、自らの絶対的特権を誇示する男。召使いたちには神も同然、信頼を勝ちえれば頼ることができ、息子たちには神そのものの存在。だが、亡くなった妻にはどんな男だったかは不明で、その妻が二番目の息子にどういう感情を抱いていたのかも不明。

父親のかたわらに付き従っていた見事な一番目の息子は、巨大で活力に溢れた美しい鳥のように、高い鞍から地上に舞い降りた。ナイジェルの一挙手一投足は祖先と家名とを裏切らなかった。修道院の若者たちは思わず賛嘆のつぶやきを漏らしたが、それも無理からぬことだった。

「あんな息子の弟になるのは難しい」若者の隠れた心の悩みにいつも敏感なポールは言った。

「まったく」カドフェルは浮かぬ顔で同意した。

親族たちと隣人たちが続いた。みな小さいながらも領主であり、その中では絶対的権力を持ち、したがってみな自惚《うぬぼ》れが強く、自らを守る術《すべ》に長《た》けていた。彼らが馬から降りると馬丁たちが次々と馬とポニーを厩へと連れ去った。色彩と動きの氾濫《はんらん》に見舞われた広場も、夕べの祈り《ヴェスパー》の時間が近づくにつれ、次第にいつもどおりの整然とした秩序を取り戻していった。

夕食のあと、カドフェルは院長の料理人のブラザー・ペトラスに頼まれて、何種類かの乾燥ハーブを取りに薬草園の作業場へと向かった。ハーブは翌日の会食に出す料理に使うもので、院長のテーブルにはアスプレー一家とリンデ一家、それにエルアードが招かれていた。寒波がまた来ているようで、空気は乾燥して冷たく、空は一面の星だった。真っ暗闇の中で、ほんの小さな音も鐘が鳴るように大きく聞こえる。編み垣の間の硬い土の小道を踏んで後ろから付いて来る足音は、非常に柔らかだったが、カドフェルには分かっていた。小柄で軽快な足取りのその人物は、前を進むカドフェルの足音を片方の耳に聞き、もう片方では後ろから足音が付いて来ないか気を付けていた。

カドフェルが作業場の扉を開けて中に入ると、その人物は足を止め、彼が火打ち石を使って小さなランプに火を入れるまで待っていた。黒いケープに身を包んだ彼女は、扉口に姿を現わした。彼が初めて見た時のように髪をほどいて肩に垂らし、寒気で頰をバラ色に染め、目はランプの炎を受けてきらきらと輝いている。

「アイスーダ、お入り」梁にかかるハーブの束をがさごそいわせながら、カドフェルは穏やかに声をかけた。「君と話ができる機会を何とか作ろうと思っていたのだ。だが、君に任せておいても心配はなかったな」

「でも、長居はできないんです」後ろ手で扉を閉めながら彼女は言った。「教会で蠟燭を灯し、父のために祈りを捧げていることにしてあるんです」

「では、そうしなければいけないのじゃないかね？」カドフェルは笑みを浮かべた。「さあ、ここに腰をかけて楽にして。そしてまず、君が聞きたいことを訊いてくれ」

「もう蠟燭は灯してきました」壁ぎわのベンチに腰を下ろして彼女は言った。「父は善良な人でしたから、わたしがお節介しなくても神様が面倒を見てくれると思います。わたしがまず聞きたいのは、メリエットの様子です」

「彼が階段から落ちて、まだ歩けないということは聞いているだろうね」

「ブラザー・ポールが教えてくれました。そんなに長引くような傷じゃないって。本当ですか？　きっと治りますか？」

「問題ない。頭に怪我をしたが、それはもう癒《い》えているし、捻った足ももう少しで良くなり、前と同じように歩けるようになる。ブラザー・マークが面倒を見ているが、彼はメリエットに信頼されている。ところで、聞かせてくれ。彼の父親は息子の怪我のことを聞いてどんな様子だったかね？」

「気難しい顔をしたままでした。かわいそうにと言いましたが、感情がこもってなくて、とても本心とは思えませんでした。でも、悲しんでいるんだと思います」

「息子を訪ねたいとは言わなかったのかね？」

彼女は男たちの頑固さ一般を軽蔑するような顔付きをした。「そんなこと！　あの人は息子を神に差し出したんです。だからあとは神が面倒を見るのが当然と思っているんです。決して訪ねるなんてしません。でも、わたしを彼の所に連れて行ってもらえませんか。こうしてやって来たのも、一つにはそれをお願いしたかったからなんです」

カドフェルはずいぶん長い間、彼女のことを考えた。それからそばに腰を下ろし、これまでに起こったすべてのこと、自分が知ったり推測したりしたことすべてを話して聞かせた。彼女は頭が良く、勇気があり、意志堅固だった。自分の望みを知り、それを達成するためには闘う用意ができていた。メリエットが殺しを告白したと聞いた時には、黙って唇を嚙んだ。そしてカドフェルが、このことを知るのは自分以外にはマークとベリンガーしかいないが、君には特別に明らかにすることなのだと言うと、思わず感謝で顔を紅潮させた。彼女が何よりもほっとしたのは、メリエットの告白が嘘だと思われていることだった。

「何て馬鹿なことをするんでしょう！」彼女は勢いよく言った。「でも、あなたは彼の本質を見抜いてくれたんですね、感謝します。でも、あの父親はそれを信じているんですって？あの人は息子のことを何も知らないんです、メリエットが生まれてから一度だって息子に近づいたり、価値を認めたことがないんです。それでもあの人は公正な人です、これははっきりと言えます。わざと人をおとしめるようなことは決してしません。それを信じたということは、のっぴきならない理由があったんだと思います。そしてメリエットのほうには、そう信じさせておくしか仕方ないような、やはりのっぴきならない理由が。でもそうしながらも一方では、父親がそう簡単には血を分けた肉親の犯罪を信じることはないだろうとも思っているに違いないんです。ブラザー・カドフェル、あの二人がどれほど似た者同士であるか、今のお話ほどはっきりとわたしに分からせてくれたものはありません。気位が高く、頑固で、孤独……親類知己《ちき》や家臣やすべての人を退けて、降りかかったすべての重荷を自分一人で担おうとするんです。できたら、二つの頑固頭を鉢合わせてやりたいくらいです。でも、両方の口を……最後の懺悔の時を除いて……閉ざすことができるような答えがなければ、それも何になるでしょう？」

「そのような答えは見つかるものと思う」カドフェルは言った。「そして君が本当に二人を和解させようとするつもりなら、二人がすれ違いにならないようにすることをわしは請け合おう。とりあえず明日には、君をそのうちの一人の所へ連れて行こう、だが明日の会食のあとだ。というのは、まずその前に、わしはレオリックを何としてでも息子の所へ連れて行くつもりだからだ。知っていたら教えてくれんか、みんなの明日の予定はどうなっている？結婚式までには、まだ丸一日の余裕がある」

「まず、みんなは盛式ミサに出席します」希望が湧いてくるのを覚えながら彼女は答えた。「わたしたち女はそれから、ドレスを合わせたり装飾品を選んだりして、そのあと結婚衣装のあちこちにステッチを入れます。ナイジェルは修道院長との会食の時間までは用事がないので、たぶんジェイニンと連れだって町に最後の気晴らしに出かけると思います。叔父のレオリックは、ミサのあとは一人のはずです。捕まえるのでしたら、その時がチャンスです」「忘れないようにしよう」カドフェルは言った。「そして会食が終わって、君が抜け出すことができたら、メリエットの所へ連れて行こう」

彼女は嬉しそうに腰を上げた。これ以上遅くなってはまずいと思われる時間でもあった。そして意気揚々と出て行った……自分自身と自分の星回りと天をつかさどる力の中での自分の位置に確信を持って。カドフェルはハーブを選んでブラザー・ペトラスの所へ届けに行った。ペトラスは明日の昼に出すとっておきの献立のことを、すでにあれこれと考えているところだった。

十二月二十日の盛式ミサのあと、女たちはそれぞれの部屋に引っ込んで、修道院長との会食の時に着る服を念入りに吟味し始めた。ナイジェルとジェイニンは連れだって町に出かけ、招待客たちはそれぞれ、この機会を利用して近くの知人を訪れたり、町に出て荘園で使う品物を仕入れたり、あるいは明日に備えて宝飾品の手入れをしたりするために散って行った。レオリックは寒気の中をきびきびと菜園を横切って歩いて行き、養魚池と畑を回り込んで、細かなレース模様のような結氷が縁取るミオール川へと降りて行った。そしてそのあと、どこへともなく姿を消した。カドフェルには彼が一人きりになりたいのだと分かったので、しばらくそのままにしておいたが、いつの間にか姿を見失った。再びその姿を見つけたのは、霊安用の礼拝堂の中だった。そこにはピーター・クレメンスの棺がしっかりと封印され、ゆったりした布をかけられて、司教ヘンリーの指示を待って安置されていた。枕頭《ちんとう》に置かれた枝分かれした燭台には二本の真新しい蠟燭が灯され、レオリックは敷石にひざまずいていた。目はまばたき一つせずに棺台に釘付けになり、口は無言の祈りを繰り返している。カドフェルはこれなら良いと思った。蠟燭は亡くなった遠い親族に対する、単なる礼儀としての捧げものかもしれない。だが、うち沈んだ苦悩の表情は、まだ告白もせず償いもしていない罪を沈黙のうちに認め、自分が埋葬を拒んだことと、その理由とをはっきりと示していた。

カドフェルは静かに後戻りして、彼が出て来るのを待った。再び昼の光の中に出て目をしばたいたレオリックは、がっしりした背の低い修道士が飛び出して来て、目の前に立ちはだかり、まるで凶事を告げる天使のように声をかけるのを見た。

「閣下、緊急のお話があります。わたしと一緒に来てください。あなたが必要なんです。あなたの息子さんが死にそうなんです」

あまりに急激に一気にまくしたてられたので、それは槍のように心に突き刺さった。若い二人は一時間も前にいなくなり、暗殺者の剣や追い剝ぎのナイフはむろん、あらゆる凶事には格好の時だった。レオリックは頭を持ち上げて恐怖の空気を嗅ぎ取って、思わず大きな声を出した。「わしの息子……？」

その瞬間、彼は眼前の人物が修道院長の使いでアスプレーを訪れた修道士であることに気づいた。カドフェルは深く落ち窪んだ尊大な相手の目の中に敵意を含んだ疑念の炎が燃え上がるのを見て、間髪を入れずに機先を制した。

「二人の息子があることを、今こそ思い出す時です。慰めも与えずに、そのうちの一人を死なせてもいいのですか?」

11

レオリックは付いて来た。いらいらして、疑念を抱き、我慢できない様子だったが、それでもカドフェルと一緒に足を運んだ。質問をしたが、返事はなかった。カドフェルはこう答えただけだった。「それがあなたの意志なら、帰ってください、構いません。それで神と彼に対して心が休まるならば！」レオリックはむっつりと黙り込んだままだった。

セント・ジャイルズの草の斜面を登る道まで来た時、彼は足を止めた。だが、中に入っての感染を疑ったのではなく、息子が仕事をし苦しんでいる場所がどんな所なのかを品定めするためのようだった。カドフェルは納屋に案内した。メリエットはわらのベッドの上に腰を下ろしていた。片足を引きながら歩き回る時に使う松葉杖を右手にしっかりと握り、その持ち手の所に頭をもたれかけている。恐らく、早朝の祈り《プライム》のあとずっとあたりを歩き回り、昼食前にひと休みするようマークに言われたのに違いなかった。納屋の中は薄暗くて光も柔らかで、移ろう影に満たされ、彼は入って来た二人に、すぐには気づかなかった。その姿はほぼ三カ月前にレオリックが修道院に連れて来た時の黙りこくった従順な若者に比較すると、何歳か年を取ったように見えた。

斜めに差し込む光とともに中に入った父親は、立ったまま見つめていた。表情は怒っているようだったが、目は当惑と苦痛と怒りがないまぜになっていた。息子は死にかけてなんかいないし、むしろ運命を受け入れた人のように、諦めて平静そのものだったからだ。

「さあ、ずっと奥に入って、話しかけてやりなさい」カドフェルはすぐ後ろから声をかけた。

レオリックが後ろを振り向き、自分を欺《あざむ》いた者を脇に押しのけて、そのまま立ち去るかどうかは、きわめて微妙な状態だった。彼は振り向いてむっとカドフェルをにらみ、戸口から出て行こうとした。だが、カドフェルの低い声かあるいは二人の動きに気づいて、メリエットがびっくりするほうが先だった。彼は顔を上げて父を見た。驚きと苦痛と渋々ながらの愛着の感情のはざまで、その顔は奇妙に歪んだ。そして、きちんと立ち上がろうとして、あわてたために失敗した。松葉杖が手から滑り落ち、大きな音を立てて床に転がった。彼は顔をしかめながら、それに手を伸ばした。

だがレオリックのほうが早かった。彼は苛立たしげに三歩大きく足を運ぶと、乱暴に息子の肩に手をやってベッドに押し戻し、松葉杖を拾ってその手に押し付けた。息子の苦痛を思いやるというよりも、もたもたした様子に腹を立てているようだった。「座って!」彼は荒々しく言った。「動かなくてよい。階段から落ちて、まだ歩けないというじゃないか」

「そんなにひどい怪我をしたわけじゃありません」メリエットは父親をじっと見上げて言っ

た。「もうじき、歩けるようになります。ぼくを見舞いに来てくれてありがとう。思ってもみない訪問でした。座りますか、父上？」

レオリックは動転して落ち着かず、納屋の中をぐるりと見回して、時折り何度かちらっと息子を見るだけだった。

「おまえは自分から望んだここの生活に、なかなか馴染めないそうじゃないか。だが、鋤《すき》に手をかけたのはおまえ自身だ、耕し始めた畝《うね》は自分で最後まで終わらせなければならない。それとも、わしに家に戻して欲しいというのか？」声は厳しかったが、表情は苦悶を浮かべていた。

「さいわい、ぼくの畝は短いようです。これなら、真っ直ぐ最後まで押して行けそうです」メリエットは鋭く言い放った。「あなたはまだ聞いていませんか、ぼくは自分の罪を告白したんです。だから、あなたはもう、ぼくをかくまう必要はありません」

「告白した？……」レオリックは自失した。彼は大きな手で目の前をなで、それから息子をじっと見て身震いした。息子の落ち着き払った態度は、他のどんな激情よりも彼を戸惑わせた。

「あなたには散々苦労や心労をかけ、結局は無駄に終わらせてしまってごめんなさい」メリエットは言った。「でも、これは必要なことだったんです。役人たちは大きな間違いを犯すところでした。彼らはこのあたりで食べものを漁っていた森の中に住む浮浪者を捕まえて、その哀れな男に殺人の罪を着せようとしていました。まだ、聞いていませんか？　ぼくは少なくともその男を救うことができます。ヒュー・ベリンガーはぼくに、その男のことは安心だと言ってくれました。あなただって、まさかぼくに、その男を見殺しにさせるようなことはしませんよね。せめて、このことだけは褒《ほ》めてください」

レオリックは数分の間、黙って立ち尽くしていた。自分の中の悪魔と闘っているかのように、大きな身体が麻痺して震えている。それから彼は、やにわに息子の隣のきしむわらのベッドに腰を下ろし、息子の手を握り締めた。表情はまだ大理石のように硬く、手の動きはまるで一撃を加えるみたいで、ようやく発した言葉は依然厳しかった。だが、カドフェルは静かに二人から離れて外に出て、戸口の扉を閉めた。彼は玄関ポーチに座り込んだ。そこなら二人の言葉は聞き取れなくても、声の調子は分かるし、戸口を見張ることもできる。時々、父親が怒りの声を張り上げるのが聞こえ、メリエットがはっきりした声でしつこく辛辣《しんらつ》な言葉を浴びせるのが聞こえた。だがカドフェルは、もう自分は必要ないと思った。何も心配はいらない。互いの火花がなければ、あの二人はどうして良いか分からなくなるだろう。

このあとは、どんなに無関心で冷淡な態度を彼が装っても構わない。だが、そうはならないはずだ。

カドフェルは頃合いを見て、戻って行った。修道院長との会食の前に、彼にはレオリックに言わなければならないことがあった。彼が入って行くと、勢い込んで高い声で話していた二人は黙り込んだ。だが、最後に言い残していたことを、二人はたどたどしく口にした。「ナイジェルとロスウィザに伝えてください、ぼくは二人の幸福を祈っていると。結婚式は見たいけれど、今の状態では無理です」メリエットは落ち着いていた。

レオリックは息子を見下ろして、ぎこちなく聞いた。「おまえはここで、ちゃんとした世話をしてもらっているのか？　身体も心も？」

メリエットの疲れた顔に笑いが浮かんだ。かすかな笑いだったが、穏やかで幸せそうだった。「これまでの生涯でいちばん良く、仲間もたくさんいるし、良い友だちに恵まれているんです。ブラザー・カドフェルがよく知ってます！」

彼らの別れぎわは、前とは違ったものになった。カドフェルは不思議に思った。レオリックは一度戸口のほうを向いてから、また向き直って、一瞬の間自尊心と闘った末に、ぎこちなく屈み込んで、メリエットの頬に短いキスをした。それは依然、一撃を加えるような感じだった。メリエットの頬にぱっと血が昇った。レオリックはすぐに姿勢を正し、くるりと戸口のほうを向くと、大股で納屋をあとにした。

彼は黙りこくって門のほうへと向かった。目はひたすら外ではなく内に向いていたので、肩と腰とを門柱にぶつけたが、ほとんど意に介さなかった。

「待ってください！」カドフェルは叫んだ。「一緒に教会に入り、あなたのご意見をうかがいたい。わしにも話したいことがあります。時間はまだ充分にあります」

施療院の教会は真ん中に一つの通路があるだけの小さな建物で、ずんぐりした塔の下の空間は薄暗く、ひんやりしていて静かだった。レオリックは静脈の浮き出た手を握り締め、静かな怒りをこめてカドフェルに食ってかかった。

「ブラザー、これで満足ですかな？　あなたはわしを騙してここへ連れて来た！　息子が死にかけていると、確かあなたは言った」

「まさにそのとおりです」カドフェルは答えた。「あなたは息子さんがどんなに死を身近に感じているか、その言葉から分かりませんでしたか？　本当はあなただってそうですし、わしらみんながそうです。死すべき運命は子宮の中にある時から決まっていて、生まれた瞬間からみな死への旅路にあるのです。大事なのは、その旅路をどう送るかということです。お聞きのように、息子さんはピーター・クレメンスを殺したと告白しました。なぜ、それを息子さんから聞くようなことになったか、分かりますか？　そのことを知っているのは、わしとブラザー・マークとヒュー・ベリンガー以外には誰もいないからです。メリエットは自分が重罪犯人として監視されていると信じ、あの納屋を自分の牢獄と見なしています。しかし、よく聞いてください、わしらはそう思っていないのです！　その告白を聞いたわしら三人はみな、彼が嘘をついていると信じているのです。あなたはその四人目で、父親ですが、あなただけが息子さんの有罪を信じている」

レオリックは苦痛に苛《さいな》まれるように強く首を振った。「できれば、そう信じたいが、できないのだ。どうして息子が嘘をついていると思うのか？　どんな証拠がある？　わしには確固とした証拠がある」

「一つの証拠を示しましょう」カドフェルは言った。「そのあとで、あなたの証拠を一つ残らず示してください。メリエットは殺しの罪に問われている別の男がいると聞くと、自分の死を意味する告白をしました。しかし、その時も、それからあともずっと、司祭にその罪を告白して償いと許しを請うことを頑なに拒んでいるのです。これが、無罪だと思う根拠です。さあ、今度はあなたが証拠を示す番です」

乱れた白髪混じりの頭は、苦悩に満ちて反対の意志を示し続けた。

「あなたが正しく、わしが間違っていることを神にも祈りたい気持ちだ。だが、この目で見、この耳で聞いたことは、忘れるわけにはいかぬ。無実の男の命がかかっていると聞き、メリエット本人が名誉にかけて告白したとすれば、どうしてわしがあなたに話さないという法があろう？　あの日は特に変わりばえのしない日で、わしの客は無事に出発した。わしは身体を動かすために鷹と猟犬を連れ、わしの所の礼拝堂の司祭と猟犬係と一人の馬丁を伴って野山に出かけた。この三人はみな誠実な男で、わしの証人となるはずだ。わしの荘園から三マイルほど行った所には鬱蒼《うっそう》とした森が帯のように続いている。メリエットの声に気づいたのは猟犬だったが、かなり近づいて息子の声だと分かるまでは、わしには遠い呼び笛にしか聞こえなかった。息子はバーバリーと叫んで、口笛を吹いていた。バーバリーというのはクレメンスの馬の名だ。猟犬が最初に気づいたのはたぶんその口笛だったのだろう。そして走って行って、息子と知って静かになっていた。わしらが行った時には、息子はとっくに馬を捕まえていた。その点での息子の才能は、すでにお聞きになっているだろう。わしらが息子の前に飛び出すと、息子は死人の両腕を抱えるようにして、深い藪の中へ引きずっているところだった。クレメンスの胸には矢が突き刺さり、息子は肩に弓と矢筒をかけていた。まだ、これでも足りんかね？　わしが叫ぶと、息子はどうしたと思う？　……言い訳は何もしなかったのだ。わしは一緒に戻るように命じて、息子を部屋に閉じ込めておき、そのとてつもない恥と恐怖をどうしたらいいかと考えた。その結論を話すと、息子はひと言も抵抗せずに、わしの言葉に従った。わしはこう言ったのだ。おまえの命を救い、おまえの大罪を隠してやろう、ただしそのためには修道院に入っておまえは修道士にならねばならぬ、と。家名と息子の命との両方を考えて、わしはそれが最善だと思った。息子はそれを選んだのだ」

「確かにそうです、単に受け入れただけではない」カドフェルは言った。「彼は修道院に入るのは自分の希望で、自分で選んだ道なのだとアイスーダにも言ったし、わしらにも言った。誰かに言われたからだとは、一度も口にしていない。さあ、そのあとのことを話してください」

「わしは息子に約束したことを実行した。馬は、クレメンスがたどるはずだった道のりの北のほうまで持って行かせて、湿地に放させた。乗り手はあたりの湿地にはまったのだろうと思わせるためだ。死体のほうはすべての持ちものとともに密《ひそ》かに運び、わしの司祭にしかるべき祈りを捧げてもらってから、炭焼き場の古い窯跡に新たにこしらえた薪の山の中に収め、それから火を放った。やり方がまずく、わしの本意ではなかったが、わしがやったことには違いない。それについては相応の責任を取るつもりだ。それにふさわしい償いをすることにはやぶさかではない」

「あなたの息子はクレメンスの死も、それを隠すためにあなたがしたことも、すべて自分で引き受けようとしている。それでも、懺悔僧に嘘をつくことだけはするまいとしている。真実を隠すことと同じくらい罪深いことだと思っているからだ」

「なぜだ？」レオリックは食ってかかった。「もしもわしの質問にまともに答えられるのなら、どうして唯々諾々《いいだくだく》とすべてを受け入れたのだ？　なぜだ？」

「その答えがあなたには耐えられないものだからだ、むろん彼にとっても。間違いなく、それは愛から出たものなのだ。これまで彼は充分な愛を受けたことがないのではないかと、わしは疑っている。だが、愛に飢える者は、もっとも熱烈に愛を与えようとする」

「わしはあいつを愛してきた」レオリックは怒りと苦痛をあらわにしながら言った。「だが、あいつはへそ曲がりで、ことあるごとに逆らって、逆のことばかりしてきた」

「逆のことをやるのは、あなたの注意を引くための一つの方法だ」カドフェルは憂鬱そうに言った。「服従と長所が認められない場合には。だが、そのことは今はいい。あなたは事実が知りたいはずだ。あなたが彼を見つけた場所は、あなたの荘園から三マイル足らずの所だった……馬なら四十分という所だろう。時間は午後をかなり回っていた。いったいどのくらいの時間、クレメンスはそこに倒れていたのか？　あなたが見た時、メリエットは必死に死体を隠そうとしていて、乗り手のいなくなった馬を口笛で呼んでいた。たとえ彼が恐怖に駆られてその場を逃げ出し、自分の行為に熱に浮かされたようになって森の中をさまよっていたとしても、馬のことは逃げ出す前にどうしようか考えたのではなかろうか？　鞭《むち》をくれて遠くに追いやるとか、捕まえて自分で遠くまで乗って行くとか？　クレメンスが死んでからずいぶん時間が経っているはずなのに、そこで馬を呼んで木につなぎ、死体を隠そうとしていたのは、どういうことなのか？　あなたはそのことを考えなかったのではないか？」

「わしも同じように考えた」ゆっくりした口調になって、目を大きく見開いてカドフェルの顔を見つめながらレオリックは言った。「息子は恐怖に駆られて逃げ出し、あとになってから死体を隠そうと思って、その場に引き返したのだと」

「今、彼はそう言っている。だが、そのことを言い訳のように持ち出すのに、彼には大変な努力が必要だった」

「ならば、それほど恐ろしい罪を自分で引き受けようとしたわけは何なのか？」レオリックはつぶやいた。希望と当惑に戦き、カドフェルの言葉を信じることを恐れながら。「いったいどうして、わしと自分自身にそんな打撃を与えることができるのか？」

「たぶん、あなたにいっそう深刻な打撃を与えることを恐れたからだ。さらには、彼が疑った人物に対する愛のためだ。あなたに彼を疑う理由があったように、彼にもその人物を疑う理由があったのだ。メリエットは人を愛したいという気持ちがひと一倍強い。だがあなたは、それを自分に向けることを許さなかった。彼は別の対象を見つけた。そこでは退けられることはなかったが、それほど重んじられもしなかったろう。あなたには二人の息子があると、わしがもう一度言う必要はないでしょう」

「馬鹿な！」レオリックは抗議と怒りを胸の中にくすぶらせて叫んだ。そして、怒りに駆られて、ずんぐりしたカドフェルの上に頭と肩とをさらにそびえさせた。「そんなことを聞くつもりはない！　仮定にすぎん！　ありえない！」

「愛する跡継ぎ息子にはありえなくても、その弟ならたやすく信じられるというんですか？この世ではすべての人が過ちを犯す可能性があるし、どんなことでも起こります」

「だが、言ったはずだ、息子は死体を隠そうと必死になっていたと。もしもあいつが偶然その場に出くわしたのであれば、何も死体を隠す理由はなかったはずだ。むしろ、大声でそれを告げに来ただろう」

「もしも、友だちとか肉親とかの彼の愛する者が、まさに同じことをしている所に行き合わせたのでなかったならばだ。あなたは自分の見たものを信じた、ならば、メリエットが同じように自分の見たものを信じたとしてもおかしくはない。あなたは彼がやったと信じて、それを隠すために自分の魂を危険にさらした。ならば、彼が別の人間のために同じことをしても不思議ではない。あなたは一定の犠牲を強いて、沈黙と隠蔽《いんぺい》を約束した……彼に対するあなたの保護は、むろんそのまま、もう一人に対する保護でもあった……ただし、犠牲を払うのは依然メリエットであることは同じだったが彼はそれを惜しまなかった。自分から引き受けた……単にあなたの言葉に従ったのではなく、それを望み、自分の喜びにしようとした。それで愛する者の自由が買えるのだから。彼が兄さんを愛したように愛した人など、他にありえますか？」

「狂った考えだ！」息も絶えだえになるほど走った人のように、レオリックは息を荒げて叫んだ。「ナイジェルは一日じゅう、リンデ家に行っていた。ロスウィザも証言するだろうし、ジェイニンも証言するだろう。あいつはロスウィザといさかいをしたから、仲直りしようと朝早く出かけた。帰って来たのは夜も遅くなってからだ。むろん、その日の出来事は何も知らなかった。それを聞いて仰天したのだ」

「リンデ家の荘園からあの場所までは、馬ならすぐです」カドフェルは容赦しなかった。「もしもメリエットがクレメンスの死体に屈み込んで血まみれになっている兄さんを発見して、こう言ったとしたら？　……ここからすぐに立ち去って、それはぼくに任せて。早く行って、どこでもいいからここじゃない所にいるようにして。ここはぼくが処理するから……と」

「あなたは本当にナイジェルが殺したというつもりなのか?」レオリックはあえぐような声を出した。「歓待するどころか、親族としての礼にももとり、あの子の性質にも反するような、そんな犯罪を犯したというのか?」

「そうではない」カドフェルは言った。「わしが言いたいのは、メリエットはそんな兄さんの姿を見たのかもしれないということだ、あなたがメリエットの姿を見た時と同じように。あなたにとってそれが明白な証拠だったとすれば、メリエットにとっても同じだったのではないかということだ。兄さんが殺したと思ったか、単にそう思われるおそれがあると思ったか、あるいは同じように恐ろしいことだが、兄さんが無実の罪に問われると思ったか……いずれにしろ、メリエットにはそう思い込む充分な理由があったのではないかと言っているのだ。もしもあなたが自分の見たものにそれほど簡単に絶対的な信用をおいて欺かれたとするなら、メリエットにとっても同じことが言えるではないか? こんなことを言うのも、六時間という空白の時間が、わしにはどうも引っかかるからだ。どう説明したらいいのか分からないのだ」

「わしがあいつを、それほどまで誤解していたなんて」レオリックは動揺と当惑を見せて、かすれ声を出した。「それにわしのやったこと……ヒュー・べリンガーの所へすぐにでも出頭して、裁きを仰いだほうがいいのだろうか? いったいどうすればいい? 正せるものを正すには?」

「今は、修道院長ラドルファスとの会食にまず顔を出して、陽気な客として振る舞うことが先決です」カドフェルは言った。「そして明日になったら、予定どおり息子さんを結婚させることです。まだ五里霧中で、霧の晴れ間が出るのを待つしかないのですから。わしが言ったことを考えてください。そして他の人には決してこのことを漏らさないように。今はまだ早すぎます。明日が平穏な結婚式の日になるよう、心がけることです」

カドフェルはそう言ったが、心では、そんなふうにはならないだろうと確信していた。

アイスーダがカドフェルを捜して薬草園の作業場にやって来た。その姿をひと目みるなり、カドフェルはもの思いを退けて、にこやかに笑いかけた。修道院長との会食にふさわしい簡素で上等な服を着て入って来た彼女は、相手の笑みと目の輝きを認めると、いたずら小僧のように笑ってケープを大きく広げ、頭巾を取った。

「これでいい？」

髪は編むほどの長さがないので、こめかみのあたりで刺繍を施したリボン……メリエットがベッドの中に隠していたのとそっくりのもの……で留め、カールした豊かな房を首すじに垂らしている。ドレスのほうは、淡いバラ色のウールでできた長袖の衿の高い上着を着て、その上に深い青色のショートコートを羽織っている。ショートコートは腰の所にぴったりと付き、そこがゆったりしたひだになって外側へと流れている。色を取っても作りを取っても、そのへんの子供が喜んで集まって来るようなものではなく、大人たちとの会食にふさわしい出で立ちだった。そのドレスにふさわしい、姿勢を正した自信に満ちた物腰には威厳があり、入って来る時の歩き方も女領主を髣髴させた。カットせず、磨いただけの重たそうな自然石で作られた小さめの首飾りも、むしろきれいに整えた頭に目を向けさせる効果があった。他には、何も飾りはなかった。

「もしもわしがまだ若造で、子供の時から知っているお転婆娘を待っているとしたら、それで満点だ」カドフェルは手短に言った。「ところで、彼に会う用意はいいのかな？　彼のほうはあなたに会うことなど思ってもいないはずだが」

アイスーダはうなずいた。褐色のカールした髪が躍り、再び別の形になって落ち着いた。

「大丈夫です！　あなたがおっしゃったことをよく考えましたし、メリエットのことはよく知っています。あなたも彼も恐れる必要はありません。わたしにはうまくやれると思います！」

「では、出発する前に、この間にわしが拾い集めた事実を、すべて君に知らせよう」カドフェルは彼女と一緒に腰を下ろして話し始めた。アイスーダはじっと身動き一つせず、真剣で落ち着いた表情を浮かべて聞いていた。

「カドフェル、聞いてください、もしもあなたがおっしゃるとおりなら、どうして彼は兄さんの結婚式をのぞいちゃいけないんですか？　彼が無実だと思われているということを知らせるのは、もちろんまだ早すぎますし、不親切です。そんなことをすれば、彼は自分がかばっている人の身を案じて悩み苦しむだけでしょう。けれども、ご存じのように、彼は一度誓ったことを破ったりしませんし、他の人も自分と同じように誠実だと思い込んでいるので、きっとわたしの言葉をそのまま信用してくれるだろうと信じています。ヒュー・ベリンガーが例の囚人をその場に連れて来たとしても、彼は喜ぶはずです」

「彼はまだ、こんなに遠い所まで歩いて来られないのだ」カドフェルはそう言ったが、アイスーダの考えには大いに惹《ひ》かれるところがあった。

「歩く必要はありません。馬丁に馬を連れて迎えに行かせます。ブラザー・マークも一緒に来ることができます。そうしていけないわけはありませんよね？　僧衣を付けて早くやって来て、どこか目立たない所に隠れていればいいんです。そのあとどんなことが起こっても」アイスーダは固く決心した様子で言った。「あの一家に悲痛な事柄が起こることはありえないなんて信じるほど、愚かではないつもりです……何が起ころうと、彼には、いるべき所にきちんといて欲しいんです、そして、たとえどんな人が面目を失うようなことになっても！彼は公明正大ですし、それを他の人にも分かって欲しいんです」

「わしもそれを望んでいる」カドフェルは言った。「心からな！」

「では、ヒュー・ベリンガーに、わたしが彼を呼びにやってもいいかどうか、訊いてください。はっきりは分からないんですけど、その場には彼が必要ではないかと思うんです、彼にはその権利もありますし、そうすべきだと思うんです」

「ヒューには、わしから話そう。さあ、暗くならないうちにセント・ジャイルズへ出かけよう」

二人は揃って門前通り《フォアゲイト》を歩き、白っぽい三角形の草原《くさはら》を見せる馬市広場の所で右へと回って、家々と畑が散在する道を施療院へと向かった。迫り来る寒気に青ざめたような緑色を見せる空を背景に、骨ばかりになった木々の枝がレース模様を作っている。

「ここは、ハンセン病の患者も身を寄せる所でしょう？」緩やかな草の斜面を、施療院を囲む垣根へと向かって登りながら彼女は訊いた。「彼らに薬を処方して、一生懸命治そうとしているんでしょう？　高貴な仕事だわ！」

「しかも、それがうまくいっている」カドフェルは言った。「たとえその仕事に倒れる者がいても、ここで働きたいと申し出る者は絶えないのだ。マークはそれだけじゃなくて、メリエットの心も身体も癒そうとしてくれている」

「もしもわたしがそれを受け継いで、メリエットを立ち直らせることができたなら」彼女は輝くような笑みを見せて言った。「ブラザー・マークには心から感謝しなければならないわ。ところで、どっちに行ったらいいのかしら？」

カドフェルは直接、納屋まで彼女を案内したが、そこは空っぽだった。夕食はまだだったが、かなり暗くなっていて、もう外で何かをする時間ではない。取り残されたわらのベッドの上には、焦げ茶色の毛布がきちんとかけられていた。

「これが彼のベッド？」思案するような表情でそれを見下ろして彼女は訊いた。

「そうだ。彼は悪い夢を見て仲間を脅かすことを怖がって、これを上の屋根裏に置いていた。彼はそこから落ちたんだ。マークによると、その時彼は眠ったまま歩き、ヒュー・ベリンガーの所へ行って告白をして、例の囚人を解放するように言うつもりだったらしい。ここで待っていてくれるかな？　わしは彼を捜して連れて来よう」

メリエットは居間の控え室にあるマークの小さな机に腰かけて、細い革紐で祈禱書《きとうしょ》の綴《と》じのほつれを直していた。辛抱強く器用に指を動かし、仕事に精を出している表情は真剣そのものだった。カドフェルから納屋にお客が来ていると聞かされると、初めて彼は動揺を顔に表わした。カドフェルなら慣れていたし、何も問題はなかったが、他の人に顔を見せることは、自分が何かの病気をうつすのではないかと恐れているかのように、尻込みした。

「できることなら、ぼくは誰にも会いたくないんです」親切な気持ちに対する感謝と、顔を合わせたあとの苦痛への尻込みに心を引き裂かれて、彼は言った。「今さら、どうなるというんでしょう？　何を今さら付け足すことがあるでしょう？　ぼくはここの静けさを喜んでいるんです」彼は不審げに唇を噛み、諦めたように訊いた。「いったい、誰なんですか？」

「君が恐れる必要などない人だ」

カドフェルはナイジェルを思い浮かべながら言った。もしもナイジェルが弟を心配して来るようなことでもあれば、それこそメリエットには耐えられないだろう。だが、その心配はなかった。確かに、花婿にはこの間、他のどんな用事でもさぼることが許されていた。だが、しようと思えば、弟の様子を見に来るくらいのことはいつでもできるはずなのに。

「アイスーダ一人だけだ」

アイスーダだけ！　メリエットはほっと安堵《あんど》のため息をついた。「アイスーダがぼくのことを考えてくれた？　それは嬉しい。でも……彼女は知っているんですか、ぼくが罪を告白したことを？　ぼくのことを誤解しているんなら、会いたくないんです……」

「彼女は知っている。そのことについては、君は何も言う必要がないし、彼女も口にしないだろう。彼女は君に変わらぬ好意を感じているので、わしに案内してくれと頼んだのだ。彼女と少しの間話すくらい、何も負担にはならないはずだ。彼女のほうがいろいろ話すと思うから、君はあんまり話す必要はない」

メリエットはカドフェルのあとに従った。まだ少し億劫だったが、幼馴染みの視線や同情や、それにたぶん、しつこい仲間びいきに耐えなければならないということには、それほどの苦痛は感じていなかった。ここの物乞いの子供たちは、単純で何も要求せず、ありのままの自分を受け入れてくれるので、ありがたかった。アイスーダの兄妹のような好意に対しては、同じように接すればいいように思われた。

彼女はベッドの脇の箱の中にあった火打ち石と火口を用いて、すでに小さなランプに火を入れ、それを専用の平らな石の上に注意して載せていた。そこなら、飛び出したわらに燃え移るおそれもなく、彼女が腰かけたベッドの端に柔らかな光を投げてくれる。彼女はケープの前を広げるようにして肩にかけていたので、それがドレスの目立たない豪華さと、刺繍したベルトと、膝に組んだ手を額縁のように縁取っていた。メリエットを見ると、彼女はいくぶん世俗的な受胎告知の絵にある聖母そっくりの、慎ましく奥ゆかしい笑みを浮かべた。むろん、そこでは天使のお告げは余計なもので、彼女はとっくの昔にそれを知っていた。

メリエットは、ベッドに淑女然と腰かけて待ちかねているような彼女を見て、思わず息を呑んで立ち尽くした。ほんの二、三カ月でこれほど変わるなんて信じられなかった。彼は穏やかに、しかしぶっきらぼうに「君はこんな所に来るべきじゃなかった」と言うつもりでいた。だが、言葉が出なかった。彼女は時も所も得て、あまりにもどっしりと落ち着いているように見え、彼にはほとんど恐ろしいほどだった。そして同時に、痩せ細り、片足を引き、見捨てられたような自分の格好……ほんの少し前に一緒に走り回った少年とあまりにもかけ離れた者を見て彼女が感じるであろう哀れみを思って、耐えられなかった。だが、アイスーダは立ち上がり、両手を伸ばして近づき、彼の頭を下に引っ張るようにして、しっかりとキスをした。

「ずいぶん、きりっとしたじゃない？　頭の傷はお気の毒だけれど」彼女は癒えかけた傷に手を触れて言った。「そのうちになくなって、きれいになるわ。誰かが傷をきれいに閉じてくれたのね。わたしにキスしていいのよ、あなたはまだ修道士じゃないでしょ?」

頰に触れたメリエットの唇は冷たく静かだったが、耐えかねたように閉じられて、急に動いて震え出した。だがそれはまだ、女に対するものではなく、腕を広げて、何も問うことなく、何も咎めることなく近寄って来てくれた人に対する、優しさと感謝の気持ちの表われだった。彼は性急な動作と内気な動作の間で揺れ動きながら、ぎこちなく彼女を抱き締め、その瞬間に身体をぐらつかせた。

「あなたはまだ足がしっかりしていないわ」彼女はいたわるように言った。「ここにわたしと腰かけましょう。あなたを疲れさせるほど長くいるつもりはないわ。でも、ここまでやって来なければ、あなたのそばには近寄れなかったんですもの。ここのことをわたしに話してちょうだい」自分のそばに彼を座らせながら彼女は言った。「ここには、子供たちもたくさんいるのね。声が聞こえたわ。それも、幼い子たちが」

魔法をかけられたみたいに、彼はつっかえながら、途切れ途切れにブラザー・マークのことを話し出した。小柄で弱々しいのに、何ものにもひるまず、まるで神のようで、ゆくゆくは司祭になることを夢見ている友のことを。友のことを話し、その友の手の中でかろうじて不幸をまぬがれている人々について話すのは、難しくなかった。自分自身とアイスーダのことについては、彼はひと言も触れなかった。その間、二人は肩を並べて座り、互いに内側に向き合って、この試練の時がそれぞれにもたらした変化を絶え間なく観察していた。メリエットは自分が大罪を認めたこと、したがって短い……しかし不思議な静謐《せいひつ》に満ちた……時間しか残されていないことをすっかり忘れ、いっぽう彼女のほうは、アスプレー家の二倍も価値のある荘園の相続人であり、急に美しくなったことをやはりすっかり忘れていた。二人は時の流れを越え、何ものをも恐れていなかった。カドフェルは満足な気持ちを抱いて、その場を離れ、わずかな時間を利用してマークと話をしに行った。彼女は時間の鼓動を計っているから、長居することはありえなかった。彼を驚かし、慰め、馬鹿げてはいるが一抹《いちまつ》の希望をかき立て、立ち去ればよかった。

潮時と見て彼女が立ち上がると、メリエットは納屋の外まで彼女の手を取って付いて来た。二人とも紅潮して目を輝かしていた。その動作からは最初の堅苦しさは跡形もなく消えていて、昔からの知り合いのように話しあったに違いなかった。良い徴候だ、とカドフェルは思った。別れぎわに彼が頬を差し出すと、彼女は短くキスをして、今度は自分の頬を差し出した。そして、相変わらずの頑固ものね、と言った。だが、彼は満足げに喜び、彼女のほうは内心勇気づけられてその場をあとにした。

「明日の朝早く、わたしの馬に迎えに来させると約束したわ」カドフェルと並んで門前通り《フォアゲイト》のまばらな家々が見える所まで来ると、彼女は言った。

「わしもマークにほとんど同じ約束をした」カドフェルは言った。「だが、メリエットは僧衣に身を包んで、密かに来るほうが良い。はっきりした理由は神のみぞ知るだが、親指がむずむずするのだ。彼は来るほうが良いが、いちばん近い血族にはそのことを知られないほうが良いように思う」

「わたしたち、少し心配しすぎかもしれませんね」彼女は成功に喜んで朗らかに言った。

「前に言ったことがありますが、彼はわたしのものなんです、誰にも渡したくありません。メリエットをわたしのものにするために、もしもピーター・クレメンスを殺した犯人が捕まることが必要なら、何を悩むことがあるでしょう？　いずれその人物は捕まることになるのですから」

「君は天災のようにわしを脅かす人だな」カドフェルは深く息を吸い込みながら言った。

「このぶんじゃ、君は落雷を引き起こすかもしれんな」


夕食後、宿泊所に割り当てられた小さな部屋の、暖かさと柔らかな光の中で、二人の女は明日の計画をあれこれと考えていた。眠くなかった。というより、あまりに多くの心にかかることがあって、眠りたいと思わなかった。二人の世話をしていたロスウィザの女召使いは、もう一時間も前に寝に就いていた。野暮《やぼ》ったい田舎娘なので、婚礼の時の宝石や飾りや香水などを選ぶ時の役には立たなかったのだ。ロスウィザの髪を整え、ドレスを着るのを手伝い、宿泊所から教会までの行き帰りに付き添う、これらすべてはアイスーダの役割だった。教会の入口ではケープを肩からはずしてやり、新郎の腕に摑まって出て来た時には、再びそれをかけてやることも必要だった。この寒さではケープなしではいられない。

ロスウィザはベッドの上に婚礼衣装を広げて、ひだの一つ一つに気を配り、袖の格好や胴着の締まり具合を考え、かと思うと、金色の帯の留め金はもっときついほうが良いのではないかと思案していた。

アイスーダはロスウィザの夢見ごこちの感想や質問に適当に応えながら、部屋の中を落ち着きなく歩き回っていた。二人の持ちものの入った革張りの木製の櫃《ひつ》は壁ぎわに並べられ、ベッドや棚や櫃のふたの上など、置ける場所はすでに取り出された小物で占領されていた。ロスウィザの宝石類が入った小さな箱は、壁に設けられた窪みに、今にも消えそうなランプと並んで置かれていた。アイスーダはその中に手を突っ込んで、次々と装飾品を取り出していた。彼女はその手のものにあまり興味がなかった。

「その黄色の琥珀《こはく》はどうかしら」ロスウィザは訊いた。「この帯の金色に合うんじゃない？」

アイスーダは琥珀のネックレスをランプの明かりにかかげ、指の間に絡めた。「いいと思うわ。でも、他にもどんなものがあるか見させてね。これまで、半分も見せてくれていないでしょ？」

彼女は箱の中をまさぐった。するといちばん底のほうに、色付きの七宝《しっぽう》が光っているのが目に付いた。引っ張り出してみると、古風な円形の輪とピンからできた大きなブローチだった。七宝を取り巻いて幅広の縁があり、その部分が凝った金線細工で飾られている。最初は曲がりくねった動物のように見えたが、二度目に見ると絡み合った葉模様に見え、もう一度凝視すると蛇に変わった。ピンのほうは銀製で、ダイヤの形をした頭には、七宝で左右対称の一輪の花が焼き付けてある。ピンの先は小指の長さくらい輪から飛び出して、全体はほとんど彼女の掌くらいの大きさがあった。男の外套の厚い折り目に留める豪華なブローチだった。

「これを見るのは初めてだわ……」彼女はそれを引っ張り出してじっと見る前に言いかけていた。だが、急に口をつぐんだ。ロスウィザは突然の沈黙に気づいて顔を上げた。そして素早く立ち上がるとつかつかとやって来て、アイスーダの手からブローチを取り上げ、再びそれを箱の底に突っ込んだ。

「駄目、これは駄目よ！」彼女は顔をしかめた。「重すぎるし、古すぎるわ。さあ、みんな箱にしまって。琥珀のネックレスと銀の飾りぐしだけで充分だわ」

ロスウィザは箱のふたをしっかりと閉め、アイスーダをベッドの所に連れ戻した。ドレスはもうきちんと広げられていた。

「ここを見て、刺繍が何カ所かほつれてるの。直していただけるかしら？　あなたはわたしよりずっと上手でしょ？」

アイスーダはベッドに腰かけ、頼まれたとおりに平静な表情を保って針を動かした。ブローチの入った箱のほうを見ることは、二度としなかった。だが、就寝前の祈り《コンプライン》の時間がくると、彼女は糸を切って最後の作業を終わらせ、これから教会での祈りに出るつもりだと言った。すでにもの憂い感じで寝るための着替えを始めていたロスウィザは、むろん一緒に行くつもりはなく、あえて引きとめようともしなかった。

就寝前の祈り《コンプライン》のあと、カドフェルは教会の南口から外に出た。ちょっと作業場まで行って、オズウィンが使っていた火床の火が消えているか、栓をすべきものにきちんと栓がされているか、室内の暖かさを逃がさないようにちゃんと扉が閉まっているか、一応見回りたかったのだ。星空で寒気は鋭かった。通い慣れた道なので、星明かりだけで充分だった。しかし、広場へと続く歩廊をそれほど行かないうちに、誰かが急に袖を引っ張り、息を切らした声が耳元で囁いた。

「ブラザー・カドフェル、お話があるんです！」

「アイスーダ！　どうしたんだ。何か起こったのか？」彼は彼女を押し戻して写字室の中に導いた。今の時間はそこには誰もいないし、いちばん奥の引っ込んだ場所でこの暗さなら、誰かに見られることもない。黒いケープの上に浮き出た青白い卵型の顔は、彼の肩の所にあって非常に緊張していた。

「そうなんです！　あなたはおっしゃいましたね、わたしが落雷を引き起こすかもしれないって。わたし、見つけたんです、大変なものを」彼女は低い声で早口に言った。

「ロスウィザの宝石箱の底に、輪の形をした大きなブローチがあったんです。とても古い、素晴らしい出来のブローチで、金と銀と七宝でできていました。ノルマン人がこの国にやって来るずっと前に、男たちが付けていたものです。わたしの掌くらいの大きさがあって、長いピンが付いていました。わたしがそれを手にしているのを見ると、彼女はつかつかとやって来て、それを箱の中にしまい込んで、ふたをしてしまいました、これは重すぎるし、古すぎると言って。わたしはそのままにして、自分が知ったことを、何一つ彼女には言いませんでした。それがどんなブローチか、彼女は分かっていないのかもしれません。あるいは、それを彼女に与えた男がどこでそれを手に入れたかは、知らないんだと思います。でも、その男は彼女に、それを身に付けたり、誰かに見せてはいけない、今はまだ駄目だ、と言ったんだと思います……そうでなければ、どうしてあんなにあわててそれを隠す必要があるでしょう？　もしかしたら、彼女はただそれが嫌いなのかもしれません……案外、それが本当のような気もします。でも、わたしは、それが何なのか、どこから来たものか知っています！　わたしの話を聞けば、あなたにも分かってもらえると思います……」

彼女はあんまり急いだので息を切らし、さらにカドフェルのほうに身を乗り出した。頰に熱い息がかかるのが分かった。

「彼女は見ていないでしょうが、わたしはそれを前に見たことがありました。彼から外套を受け取って、その日の用意のできた部屋までそれを運んだのは、わたしだったんです。フレマンドは鞍袋を運び、わたしは外套を運んだんです……そのブローチは外套の衿に付いていました」

カドフェルは袖を握り締めている小さな手の上に自分の手を置き、半分は疑い、半分は信じながら聞いた。

「誰の外套だね？　君はそのブローチがピーター・クレメンスのものだというのかね？」

「そうです。誓って間違いありません」

「同じものだという確信はあるかね？」

「きっとです。それを運んだのはわたしです、わたしはそのブローチに触って、あまり素晴らしいんで、つくづくながめたんです」

「だろうな、そんなものは二つとない」彼は大きく息を吸い込んだ。「そんなに珍しいものは、二つも作られるはずがない」

「たとえ同じものがあったとしても、それが揃って二つともこの州に紛れ込むなんてありえません。違うと思います、あのようなものは一つ一つ王とか領主のために作られるもので、同じものはないと思います。わたしの祖父が似たようなものを持っていましたが、あれほど大きくも素晴らしくもなく、昔アイルランドから来たものだと言っていました。それだけじゃありません、わたしは色も、奇妙な動物も覚えています。まったく同じでした。それを彼女が持っていたんです！」

彼女は何か思いついたらしく、大きな声を出した。「大聖堂参事会員のエルアードはまだここにいます。あの人は十字架と指輪を知っていましたから、ブローチも知っているはず。きっと同じものだと言うはずです。もしも彼に分からなくても、わたしは誓って言い切れますし、そうするつもりです。明日は……明日はどのように振る舞ったらいいでしょうか？　ヒュー・ベリンガーは話したくてもここにいませんし、時間もありません。わたしたちで何とかしなければ。わたしはどうしたらいいのか、教えてください」

「その前に」カドフェルは彼女の手の上に置いた手に力をこめて言った。「いちばん肝心なことを聞かせて欲しい。そのブローチは……どこも傷んだ所がなく、きれいだったのか？　金属の部分にも、七宝の部分にも、どこも汚れや変色した所はなかったか？　あるいは、変色した所をぬぐい取ったような、薄くなった所はなかったか？」

「まったくきれいでした！」彼女は急に黙り込んでから言い、その意味を理解したように大きく息を吸い込んだ。「そのことは考えてもみませんでした！　それはまったくきれいで、作られた時そのままのように完全で輝いていました。他のものとは違います……火をくぐってはいません」

12

婚礼の日の朝はきれいに晴れ上がったが、非常に寒かった。広場を通って早朝の祈り《プライム》に向かうアイスーダの頰を、目に見えないほど細かな、ひとひらかふたひらの冷たい雪片が刺した。だが、空は澄んで高く晴れ上がり、雪の降る気配はなかった。

アイスーダは天に向かって助けを請い願うというより、むしろ要求する感じで、熱烈かつ簡潔に祈った。彼女は教会から厩へと行き、馬丁を呼んで、自分の馬を連れて行き、メリエットを……そして同時にマークをも……指定した時間に間に合うように連れて来るよう命じた。それから彼女はロスウィザの所へ行って支度を手伝った。ドレスを着せ、髪を編んで高くして銀の飾りぐしと金のネットで飾り、黄色のネックレスを首の所で留め、周りをぐるりと回ってすべてのひだをきれいに整えてやった。レオリックは女たちだけの部屋を避けたのか、それとも二人の息子の運命のあまりにも大きな違いに心を痛めてか、教会に出かける時間になるまで姿を見せなかった。だがウルフリック・リンデのほうは娘の姿に見とれて周りをうろつき、女ばかりの空気の重さに息苦しさを感じるふうはまったくなかった。アイスーダは彼に対して、穏やかで寛大な感情を抱いていた……愚かなほど親切だが、荘園から利益を上げることには有能で、小作人や農奴には公平な男、だが、遠くを見る目がなく、子供たちや近所の人々が何をしているのかに気づくのがいちばん遅い男。

この同じ時間には、ジェイニンとナイジェルはどこかで花婿の用意を整えるために、似たような古風な騒ぎを繰り広げているはずだった。

ウルフリックはロスウィザの出で立ちをながめ、あらゆる角度から賞賛の言葉を浴びせるために、娘をぐるりと回して喜んでいた。アイスーダは夢中になっている二人を尻目に、壁の窪みの所に近寄り、素早く小箱の中に手を入れ、ピーター・クレメンスのブローチを抜き取って、それを自分のオーバースリーブにピンで留めた。

若い馬丁のエドリッドは二頭の馬を連れてセント・ジャイルズに到着した。この時間なら、メリエットとマークを招待客が来ない前に、教会の薄暗い片隅に案内できる。メリエットはむろん内心では兄の結婚式を見たかったが、重罪犯でもあり、父にとっては家名の恥でもあるので、出席しているところを他の人には見られたくなかった。彼はアイスーダにそのことを伝えたが、その遠慮はその時も彼女の目的に都合が良かったし、今はそれ以上に歓迎すべきことだった。アイスーダはうまく取り計らうと約束した。そして、ヒュー・ベリンガーには、慈悲を逆手に取らないという彼の誓いの言葉を受け入れさせて、きっと許可をもらうからと言って安心させた。メリエットが出席していることは誰にも知られる必要がないし、誰にも気づかれないほうが良かった。エドリッドが彼を早く連れて来れば、招待客が入って来る前に内陣の薄暗い一画に彼をかくまうことができる。そこなら、彼のほうからは見えるが、人から見られることはない。結婚した二人がまず教会の外に出て、客たちはそれに従う。彼はそのあと誰にも見られずに外に出て、心優しい番人と一緒にまた獄に戻ればいい。その番人は友としても必要だし、いざという場合の支えにもなり、証人ともなる。だがメリエットは、証人が必要になるかもしれないことなどまったく知らなかった。

「フォリエット嬢はわたしに、帰る時に都合が良いように、馬は修道院の外につないでおくようにと言いました」エドリッドは機嫌良く言った。「正門の外に馬つなぎの杭がありますから、馬は二頭ともそこにつないでおきます。中に入ってしまえば、他の客たちが来るまではゆっくりできます。わたしは一時間か二時間、休みにしていただいてよろしいでしょうか？　門前通り《フオアゲイト》に結婚した妹がいまして、小さな家に住んでるんです」その隣のあばら屋には、彼が好いている女がいた。だが、それまで言う必要を彼は感じなかった。

メリエットはまるで弦を張りすぎたリュートのように、ぴんと身体を伸ばして納屋から現われた。顔を隠すために頭巾を深くかぶっている。一日の終わりの疲れすぎた時を除いて、もう杖をついていなかったが、捻った足はまだ完全ではなく、少し引きずっていた。マークはそばに付き添って、頭巾の黒い裏の陰でいっそう痩せて鋭く見える横顔と、広い額、高い鼻、気難しい顔を見守っていた。

「こんなふうに兄さんの所に押しかけてもいいんだろうか？」メリエットの声は苦痛に細くなっていた。「ぼくの所には来なかったし」彼は痛々しく言い、不平を漏らしたことを恥じて顔を背けた。

「君は行くべきだし、行かなくちゃいけない」マークはきつく言った。「あの女性に約束したじゃないか、彼女は君が楽に行けるように、それこそいろいろと骨を折ってくれたんだ。さあ、彼女の馬丁に助けてもらって馬に乗らなくちゃ、君は足がまだ不自由で、跳ね上げるのは無理だからね」

メリエットは諦めて、鞍の上に乗るために手を借りることを承知した。

「あなたが今乗っているのは、彼女がいつも乗ってる馬なんです」背が高くて若い雄馬を、誇らしげに見上げてエドリッドは言った。「彼女は小柄ですけど、乗馬にかけては凄腕《すごうで》で、この馬が大好きなんです。彼女は滅多なことでは、この馬には人を乗せないんです、本当ですよ」

メリエットはその時遅ればせながら、マークに無理なことをさせているのかもしれないと思った。マークにとっては慣れないどころか、もしかしたら恐ろしい動物の背中に乗ることを、強いているのかもしれない気がしたのだ。彼はこの小さな疲れを知らぬ友のことを、ほんのわずかしか知らなかった。彼のごく最近の過去のことしか知らず、前にはどんなことをしていたのか、そもそも僧衣を着るようになってからどのくらい経つのかも知らなかった。修道院には幼児から僧衣を付けている者もいた。しかし、マークは元気良くあぶみに足をかけると、かっこ良いとは言えなかったが、難なく軽い身体を鞍の上に持ち上げた。

「ぼくは農地の中で育ったのさ」メリエットが目を丸くしているのを見て、彼は言った。「小さな時から馬を扱わなくちゃならなかったんだ。君なんかが乗るような馬じゃなくて、荷役馬だけどね。ぼくは荷役馬みたいにゆっくりと進むけど、落ちることはないし、馬をどこへでも行かせられるよ。とっても小さな時に習ったんだ」彼はそう言いながら、半分居眠りしながら畑の中でぐったりしていた長い時間のこと……畦《あぜ》のカラスに投げつけようと、小さな手で袋に入れた石を摑んでいた時のこと……を思い出していた。

馬に乗った二人と、早足で付いて来る若い馬丁の三人は、門前通り《フォアゲイト》に沿って歩き始めた。冬の朝はまだ訪れたばかりだったが、人々はすでに活発に動いていた。家畜に餌をやっている農夫、買いものに出かける主婦、荷を運ぶ季節最後の行商人、走り回って遊ぶ子供たち……みんなが天気の良い朝をできる限り素早く利用しようとしていた。日中の時間はもう短く、天気の良い朝はそう多くは期待できなかった。僧衣を着た者として、彼らは行く道々で挨拶と会釈を忘れなかった。

彼らは正門の所で馬を降り、二頭の馬はエドリッドに任せた。自分の理由からであれ、父親の理由からであれ、以前からその中に入ることを熱望していた場所を目の前にして、メリエットは決心がつかずに震えていた。マークはその腕を取って、中に導かなければならなかった。広場はにぎやかだったが、みな自分のことに夢中だったので、二人は無事に薄暗くてひんやりする教会にたどり着くことができた。たとえ誰かが二人に気づいたとしても、寒い朝に頭巾をかぶって急ぐ修道士を不思議に思う者などいないはずだった。

　エドリッドは口笛を吹きながら約束どおりの場所に二頭の馬をつなぎ、妹とその隣に住む女の所へ出かけて行った。

　ヒュー・ベリンガーは婚礼の招待客ではなかったが、メリエットとマークの二人と同じくらい早くにその場へ顔を出していた。しかも、一人で来たわけではなかった。二人の部下が目立たないように、広場のうごめく雑踏の中に隠れていた。そこでは好奇心旺盛な門前通り《フォアゲイト》の多数の住民たちが、平修道士たちや見習い修道士たちや共同宿泊所にたまたま滞在している雑多な人たちと交じり合っていた。寒さはきつかったが、誰も彼もが今日の見物を見逃すまいとしていた。ヒューは門番小屋の控え室にこもった。そこなら人からは見られずに、すべてを観察できた。ピーター・クレメンスが死んだ時に、いちばん近くにいた人たちは、これですべて彼の手の内にあることになった。今日の興奮が新しいことを何ももたらさない場合には、レオリックとナイジェルの二人を問い詰めて、知っていることを洗いざらい吐き出させればいい。

修道院に対する気前の良い後援者に敬意を表して、院長のラドルファスは自ら婚礼の式を執り行なうことにした。そのため、院長の客である大聖堂参事会員のエルアードも同席することになった。このことはまた、式自体も教区の祭壇ではなく、中央祭壇で行なわれることを意味し、修道士たちもみな内陣に席を占めることを意味した。ヒューは、前もってカドフェルと言葉を交わす道を絶たれた。残念といえば残念だったが、二人は事前の打ち合わせなどなくても協同歩調を取れるくらいに、互いのことをよく知っていた。

ゆっくりながらもすでに集まり始めていた。着飾った招待客たちは二人あるいは三人と連れだって、宿泊所から教会へと足を運んだ。田舎の集まりは宮廷のそれとは異なっていたが、誇り高いことでは変わりなく、家柄の古さにおいてもまったくひけをとらなかった。同じようにサクソンとノルマンの多くの証人が見守る中、ロスウィザ・リンデは婚礼へとおもむく。シュルーズベリはノルマン人のウィリアムが王位に就くと、すぐにロジャー伯に与えられた。しかし、田舎の多くの荘園主はもとの領主に就いたままだった。したがって新しくやって来たノルマンの領主たちの多くは、サクソン人の妻をめとった。自分よりも古い家柄につながることで利益を得、本来は期待できない忠誠を確保しようとしたのだった。

物見高い人々の群れは、招待客たちの姿をよく見ようと揺れ動き、ざわめいた。レオリック・アスプレーが姿を現わし、貴公子然とした息子のナイジェルが最高に着飾ってあとに続いた。快活にそれに付き添うジェイニン・リンデ。その面白がっている寛大な笑みは、友の自由の喪失の場に出席する気のいい独り者にふさわしかった。彼らが出て来たということは、招待客たちはもうすべて席に着いているということだった。二人の若者は教会の入口に立ち止まって、そこに位置を占めた。

冬の朝には薄いドレスだけでは寒く、ロスウィザは青いケープをまとって宿泊所から姿を現わした。美人には違いない……ウルフリックが悦に入って差し出す丸々とした腕にすがり、階段を滑るように降りて来る姿を見て、ヒューは思った。カドフェルの話では、彼女は男と見れば……たとえそれが何の魅力もない、風采の上がらない中年すぎの修道士であったとしても……自分のほうに注意を引き付けずにはいられないという。今や彼女は生涯最大の観客に囲まれていた。見物人たちは、教会へゆっくりと歩を進める彼女の両側に並んで見とれていた。彼女のほうはと見れば、無邪気かつ単純に、蜜をやたらに欲しがっているだけのようだった。そんな彼女に嫉妬するなんて馬鹿げたことだった。

アイスーダは花嫁の輝きの後ろに、慎ましく隠れてやって来た。金箔で飾られた自分の祈禱書を持ち、教会の扉の所で花嫁の手助けをする心づもりだった。教会の入口で、ウルフリックは娘の手を自分の腕から離して、熱を込めて差し出されたナイジェルの手に引き渡した。花嫁と花婿は教会の玄関間に入った。アイスーダはそこでロスウィザの肩からケープをはずしてやった。そして、それを畳んで自分の腕にかけ、二人に続いて薄暗い身廊へと足を踏み入れた。

聖十字架《ホーリー・クロス》の教区祭壇ではなく、聖ペテロと聖パウロの中央祭壇で、ナイジェル・アスプレーとロスウィザ・リンデは婚姻の秘蹟を受けた。

ナイジェルは礼々しくロスウィザの手を取って、教会の西口扉から意気揚々と外へ出た。そこは門前通り《フォアゲイト》に面していて、修道院の正門にも近かった。彼は自ら獲得したものに対する誇りに酔い、ぼーっとなっていたので、玄関口に立っていたアイスーダの姿にさえ気づいたかどうか怪しかった。だから、彼女がケープを広げて持ち、二人がひやっとするまぶしい外気の中に出た時、ロスウィザの肩にそれをかけてやったことなど、まして気づくはずもなかった。彼らのあとに立派な父親たちが続き、満足げな招待客たちが続いた。こんな時なのに、レオリックの顔色がいつになく悪く、沈んでいても、気づいた者はなさそうだった。彼はどんな時でも厳しい表情をした男なのだ。

ロスウィザのほうも、左肩に付いた飾りが男物であることによる余分な重さなど、やはり気づいていなかった。彼女の目はひたすら、自分を見て賛嘆のため息をつき、ざわめく人々のほうに向けられていた。修道院の壁の外では、門前通り《フォアゲイト》の界隈《かいわい》に住む人たちや、そこに仕事で出かけて来ている人などがみな集まって来たために、群衆はさらに膨れ上がった。ここではないわ、何かの反応が見られるのは……注意深く目を配りながらアイスーダは思った。ここではない。ここではあのブローチをそれと気づくはずの人物は、みな彼女よりも後ろにいる。ナイジェルもむろん気づいてはいない。でも、再び正門から入った時には、二人の姿は修道院の中にいる人からはっきり見える、きっと誰かが気づくはず。もしエルアードが期待に背いた時は、わたしが叫べばいいんだわ、彼女や他の男が何と抗弁しようと。

ロスウィザは急いでいなかった。すべての男がじっくりと自分を見ることができるよう、教会の階段をゆっくりと降り、小石の道をゆっくりとたどり、正門をくぐって広場の中へと進んで行った。願ってもないことだった。このペースなら修道院長ラドルファスとエルアードは翼廊から教会の外へ出て、回廊を通り、宿泊所の階段の脇で、二人を慈愛に満ちて迎えることになりそうだった。その頃には内陣に陣取った修道士たちも解散して、群衆の中に交じっているだろう、孤高を装いながらも好奇の目を注いで。

カドフェルは目立たないように院長とエルアードが立つ場所の近くに行った。そこなら、近づいてくる二人を彼らが見るのと同じように見ることができる。ロスウィザのケープの深い青色を背景に、紛れもなく男物の大きなブローチは、際立って輝いて見えた。修道院長に何か囁いていたエルアードは、急に話をやめた。慈愛に満ちた笑みは消え、何かを考え込むような真剣な表情に変わった。わずかの距離しかないのに、彼は自分の見ているものが信じられないようだった。

「しかし、あれは……」そのつぶやきは、他の人というより自分に向けられたものだった。

「だが、違う。そんなことはありえない」

花嫁と花婿は近づいて来て、教会のお偉方に礼儀正しく会釈した。その後ろにはアイスーダ、レオリック、ウルフリック、客たちが続いていた。カドフェルはその時、ジェイニンの金髪ときらきらする青い目を、正門のアーチの下に認めた。彼は門前通り《フォアゲイト》の知り合いとほんのちょっと言葉を交わしてから、笑みを浮かべ、軽々とした足取りで近づいて来た。

ナイジェルが妻の手を取って、石の階段の最初の一段へと導いた時、エルアードは手で行く手をさえぎるようにして、前に進み出た。エルアードのじっと見つめて動かない視線をたどることで、ロスウィザはその時初めて自分の肩からかかるケープの衿を見下ろした。七宝の輝きと、曲がりくねった葉模様に絡みつくようにかたどられた、伝説の生き物の金色の外形が見えた。

「もう少し、よく見せてもらってもよろしいかな？」エルアードは言い、盛り上がった金細工と、銀でできたピンの頭に手を触れた。ロスウィザはびっくりして不安になりながらも黙ったまま見つめ、身を守ろうという動きを見せたり、恐れを表情に出すことはなかった。

「まことに美しく、しかもきわめて珍しいものをお持ちですな」それと分からないほどかすかに顔をしかめながら彼は言った。「どこで手に入れましたかな？」

ヒューはすでに門番小屋から出て来ていて、群衆の後ろのほうで一部始終を見つめながら聞き耳を立てていた。回廊の一画には僧衣をまとった二人の修道士が立ち、遠くから様子をうかがっていた。西口扉付近の見物人と、急に広場の中で立ち止まってしまった人々の間に挟まれ、しかもどちらからも気づかれたくないメリエットは、マークをかたわらにして、じっと動かずに物陰に立っていた。牢獄でもあり避難所でもある場所に見つからないで戻るには、しばらく待つ他はなかった。

「親族の者から贈りものとしていただいたんです」ロスウィザは唇を湿らせ、かすかな笑みを浮かべて答えた。

「これは異な！」エルアードはそう言って、真剣な表情で修道院長のほうを振り向いた。「修道院長、わたしはこのブローチをよく知っております。間違えるはずはありません。これはかつてウインチェスターの司教の持ちもので、司教がピーター・クレメンスに与えたものです……司教のお気に入りの書記であり、今はその遺骨がこちらの礼拝堂に安置されているあのクレメンスの」

カドフェルはすでに、一つの重要なことに気づいていた。彼は、ナイジェルが初めてそのブローチを目にした時から、じっとその顔を見続けていた。だが、この瞬間まで、それが彼にとって何かの意味を持つものであるというしるしは、何一つなかった。ナイジェルはエルアードとロスウィザの顔に次々と視線を移し、広い額に当惑したようなしわを作り、何か問いたげなかすかな笑みを口元に浮かべて、誰かが事情を明らかにしてくれるのを待っていた。だが、その所有者の名が口にされた瞬間、それは彼にとって突然、意味を持つものになった……しかも深刻で恐ろしい意味を。彼はエルアードを見つめて青ざめ、身体を硬くした。

喉と唇が動いたが、言葉が見つからなかったのか、それとも見つけた言葉を考え直したのか、彼は沈黙を守った。修道院長は片方から近づき、もう片方からはヒュー・ベリンガーがすでに近づいていた。

「何だって？　これがクレメンスのものだというのか？　確かかね？」

「あなたが前に見せてくださった彼の持ちもの、あの彼の身体とともに火をくぐった十字架や指輪や短剣とまったく同じくらい確かです。司教からの贈りものだというので、彼は特別にこれを大事にしていました。彼がその最後の旅に、これを付けて出かけたかどうかは分かりません。しかし、いつもそうするのが彼の習慣でした。これを誇りにしていたからです」

「わたしが話してもよろしいでしょうか？」ロスウィザの肩越しにアイスーダははっきりした声で言った。「あの方がアスプレーにやって来た時、それを付けていたのを覚えています。それは、あの方の外套に付いていました。わたしが入口の所で外套を受け取って、あの方のために用意された部屋まで運んだんです。翌朝、あの方が出発する時にも外套を渡して差しあげましたが、その時にも、そこに付いていました。良い天気の朝で暖かだったので、馬で行くには外套は必要ありませんでした。あの方はそれを鞍頭《くらがしら》にかけて立ち去りました」

「ということは、外套には誰でもすぐに気がついたはずだ」ヒューがすかさず言った。「十字架と指輪はそのままで、死体と一緒に火に投じられた。時間がなく逃げるのが精いっぱいだったのか、それとも殺した者は何か迷信的な恐れを抱いていて、聖職者の持ちものを奪うことをためらったのか。だが、目の前にあったこの素晴らしいブローチだけは例外だったのだ。

「お気づきかと思いますが、このブローチにはどこにも傷が付いていないようです。しかし、さしつかえなければ、手に取って詳しく見てみたいのですが……」

（それでいい）カドフェルはほっとした。ヒューをわざわざけしかける必要などなかったのだ。この場はすべて彼に任せれば充分だ。

ヒューはケープの衿からブローチをはずしたが、ロスウィザはその間、抵抗も承諾の素振りも見せずにじっとしたままだった。顔は蒼白になり、不安の表情は隠しようもなかった。だが、何一つ言わなかった。

この贈りものがどういうもので、彼女がまったく何も知らないということはありえない！ても、これが危険なものであり、どうして手に入ったものかは、たとえ知らなかったとしていたのだ……少なくとも今はまだ！　それとも、人に見せてはならないものであることは、間違いなく知っていたのだ……少なくとも今はまだ！　それとも、ここではということか？　婚礼が終われば、二人は北方にあるナイジェルの荘園に行くことになっていた。そこなら、これを知っている者などいるはずがないのでは？

「これには火をくぐった痕跡はない」ヒューはそう言って、そのことを確かめてもらうために、それをエルアードに手渡した。「他のクレメンスの持ちものは、彼とともにすべて火に投じられた。彼を薪の山に投じた者たちが死体を発見した時、これだけはすでに奪われていた。それができた者は、彼の生きている姿を見た最後の者、彼の死んだ姿を見た最初の者、つまり彼を殺した者以外にはありえない」

ヒューはロスウィザのほうに向き直った。彼女は大きく見開いた目に恐怖の色を宿して彼を見つめ、氷の女のように、透き通るほど青ざめて立ち尽くしていた。

「これは誰からもらったのか？」

彼女は素早く周りじゅうを見回し、急に気を取り直して深く息を吸い込むと、大きな声ではっきりと答えた。

「メリエットからです！」

カドフェルは突然、まだヒューには打ち明けていない事実があるのに気づいた。この大胆不敵な言明に対して、もしもここで他の人からの正当な反論を待っていれば、時期を失するかもしれなかった。ここに集まった大部分の人にとっては、彼女の真っ赤な嘘も、何らおかしくはないはずだった。それどころか、メリエットが修道院に入ることになった時の状況と、あの「悪魔の見習い修道士」騒ぎのことを考えれば、驚きにすら値しないだろう。

ロスウィザはほんの一瞬みんながしーんとなったのに勇気を得て、ますます大胆になった。

「彼は犬のような目をして、いつもわたしにつきまとっていました。贈りものなど欲しくありませんでしたが、親切心から受け取ってあげたんです。どこで手に入れたかなんて、どうしてわたしに分かるでしょう？」

「それはいつのことかね？」カドフェルは威信に満ちた人のように大きな声で言った。「彼は、いつ、あなたにこれをプレゼントしたのかね？」

「いつ？」

彼女はその質問がどこから来たのか分からずに、ぐるっと見回したが、説得力を増そうとして、たちどころに自信ありげに答えた。

「あれは、マスター・クレメンスがアスプレーを発った次の日の午後のことでした……あの方が殺された次の日の。メリエットはわたしが自分の家の馬囲いにいる時にやって来ました。そして、贈りものをわたしに押し付けようとしたんです……彼の気持ちを傷つけたくはありませんでした……」

カドフェルは目の端で、メリエットがすでに物陰から離れて、少し近くに寄って来ているのをとらえていた。マークは不安そうにあとに続いたが、引き留めようとはしなかった。だが次の瞬間、そこに集まったすべての人の目はレオリック・アスプレーに集中した。彼は大股で人をかき分けるように進んで来て、息子とその花嫁の脇に、そびえ立つように大きな身体を現わした。

「ロスウィザ」レオリックは叫んだ。「何てことを言うんだ！　嘘を言ってもいいと思っているのか？　わしは、今のおまえの言葉が嘘だと知っている」彼は勢いよく身体をめぐらして、修道院長とエルアードと執行副長官のヒューに、苦悩に満ちた険しい目を向けた。「この女の言っていることは嘘です。わしは自分がやったことについては素直に認め、然るべき罰を受ける所存です。ですが、知っていることは、はっきり言わなければなりません。クレメンスの死体をわしの家に運んだ同じ日、わしはメリエットも家に連れ帰りました。息子が殺したとわしは信じ込みましたので……そう思う理由があったのです……わしは息子を鍵の閉まる部屋に監禁し、わしが考えた計画を息子が受け入れるまで、そのままにしておきました。ピーター・クレメンスが死んだ日の午後遅くから、次の日いっぱいはむろん、三日目の昼までは、息子は監禁されていたのです。この女の所になど行けるわけがありません。これを贈りものにしたというのも嘘です、息子はこんなもの持っていませんでした。今や、息子がクレメンスに対して手を振り上げたことはないことも明白です！　ああ神よ、あんなことを信じたわしを許してください！」

「わたしは嘘なんかついていません！」懸命に自分の信念を回復しようと必死になって、ロスウィザは叫んだ。「ただの記憶違いです……日を間違えただけです！　彼がやって来たのは三日目でした……」

メリエットはゆっくりと、さらにそばまでやって来ていた。頭巾の奥深くから大きな目がじっと見つめていた。それは驚きと苦悩に満ちて、父親と、彼が最初に愛を注いだ崇拝する兄に向けられていたが、同時に狂わんばかりに自らを責めていた。ロスウィザの落ち着かなく助けを求めるようにさまよう目が彼の目と合った。瞬間、飛びながらさえずっていた小鳥が撃ち落とされた時のように彼女は口をつぐみ、絶望の泣き声とともにナイジェルの腕の中に縮こまった。

メリエットは長い間、じっとしたままだったが、くるりと向き直ると、片足を引きながら足早にそこを立ち去った。その足の運びはまるで、一足ごとにほこりを払うような感じだった。

「これは誰からもらったのか?」鋭く、容赦なくヒューは追及した。

群衆はとっくに近くに迫っていた。抜かりなく見つめ、聞き耳を立て、これまでの経過の中で、論理の筋道を見失うことはなかった。百人もの目がゆっくりと、無慈悲にナイジェルに注がれた。彼は知っている、そしてむろん彼女も。

「違う、違う、違うのよ!」必死に夫の腰まわりに腕を巻き付けて、彼女は叫んだ。「わたしの夫ではないわ……ナイジェルじゃないのよ! ブローチをくれたのは弟よ!」

瞬間、その場にいた人々はみな周囲を見回し、金髪の頭と、青い目と、軽やかな微笑を持った人物の姿を捜した。ヒューの部下たちは群衆の間をかき分けて門の所にまで達したが、めざす若者は見当たらなかった。ジェイニン・リンデは静かに用心深く、すでにその場から姿を消していた。恐らく、エルアードがロスウィザの肩に七宝の輝きを認めた瞬間から、急がずに冷静な行動を起こしたのだろう。

メリエットが乗って来て正門の外につないであった、アイスーダお気に入りの馬も、いなくなっていた。門番は一人の若者がぶらぶらと門から出て行って、急がずに馬に乗るのを見ても、何ら注意を払っていなかった。その若者は十五分くらい前に正門から出て来て、馬に乗り、町と反対の方向に立ち去った……目を輝かし、わけ知り顔にヒューの部下にそう教えたのは、門前通り《フォアゲイト》の小僧だった。最初はゆっくりだったが、馬市広場の角のあたりまで行くと走り出して、そのまま消え去った……小僧はよく見ていた。

広場の混乱は成り行きにまかせて、ヒューは厩へと飛んで行った。とりあえず、人手を増やし、逃亡者を追わねばならない。あれほど陽気で腕の立ちそうな悪漢を指すには、適切な言葉ではないかもしれないが。

「だが、どうしてなんだ？　いったいなぜなんだ？」馬の腹帯を締めながら、横で忙しく同じことをしているカドフェルに向かって、訴えるようにヒューは言った。「どうして殺さなくちゃならなかったんだ？　どんな恨みがあったというのか？　あの男はクレメンスの顔も見ていないし、あの晩はアスプレー家にいなかった。待ち伏せするにしろ、どうして相手の顔が分かったのだ？」

「誰かが彼に教えたのだ……むろん彼はクレメンスの出発の時間も、道筋も知っていた、これは明白だ」だがカドフェルにも、その他のことは、まだまったくはっきりしなかった。

ジェイニンはすべてがバレると見て取って、いち早く法の網の外に逃げ出した。そのことで、彼は自ら犯人であることを認めた。だが、その動機は不明だった。

「個人的なものじゃない」広場を抜けて正門へと、ヒューのあとから鞍を置いた馬を早足で息を切らして引っ張って行きながら、カドフェルは思った。「ということは結局、彼の使命が問題だったのだ。それ以外には考えられない。だが、司教の命を受けてチェスターへと向かうところだったその旅を、いったい誰がどんな理由で中断させようと考えたのか？　その旅にいったいどんな不利益があったというのか？」

婚礼の一行はどうしてよいか分からないままに、散りぢりになっていた。当の二つの家族は、それぞれ忠実な友人たちとともに宿泊所に避難した。そこなら傷を癒し、誰にも見られることなく、ほころびた絆《きずな》を元どおりにすることもできる。もっと遠い友人たちは話し合った末に、そのうちの何人かは静かに家路に就いた。すでにその場を満喫した門前通り《フォアゲイト》の住人たちは、あちこちで噂話に興じてそれを膨らましながら、依然として正門のあたりに注意を払っていた。

部下たちを集め終わり、ヒューがあぶみに足を掛けようとした時だった。門前通り《フォアゲイト》では滅多にないことだが、早馬の足音が修道院の囲いの壁伝いに凄まじい音を立てて響き渡り、あっという間に正門の前の小石を蹴散らして止まった。泡汗を噴く馬の上で汗びっしょりになり、へとへとになった乗り手は、降りるなりよろめいて、ほとんどヒューの腕の中に倒れ込んだ。院長のラドルファスや副院長のロバートを始め、まだ中庭に残っていた連中はみな、暗い予感を抱きながら、その男の所に近寄ってきた。

「執行長官のプレストコート様、あるいはその代理の方へ……リンカーンの司教様から緊急のお知らせです、緊急の要望です……」男はあえぎながら声を出した。

「わしが代理の者だ」ヒューは言った。「話せ！　司教からの緊急の知らせとは何だ？」

「この州の、王に忠誠を誓う者すべてを召集せよとのお言葉です」使者は気を引き締めて言った。「北東部で王の意向に反する謀反が持ち上がったのです。王がリンカーンを出立《しゅったつ》してから二日後、チェスターのレイナルフとルーメアのウィリアムは口実を設けて王の城へ入り、武力でそこを占拠しました。リンカーンの町の住民たちは、恐ろしい専制支配からの解放を王に求めています。司教はきびしい監視の目をくぐって、この出来事を王に知らせるべく、使いを出すことに成功しました。今、わたしと同様の使命を帯びた多くの者が、各地に散っています。夜中にはロンドンにも到着するでしょう」

「わずか一週間かそこら前には、スティーブン王はリンカーンにいた」エルアードは叫んだ。「そして、彼らは王に忠誠を誓ったのだ。どうしてだ？　彼らは北方一帯に強力な要塞の防壁を造ることを約束した」

「それはそのとおり実行されたのです」荒い息を立てながら使者は言った。「しかし、それはスティーブン王のためでも、女帝のためでもありませんでした。彼らは北方に、独自の王国を作ろうと考えていたのです。もうずいぶん前からの計画だったのです。二人がチェスターにすべての城代たちを集め、それだけでなく、このあたりの領主にまで働きかけたのは、この九月のことでした。彼らはあらゆる場所から、自分たちの目的に賛同する若者を集めていたのです……」

そういうわけだったのだ！　ずいぶん前の九月に、チェスターで計画された……ブロワのヘンリーの命を帯びてピーター・クレメンスが向かおうとしていたその町で！　とすれば、訪問には最もタイミングの悪い時期だった。クレメンスが無事に旅を続けて、その使命を果たすことは、許されようはずがなかった。彼らはあらゆる場所から、賛同する若者を集めていた！

カドフェルはヒューの腕を摑まえた。「ヒュー、彼らは同じ穴のムジナだったのだ。明日には、新婚の二人はリンカンシャーとの国境まで行く予定だった……そこに荘園を持っているのは、リンデ家ではなくアスプレー家だ。一刻も早くナイジェルを捕まえろ！　もう遅くなければよいが」

ヒューは一瞬振り向いただけで、たちどころにその意味を悟り、手綱を放り出すと部下に付いてくるように合図して、宿泊所に向かって走った。カドフェルもすぐ後ろから追いかけた。婚礼の一行は陽気さも食欲も元気もなくなって、食卓の料理には手を付けず、まるで通夜のように重苦しい会話を交わしていた。花嫁はがっしりした一人の婦人の腕にすがって、あられもなく泣いていて、三、四人の女たちが、かいがいしく取りなしていた。花婿の姿はどこも見当たらなかった。

「逃げたんだ！」カドフェルは言った。「わしらが厩にいる時に。他にはチャンスはなかった。しかも、花嫁を置いて！ リンカーンの司教からの知らせが届くのが一日早すぎたのだ」

彼らが逃亡の手段の可能性を思い出して駆け付けた時には、正門の外につながれていた馬はいなくなっていた。ナイジェルは相棒とともに、ルーメアのウィリアムが約束した土地と役職と権限とに飛び付いたのだ。腕にものを言わせるつもりの……そのためには手段を選ばない……やり手の若者であれば、ロング・フォレストのかたわらにあるシュロップシャーの二つの荘園で終わるよりは、より有望な未来を手にする可能性があったのだ。

13

今や、最新の驚くべき噂話の種がまかれた。目を皿のようにし、耳をそばだてて、できる限りの情報を集めた門前通り《フォアゲイト》の人々は、さらにそれを遠くまで広め始めた……北方で王に対する謀反が持ち上がった、それはチェスターとリンカーンの両伯が独自の王国を打ち立てようとするもので、このたびの婚礼に集まった中の二人の若者が、ずっと前からその計画に加わっていた、だが、ことが露見するのが早すぎて、二人は秘密裏に行動することができなくなって逃亡した、リンカーンの司教はスティーブン王とそれほど近しくはないが、チェスターやルーメアよりはよほどましと考え、隙を見つけて王への使者を送って自分と町との救助を訴えた。

橋と修道院のあたりの往き来《ゆき》は、むさぼるように観察されていた。ヒュー・ベリンガーは二つのことに忙殺された。まず、部下に命じて逃亡者たちを追わせ、それからすぐに城へ戻って、王に忠誠を誓う州内の者たちに対して、近々、王がリンカーン包囲の軍勢を起こすだろうから、その時にすぐに参加できる用意を整えるようにとの伝令を発した。同時に彼は、充分な数の馬を徴用することと、武器や武具が充分であるか、その点検も命じた。司教の伝令は修道院にかくまわれ、代わりの伝令が馬でさらに南にある城に向かった。宿泊所には、婚礼の祝いの残骸とともに、うち沈んだ一行と捨てられた花嫁が閉じこもっていた。

これらすべては同じ十二月二十一日の出来事で、しかもその日はまだ午後二時にしかなっていなかった！　これほど矢継ぎ早に事件が起こるようでは、夜までにはさらにどんなことが起こるやら、見当もつかなかった。

修道院長ラドルファスは日常の仕事に戻ることを強調したので、修道士たちはその言葉に従って、いつもよりは少し遅いが、食事を摂りに食堂へ向かった。日課はどんな事件が持ち上がっても……たとえそれが殺しや裏切りや人狩りであろうとも……決して中断されてはならなかった。それに、とカドフェルは思った。この騒ぎで何かを勝ち得た者は、新しい事態に直面する前にひと息つき、考える時間を持つ必要がある。逆に痛手をこうむった者には、傷をなめる時間が必要になる。他方、二人の逃亡者に関していえば……一人はいち早く逃げ、もう一人はさらに衝撃的な知らせがもたらされたことで、逃亡のチャンスを得たのだが……追跡は確実に始まっていた。アスプレーの荘園はニューアークの少し南にあって、そこへ行くにはまずここからスタッフォードに向かう道を取らなければならなかったからだ。二人にはスタッフォードの手前の荒野で、夕闇が迫るはずだった。彼らは町の中で一夜を過ごすほうが安全と考えるだろう。さもなければ、追い付かれて引き戻されるおそれがあった。

食堂を出たカドフェルは、いつもの午後の慣例に従って、不思議な薬を作る薬草園の作業小屋へと足を向けた。僧衣を着た若い二人がそこにいた。突き当たりの壁ぎわに置かれたベンチに静かに並んで腰かけ、火床に燃える小さな火が顔をかすかに照らしている。メリエットは頭巾を肩に降ろし、すっかり疲れて暗い顔をして、後ろの壁に寄りかかっていた。怒りと悲しみと絶望の深い淵を味わったあとで、マークがいつもと変わらず忍耐強く横にいてくれるのを発見して、彼はようやく気を取り直していた。何も考えず、何も感じずに、メリエットは休息を取っていた。新しい世界に再び生きる準備は整っていたが、急いではいなかった。マークはいつもどおりの穏やかな、そこにいさせて欲しいと懇願するような表情を浮かべていた。だが、梃子でもそこから動かないことも明らかだった。

「ここにいると思ったよ」カドフェルはそう言ってから小さなふいごを手にすると、火床の火を勢いよく燃やした。なんせ寒かった。彼はそれから、すきま風を追い払うために入口の扉を閉めて、かんぬきを下ろした。

「何も食べていないんじゃないのか?」カドフェルは扉の裏側の棚を手探りした。「ここにオート麦のビスケットとリンゴがいくつかある。チーズも少しあったはずだ。少し食べるといい。それからワインもあるぞ、害になるようなことはないから大丈夫だ」

メリエットは確かに飢えていた! だが、無理もない。十九歳になったばかりで肉体的には健康そのものなのに、夜明けから何も口にしていなかったのだ。カドフェルの勧めに素直に従って、もの憂げに食べ始めたが、ひと口食べただけで生き返り、がつがつとむさぼりだした。目は輝き、落ち窪んだ頬は火床の照り返しを受けて輝いたりくすんだりした。ワインは何の害も与えなかった。温かい血は再び勢いよく彼の身体をめぐりだした。

メリエットは兄についても、父親についても、失われた愛についても、何も言わなかった。それにはまだ早すぎた。彼はそのうちの一人によって告発され、もう一人によって疑われた……三人目から受けた仕打ちはどう言ったらいいだろう？ 彼には責任はないのだというひとかけらの言葉さえなく、必死に馬鹿げた自己犠牲を強いられたのだ。心からふるい落とさなければならない苦い思いは、まだ尽きなかった。だが、彼はすでに食べものには関心を示し、まるで飢えた生徒のようにむさぼった。カドフェルはそれを見て、元気づけられた。

レオリック・アスプレーは、ピーター・クレメンスの封印された棺が安置された霊安室用の礼拝堂で告白することを選び、修道院長のラドルファスに懺悔僧となってくれるよう懇願した。レオリックはみずから選んで敷石の上にひざまずき、自分が知っていることを話しだした……下の息子が死体を藪の中に隠そうとしている恐ろしい情景を目撃したこと、メリエットが罪を黙って認めたこと、そして息子を死なせることも、見逃してやることもできなかったこと。

「わしは息子に、死体については、わしが危険を覚悟でうまく処理するからと約束しました。

そのかわり修道院に入って、生涯を償いに過ごすように言いました。息子はそれに同意しましたが、それは兄のためだったのです……考えても恐ろしいことですが、わしはそのことを今やっと知りました……メリエットには兄が殺したと考えるだけの理由があったのです。ファーザー、息子は兄のためだけでなく、このわしのためにも、その運命を受け入れたのではないかと思います。恥ずかしいことですが、息子はわしが兄ばかりを頼りにして大切にしていると信じ……いや、事実知って！　……わしがメリエットをなくしても生きられるけれども、ナイジェルをなくしては生きられないと分かっていたのです。今やその兄は失われましたが、わしは生きられますし、そうするつもりです。わしのメリエットに対する罪は、単に彼を簡単に疑い、修道院に追放したというだけではなく、彼が生まれた時からずっと彼を軽視してきたことにあるのです……」

「ファーザー、あなたと修道院に対するわしの罪も、ここに告白して悔い改めなければなりません。人を殺したかもしれない者をそのように扱い、真の使命感もないのに修道院に入れようとしたことは、彼に対してと同時に、修道院に対する卑しむべき行為でした。これらのこともすべて考慮したうえで、必要な償いをお与えください……」

「さらに、ピーター・クレメンスに対する罪があります。わしは家名を大事にするあまり、彼にキリスト教徒としての埋葬を拒否しました。今となっては、神が、わしにおとしめられた息子を使ってそれを暴き、わしのしたことを白日のもとにしたことを感謝しています。このことに関しては、どのような償いも受け入れる所存ですし、わしの命の続く限り、彼に対するミサを挙げるための費用を差し出すつもりです……」

レオリックは自らの過ちを告白する時も、息子の過ちを訂正する時にも、同じように堂々として威厳を保っていた。ラドルファスは最後まで忍耐強く、真剣な表情で聞いてやり、一定の償いの期間を言い渡し、罪の許しを与えた。

レオリックはぎこちなく立ち上がり、いつにない謙虚さと畏《おそ》れを抱きながら礼拝堂をあとにし、残された一人の息子を捜しに行った。

カドフェルの作業小屋の閉め切った扉を誰かが叩いた。その頃には、カドフェルが三年寝かせたワインを飲んで、メリエットは渋々ながらもこの世と和解し始め、裏切られたことによる心の痛手もかすんできていた。カドフェルが扉を開けると、火床からの柔らかな円形の光の中に、アイスーダの姿が現われた。深紅色とバラ色と象牙色に彩られた婚礼用の衣装、髪には銀のリボンを付け、表情は重々しく、何か重大なことを抱えているようだった。彼女の後ろの戸口には、冬の夕空を背景に、黒々とした背の高い人影が浮かび上がっていた。

「もしかしたら、ここかもしれないと思ったの」かすかだが、はっきりした彼女の笑顔を明かりが照らした。「わたしは案内役なの。でも、ずいぶん捜し回ってしまったわ。お父さんが、あなたと是非とも話がしたいって、言ってらっしゃるの」

メリエットはいち早く彼女の後ろに立っている人物を知り、身体を硬くしていた。「これまでに父の前に呼ばれたやり方とは、あまりに違いすぎます」恨みも苦痛も抑えて、メリエットは言った。「家では、こんなふうにされた覚えは一度もありません」

「もう分かったわ」アイスーダは言った。「父上をここに入らせるよう、あなたに命じてるの。その代理をしているわたしがと言っても同じよ。頭を切り替えて、そのことに対して敬意を払ったほうがいいと思うわ」

彼女はカドフェルとマークに目で合図しながら、横に移動した。レオリックは梁からぶら下がった乾燥ハーブの束を、頭に当ててがさごそいわせながら、小屋に入って来た。メリエットはベンチから立ち上がりゆっくりと、敵意をにじませた堅苦しい会釈をした。目はらんらんと燃え、背筋は自尊心で強張っている。だが、口をついて出た言葉は穏やかで、落ち着いていた。「どうか入ってください。こちらに腰かけますか?」

カドフェルとマークは両側に分かれるようにして退き、アイスーダのあとに続いて肌寒い夕暮れの中へ出て行った。後ろから、レオリックの静かな、へりくだった声が聞こえてきた。「おまえも、もうわしのキスを断わったりしないだろう?」

短い、危うい沈黙の一瞬だった。と、メリエットのかすれた声がした。「父さん……」

カドフェルは扉を閉めた。

その同じ時間、スタッフォードの南西に横たわる荒れ地の中で、ナイジェルは草深い雑木林に真っ直ぐ突っ込んで行き、危うく友であり隣人であり、共謀者でもあるジェイニンに気づかずに通り過ぎてしまうところだった。ジェイニンは恐らく斜めに走って荒れた地面で転んだのだろうが、後ろ足の片方を痛めて引きずっている哀れな馬に向かって、しきりに悪態をついているところだった。ナイジェルは一人で急場を切り開くのには気乗りがしていなかったから、友に気づいてほっとした。そしてすぐさま馬から飛び降りると、相手の馬の具合を診《み》てみた。だがアイスーダの馬はほとんど倒れてしまいそうな状態で、これ以上は進めないことは明らかだった。

「じゃあ、君は逃げ出してきたんだな?」ジェイニンは叫んだ。「見てくれ、この駄馬のていたらくを。つまずいて俺を地面に放り出したんだ」彼はナイジェルの手を摑んだ。「それで、姉はどうしたんだ? 問い詰められるままに放って来たのか? 気が狂ってしまうぞ!」

「彼女は大丈夫だ、心配ない。ぼくらが落ち着いたらさっそく……だけど、そんなふうにぼくに吠えるなんて、どういうことだ!」ナイジェルは相手のほうに向き直って怒りをあらわにした。「君は機を見て逃げ出したじゃないか、ぼくら二人を泥にまみれるままにして。そもそも、こんな泥沼にぼくらを誘い込んだのは誰だ? あの男を殺せなんてぼくが命じたか? ぼくは、早馬をやってくれと頼んだはずだ。彼らに警告を発し、奴が着く前に素早く隠すべきものを隠すつもりだった。それで充分なはずだった！　あの時、どうしてぼくにそれができた？　あの男はぼくの家にいたし、分からないうちに早馬に立てられる者なんか見当たらなかった……だのに、君は……あの男を殺してしまった……」

「君は尻込みしただろうが、俺はものごとのけりをつけるくらいの大胆さを持ち合わせていたということだ」ジェイニンは軽蔑するように唇をひん曲げて、吐き捨てるように言った。「早馬では遅すぎたかもしれない。俺はあの司教の腰巾着が、永久に向こうに着けないようにしただけだ」

「しかも、放りっぱなしにした！　道の真ん中に！」

「だが、俺がそのことを告げると、愚かにも君は、わざわざそこへ出かけて行った！」ジェイニンは相手の意志と神経の弱さを軽蔑して言い募った。「あそこに放っておけば、誰がやったかなんて分かりはしなかった。なのに、君は怖《お》じ気《け》づき、飛んで行って死体を隠そうとした。隠さないほうが良かったものを。その結果はどうだ、君はあの馬鹿な弟に見られ、その弟はまた君の父親に見つかった！　こんな頼みにならない男に、こんな重大なことを打ち明けたのが間違いだったんだ！」

「ぼくに言わせれば、もっともらしい誘惑者の甘言《かんげん》に乗ったのが間違いだった！」ナイジェルはいらいらを隠さなかった。「その結果がこれだ。この馬はもう駄目だ……君にも分かるだろう！　町まではまだ一マイル以上もあるし、夜が迫っている……」

「俺はいち早く逃げて、好運は俺に微笑もうとしていた」色の薄くなった深い草を踏みつけながらジェイニンは怒鳴った。「なのに、こいつが駄目になるなんて！　君は俺を捨てて、二人分の分け前を独り占めにする気だろう……最初の恐怖に足がすくんだくせに！　ああ、何という呪われた日だ！」

「静かに！」ナイジェルは絶望したようにジェイニンに背中を見せ、足を引きずる馬の汗ばんだ横腹を叩いた。「別の道をたどって、君の姿なんか見なければ良かったんだ。けど、君を一人きりになんかしない。君が引き戻されるようなら……奴らはまだ遠くだと思うかい？　……ぼくも一緒だ。だけど、何とかスタッフォードまでたどり着こう。この馬はここにつなぎっぱなしにして、もう一頭を代わりばんこで走らせて行こう……」

短剣が後ろからあばら骨に突き刺さった時、彼は背中を向けたままだった。驚いたが苦痛はなく、命と力が失われていく感覚だけがあって、彼はぐったりとなって、くずおれ、草の中にほとんど緩やかに横たわった。傷口から流れ出た血が脇腹を温め、身体に沿って溢れ出た血が、下の地面を朱に染めた。起き上がろうとしたが、手が動かなかった。

ジェイニンは一瞬の間、無感動に相手を見下ろして立っていた。その傷が致命傷かどうかは分からなかったが、三十分もすれば、かつての友が出血多量で死ぬことは間違いなかった。それで何も差し支えなかった。彼は動かなくなった身体をひと蹴りすると、短剣を草でぬぐって、ナイジェルが乗って来た馬の所に近寄った。一度も振り返ることなく、彼は馬の腹に蹴りを入れると、暗くなった木々の間を抜けてスタッフォードめざして走り去った。

ヒューの部下たちがその場に駆け付けて来たのは、およそ十分後だった。そして半死のナイジェルと、けがをした馬を見つけると、二人がジェイニンを追いかけ、あとの二人がナイジェルの救出に当たった。彼らはアイスーダの馬を近くの農家に預け、ナイジェルをシュルーズベリまで連れ戻した。顔は蒼白で、包帯を巻かれて意識不明だったが、生きてはいた。

「……彼はぼくらに、出世と、城と、権限を約束しました……ルーメアのウィリアムは。真夏にジェイニンと一緒に、北方にあるアスプレーの荘園を見に行った時のことです……ぼくを説得したのはジェイニンでした」

ナイジェルが切れ切れに告白し始めたのは、翌日の夕刻になってからだった。彼は再び意識を回復していたが、心では半分、そうならないほうが良かったと思っていた。ベッドの周りには多くの目があった。足元には面目まるつぶれになった父親が苦悶の顔付きで立ち尽くし、右手にはロスウィザが泣きはらして、むくんだ顔をしてひざまずいていた。カドフェルと施薬所係のエドマンドは物陰で、ナイジェルが無理をしないように見張っていた。そして左手には、決して似合うことがなかった僧衣を脱いで、元の上着と半ズボン姿になったメリエットがいたが、最初に僧衣を着た時と比べると不思議なほど背が高く、年かさも増し、痩せて見えた。さまようナイジェルの目が最初にとらえたのは、父親のように厳しく超然とした弟の視線だった。その内側にどんな感情がうごめいているのかは、まったく見当がつかなかった。

「ぼくらはその時以来、彼の部下も同然でした……リンカーン攻撃の時期も、ぼくらは知っていました。結婚式が終わり次第、ぼくらはジェイニンとともに北方へ出立する予定でした……でも、ロスウィザは何も知りません！　いま、ぼくらは何もかも失いました。あまりにも早くことが露見して……」

「あの男のことだな」レオリックの肩越しにヒューが言った。

「そうです……クレメンスのことです。夕食の時、彼は自分の使命を語りました。それはちょうどチェスターに、城主や城代がみんな集まって、協議している最中だったのです。ぼくはロスウィザを家まで送って行って、ジェイニンを捕まえ、すぐにも夜中に早馬をやって、みんなに警告するように頼みました。彼はそうすると約束しました……翌朝早く、ぼくは彼の家に行きましたが、彼は家にいなくて、帰って来たのは昼過ぎでした。首尾はどうだったかと聞くと、うまくいった！　と彼は言い、ピーター・クレメンスは森の中で死んでいるから、チェスターの連中は何も心配はいらないと答えました。ぼくが恐怖に囚われると、彼はそれを笑いました。そして、放っておけ、追い剝ぎなんかどこにでもいるから心配はない、と言いました……しかし、ぼくは怖かったのです！　夜までに死体を隠してしまおうと、ぼくはクレメンスの死体を捜しに出かけたのです……」

「その最中にメリエットに見つかったわけだ」ヒューは慎重に先をうながした。

「ぼくは動かしやすいように、矢柄を切断しました。だから手は血だらけでした……弟がぼくを犯人と思ったのも無理ありません。ぼくは誓って自分がやったのではないと言いましたが、信用してもらえませんでした。弟はぼくに、早く立ち去って、血を洗い流してロスウィザの所へ行き、一日じゅうそこにいるようにと言い、あとは自分がやるからと言いました。父のためだ、と弟は言いました……父はぼくを重んじているから、このことを知ったら悲嘆に暮れるだろうと。それで、ぼくは弟の言うとおりにしました！　嫉妬から殺したのだろう、と弟は思ったに違いありません……弟はぼくの、いやぼくたちの、隠し事については何も知らなかったんです。ぼくはそのまま立ち去り、無実の弟に嫌疑がかかるままにしたのです……」

ナイジェルの目に涙が溢れた。彼は慰めを与えてくれる手を求めて、闇雲に手探りした。すぐにひざまずいて、その手を取ったのはメリエットだった。表情は厳しく、さらに父親に似ていたが、それでも彼は兄の手をしっかりと握り締めた。

「夜遅くなって家に帰った時、ぼくは初めて弟のことを聞きました……でも、ぼくは話せませんでした。話せば、すべてを明らかにするしかなかったからです……すべてを！　弟が修道院に入ると心を決めて、再びぼくたちの前に出て来た時、ぼくは弟に近づきました」ナイジェルは弱々しく言った。「そして意見を言いました……けれど、弟は耳を貸そうとはしませんでした。ただもう決心したから喜んでそうするだけだと言って……ぼくは成り行きに任せるほかありませんでした……」

「今のは本当です」メリエットは言った。「ぼくは兄さんを説得しました。それ以上、事態を悪くする必要はなかったんです」

「けれど、弟はぼくの背信を知りませんでした……ぼくは後悔しています」メリエットの手を握り締めてナイジェルは言い、現在の苦境からの避難所である気弱さの中に沈潜していった。「ぼくは父の家に対してしたことを悔いています……中でも弟に対してはひどいことをしました……まだぼくに命があるなら、償いをするつもりです……」

「彼は死ぬことはない」痛ましいベッドのそばから広場の凍てつく寒さの中に逃げ出してほっとし、銀色の霧を深く胸に吸い込みながらカドフェルは言った。「大丈夫だ。そしてスティーブン王が北方をめざして進軍する時に武器が取れるまでになっているなら、王のために今度のことの埋め合わせをすることだろう。王が軍を動かすにしても、クリスマスのあとになる。ジェイニンが殺すつもりだったことは明らかだが……あの若者には殺しは笑ってできるようだ……さいわい急所を外れたので、致命傷にはならずにすんだ。充分な食事と休息を与えられ、失われた血が回復すれば、ナイジェルは本来の自分を取り戻して、自分を使ってくれる者のために義務を果たすだろう。もしも今度の背信のことで、君が彼を拘束したりしなければの話だが」

「この混乱の時期に、背信とは何でしょう?」ヒューは浮かない顔で言った。「実際に二つの王国があり、チェスターのようなしみったれた王を自称する者が、時流に乗ろうとしてあちこちにうごめいています。司教ヘンリーにしたって、二つか三つの有力者を天秤にかけているのではないでしょうか? 彼は放っておいていいでしょう。腰のすわらない裏切り者で、取るに足らない雑魚《ざこ》のようなものです、むろん人を殺してなどいません……そんな度胸はないと思います」

二人の後ろでロスウィザが施薬所から現われ、寒さにケープを身体に巻き付けるようにして宿泊所へと駆けて行った。すっかり評判を落とし、見捨てられ、悲しみに苛まれたのに、美しく見せようとする意欲はすでに回復していた。だが、少なくともこの二人の男に対しては、彼女は足早に、目を背けて行きすぎた。

「見目より心か」カドフェルは彼女を振り返りながら、いくぶん不機嫌そうに言った。「だが、あの二人は似合いだ。二人のことは二人に任せればいい」

レオリック・アスプレーはその日の夕べの祈り《ヴェスパー》のあと、修道院長に面会を申し込んだ。

「ファーザー、是非とも相談したいことが二つあります。その一つはセント・ジャイルズにいる、あの若い修道士のことなのです。ブラザー・マークはこの間、息子のメリエットにとって血を分けた者よりも近しい兄弟でした。息子が言うには、マークの心からの願いは司祭になることだとか。彼はまことにそれにふさわしい素質を持っています。ファーザー、彼がその目標を達成するためには何年かの勉学が必要です。わしは、そのために必要なお金を出してあげたいと思うのです。あなたに監督に当たっていただけるなら、わしはすべてのお金を出しましょう。それでも彼へのお礼はとても足りません」

「ブラザー・マークの意向については、わしも前から知っている」院長は言った。「そして、それを推奨してきた。彼には確かにふさわしい資質がある。わしが彼の進歩の具合を見ることにして、あなたからの申し出は、喜んで受けさせていただこう」

「もう一つは、息子たちにかかわることなのです」レオリックは言った。「ここの一人の修道士が二度も機会をとらえて……むろん正当の理由から……わしに思い起こさせようとしましたが、わしは今やっと二人の息子があることを知りました。ナイジェルは今や跡継ぎがなくなった荘園の娘と結婚しましたので、きちんと償いをしたあとは、そこを受け継ぐことになるはずです。そこでわしは、アスプレーの荘園を下の息子のメリエットに譲ろうと思うのです。わしはそのことを証書にして確認しておきたいので、あなたに証人の一人になって欲しいのです」

「喜んで」ラドルファスは笑みを浮かべた。「そして彼ともお別れしよう。彼には百パーセント合わなかったこの囲いの外で、まったく違う形で再会するために」

就寝前の祈り《コンプライン》の前、カドフェルはいつもの最後の夜の見回りのため、作業小屋に足を運んだ。火床の火が消えているか、それとも危なくない程度に落としてあるか、使用ずみの容器はきちんと片づけてあるか、醸成中のワインはほどよい泡を立てているか、かめのふた、びんの栓はきちんとしているか。彼は疲れてはいたが、落ち着いていた。周りの世界の混乱は、二日前と比べても変わりなかった。そして、ひととおりの苦労ではなかったが、この間に無実の者が解放された。なぜなら、あの若者は、安楽で、温かく、親切な兄を崇拝していたからだ。単に自分より見た目に心地良く、動作の優雅さにおいても肉体的完成度においても優れ、より多く愛され、遥かに傷つきやすく誘惑にもろいという理由から。せめて心の中が透けて見えていたなら。今や崇拝の時期は去った。だが、同情と忠誠、さらには哀れみまでが、まだ手をつないでいる。ナイジェルの枕元を離れたのはメリエットがいちばん最後だった。彼は兄に執着するあまり、父を部屋から去らせた。レオリックが激しい嫉妬に苛まれたとしてもおかしくはない。すべてが解決するには、まだまだあの三人の間では劇的な調整が必要なのだ。

カドフェルはため息をつきながら小屋の中に腰を下ろした。火床の中に燃える火が唯一の友だった。就寝前の祈り《コンプライン》までには、まだ十五分はある。ヒューは王のために兵を召集する作業を打ち切って、今晩は家に帰った。クリスマスが過ぎれば、すぐにでもスティーブン王は動き出すだろう……あの温厚で、賞賛すべき寛大さを持つ無気力さも、これほど厚かましい裏切りには断固として武力に訴えるであろう。いったんこうと決めれば動きは速い、ただ問題は敵意が長持ちしないことなのだ。あの男は心から憎むということができない。今頃、遥かに離れた北方のどこかを、目的地を間近にして、ジェイニン・リンデは相変わらず口笛を吹き、笑みを浮かべ、心も軽く馬を走らせているはずだ。背中に振り落としようのない二人の死者を背負い、他の誰よりも近しかった姉を破れた手袋のように放り捨てて。ヒューはスティーブン王とリンカーンにおもむけば、ジェイニンを見逃しはしないだろう。とてつもなく重い罪を背負った軽い若者、それらすべては償いなしではすまされない、この世かあの世かで。この世のほうがよいが。

農奴のハロルドは、西の橋の近くの蹄鉄屋が喜んで受け入れるという。臆病な町の衆が彼を忘れた頃になったら、そこに行かせて仕事に就かせればいい。王の勅許を受けた町では、そこに一年と一日住めば、自由民になることができる。

カドフェルは無意識のうちに眠気をもよおし、両足を投げ出して足首を気持ち良く組み合わせ、背中を板壁にもたれさせて、目を閉じた。冷たいすきま風が一瞬、まどろみに侵入して、彼は目を覚まさせられた。目の前には、手に手を取り、にっこりと微笑んだ二人がいた。それは、彼には望みうる限りの嬉しい光景だった。少年は男になり、少女はつぼみを脱して女になっていた。消えかかった火床のツチボタルのような明かりしかなかったが、二人が輝くにはそれで充分だった。

アイスーダは幼馴染みの手を振りほどいて近寄り、カドフェルのしわの寄った薄茶色の頬に屈み込んでキスした。

「明日は早めにここを発って家に帰るんです。きちんと挨拶する時間が取れないのではと思って。でも、わたしたちはそんなに遠い所にいるわけじゃありません。ロスウィザはナイジェルと残ります、そして彼の回復を待って一緒に家に帰る予定です」

かすかな光が丸っぽく柔らかではっきりした彼女の顔にちらちらし、髪の房のあちこちに深紅の稲妻模様を作った。ロスウィザがこのような美しさを見せたことはない。燃えるような魂が足らないからだ。

「わたしたち、本当にあなた方を敬愛しています！」二人を代表するつもりでアイスーダは出し抜けに言った。「あなたとマークのお二人を！」彼女は一瞬屈み込んでカドフェルの眠そうな顔を両手で挟み、それから素早く身を引いて、あとをメリエットに譲った。

寒さの中に彼女といたためだろう、メリエットの頬は赤くほてっていた。小屋の暖かな空気の中で、黒くて豊かな髪は……さいわい剃髪《トンスラ》はまぬがれたので……額の上になだらかに垂れ、その様子はカドフェルが初めて彼を見た時によく似ていた。雨の降る中、馬から降りて……一徹そうに、しかも従順に……父親の馬のあぶみを取ったあの時、あまりにも似すぎた二人が死をまぬがれない問題をめぐって反目していた時に。だが今は、垂れ下がった髪の下に見える顔はより成熟して静かで、忠誠を誓う者を必要とする弱い兄を自らの肩に引き受けて、諦めてさえいた。それは兄の破滅的な行為のためではなく、弱くて欠点だらけの身体と心のためだった。

「では、君ともお別れだな」カドフェルは言った。「もしも気が向いてこちらに来れば、むろんわしは喜んで歓迎する。わしらを元気づけてくれる威勢がいい人も必要だからな。ブラザー・ジェロームの少しうるさすぎる喉には、時々手を当ててくれる人も必要なのだ」

メリエットはさすがに顔を赤らめたが、微笑むだけの落ち着きをすでに備えていた。「ブラザー・ジェロームとは、丁重に謙虚な気持ちになって仲直りしました。確かめることもできると思います。ぜひそうしてください！　ジェロームはぼくの前途を祝福してくれて、ぼくのために祈ろうと言ってくれました」

「そうだろうとも！」自分の身体に受けた傷は渋々ながらも許すが、威厳に関わる無礼なら決して許せない男にしては、なかなか上出来で、これはジェロームの名誉といってよかった。それとも、『悪魔の見習い修道士』の後ろ姿を見送れることを、心から喜んだということにすぎず、彼一流のやり方で感謝を捧げたということにすぎないのか？

「ぼくは非常に幼く、愚かでした」メリエットはかつての未熟な自分に、寛大な目を注ぐ賢人のように言った。彼はかつて悩める胸に女の形見を抱き締めていたが、何のことはない、その女は破廉恥にも彼に殺しと盗みの罪をかぶせようとしたのだ。「覚えているでしょうか?」彼は言った。「ぼくがあなたをブラザーと呼んだ数少ない時のことを。ぼくは何とか、その呼び方に慣れようとしました。しかし、それはぼくがあなたに感じていたものではなく、伝えたいと思っていた感情でもありませんでした。今ぼくは、マークをこそファーザーと呼ばなければならないと思っています……彼のことは常に兄弟と思い、素直にブラザーと呼んできたのですが。ぼくはいろいろな方法で父を求めていたのです。今この時だけでも、ぼくはあなたをそう呼んでもいいでしょうか……ずっと前からそう呼びたいと思ってきたのです……」

「わが息子よ、メリエット」カドフェルは喜んで立ち上がって彼を抱き締め、しびれるように冷たくつやつやした頰に、大きな音をさせて近親としてのキスをした。「君はわしの親族であり、必要になる時はいつでも、わしを利用すればいい。それから覚えておくように、わしはウェールズ人だ。だからこの絆は生涯を通じて途切れることはない。満足かね?」

メリエットは重々しく熱烈にキスを返した。冷たい唇は、触れる時に熱意に燃えている感じがした。だが、メリエットにはもう一つの願いがあった。彼はカドフェルの腕にすがって、それを口にした。

「すみませんが、兄にも同じ優しさを施していただけないでしょうか? 彼がここにいるうちに。兄はかつてのぼくよりも、もっとそれを必要としていると思うんです」

慎ましく後ろに引っ込んでいたが、アイスーダが短いくすくす笑いを発し、そのあとで諦めたようなため息をつくのを、カドフェルは聞いたように思った。だが、そのどちらもメリエットの耳には達しなかった。

「よいかね」あまりに執拗なその献身ぶりに首を振りつつも、カドフェルは平静を保って言った。「君はまったくの愚か者か、聖人だ。わしは今、そのどちらにも長く付き合ってはいられない。だが、平穏であることを優先して、君の望みに添ってやろう、分かった！　わしにできることは、やるつもりだ。さあ、もうよい！　アイスーダ、彼を連れて出て行ってくれ、わしは火床を始末して、小屋を閉めなければならん。さもないと就寝前の祈り《コンプライン》に遅れてしまう！」

一九九二年十一月　現代教養文庫（社会思想社）刊

解説

大津波悦子
（ミステリー評論家）

修道士カドフェル・シリーズ第八作をお届けします。

前作『聖域の雀』は修道院とシュルーズベリの町を舞台とした、悲劇的な色調の濃い物語でした。そして若き旅芸人のリリウィンとラニルトがシュルーズベリを旅立っていったのは、五月の麗しい季節のことでした。その年の後半、収穫の季《とき》を目前にした九月からクリスマス近くにかけて、今回の物語は進行します。スティーブンとモードのイングランドを二分する内乱も小休止の状態で実りの秋のゆったりとした時の移ろいから、突如情勢が変化し「すわ戦《いくさ》」の風雲急を告げるクリスマス前夜まで修道院内部も大きく揺れ動きます。それは一人の修道士志願の若者の登場と、行方不明になった聖職者とが、実はある陰謀によって結びつけられていたことがあらわになる過程でもありました。

九月のこと、二人の荘園主が時を同じくして、シュルーズベリ大修道院にそれぞれ下の息子を預けたいと申し出てきました。この申し出、一方は受け入れられましたが、もう一方は断わられてしまいました。受け入れられたのは、シュルーズベリの町の南に位置するロング・フォレストの縁にあるアスプレーの荘園主の次男、十九になるメリエット・アスプレー。断わられたのは、北の方に領地を持つ荘園主のまだ五歳にもならぬ幼い息子でした。このことが決められたのは、ラドルファス院長に呼ばれたロバート副院長、リチャード副院長補佐、少年と見習い修道士の監督官のポール、施薬所係のエドマンド、そしてカドフェルによってでした。エドマンドは幼児から修道院に暮らしてきた者として、カドフェルは世間での多くの経験を経て壮年になってから修道院に入った者として、確たる自分の意志を持たない幼児を受け入れることをどう考えるか聞かれたのでした。カドフェルはやや皮肉っぽく「(なるほど、わしは世間の声を代表する「けち付け役」の役回りということか)」と思うのでした。

当時、修道士になるにはどうしたのでしょうか。『中世の日常生活』(ハンス・ヴェルナー・ゲッツ著・中央公論新社)によってこのあたりのことを見てみましょう。修道院長が奇蹟をおこすのを目撃し修道院に入ろうと決心した者、修道生活こそ自己の使命と感じて少年の頃に家を飛び出して修道院に入った者、目前に迫った死刑から逃れると同時に全生涯かけて犯した罪の償いをするために修道士になった者など、さまざまな動機があったようです。しかし自分の意志で修道士になったというより、すでに幼少時に両親に修道院に入れられた者も多かったということです。幼児から修道院に入った者は、本文にもある通り「献身者《オブレイト》」と呼ばれます。この子供たちは院内で教育を受け、修道士の監督下におかれて規律を遵守させられました。成長すると十五歳で修道士になれたそうです。

子供を献身者として受け入れることは長い間行なわれてきた慣習なのですが、疑問視されはじめているとラドルファス院長は言うのでした。その辺の議論は本文をお読みいただくとして、前掲書によれば成人してから修道院に入る者には二つの条件があったということです。一つは寄進で、これは、私有財産の放棄が修道生活の前提とされていたためです。もう一つは内的適性があることを証明すること。はじめは年配の修道士の監督を受けて暮らし、「二か月後に戒律が読み上げられ、それから六か月たつと二回目の朗読が、さらに四か月たつと三回目の朗読が行なわれ」た後、つまり一年後にようやく修道士として受け入れられることになるのです。メリエットはその期間が短くならないかと熱烈に望むのですが、ラドルファス院長は落ち着いて、「そのような措置が適切と判断した時には、期間の短縮はありえないことではない」となだめます。一年の見習い期間中にじっくりと心を決め、ことを急いではいけないとさとすのでした。そういえば、映画『サウンド・オブ・ミュージック』でジュリー・アンドリュース扮するマリアも修道女見習いの身の上でしたね。結局彼女はプラット大佐と結婚するわけで、神に仕えるか否かを決める妥当な期間だといえるのでしょう。

しかし、リンゴの収穫に行った見習い修道士が鎌で怪我をしたのを見たメリエットが悪夢を見はじめるようになるころから、物語は不吉な様相を呈してきます。やがて、スティーブン王の弟ヘンリー司教が有力者に使者として送った男が、行方不明になったという知らせが届きました。彼、クレメンスはメリエットの遠い親戚で、メリエットが修道院に入る直前に使者の旅の途中でアスプレーに滞在していました。上司に当たるエルアードは、改めてクレメンスの役目を果たしがてら彼の消息をたどりにきましたが、アスプレーの荘園では無事に送り出されたことまでしか分からず、その先の消息はようとして知れません。シュルーズベリと次の宿泊地に予定されていたホイットチャーチの間で、まるで掻《か》き消えてしまったかのようです。万全を期したいと思うエルアードが、当時荘園にいたメリエットにも他の家族が気づかなかった何かを目撃していないか確かめようと修道院にきても、はかばかしい結果は得られませんでした。追いはぎにでも身ぐるみはがれ、湿地の中にでも沈められたかとも思われましたが、それにしてもあまりにも手がかりが無さすぎるのです。捜索を依頼されたヒュー・ベリンガーが、クレメンスの乗馬を見つけて修道院に連れてきた晩、メリエットは再び悪夢に取りつかれました。

クレメンスの失踪とメリエットが修道士になるのを切望していることには、何か関連があるのでしょうか。いよいよカドフェルにお鉢が回ってきます。

カドフェルは冒頭で院長に呼ばれたときも眠かったようですが、日課のお祈りのときなどもなんだか始終眠そうです。これまでも、ずいぶん気づかれないように居眠りをしている描写が見受けられましたっけ。修道院の一日は午前零時から二時にかけての夜半の祈り《マタン》から始まり、午後六時から八時の間に行なわれる就寝前の祈り《コンプラィン》に終わるまで、三時間おきくらいに祈禱があるのですね。この間に各自定められた仕事をこなしてゆくのですから、仕事が多ければ必然的に眠くもなろうというものです。年中睡魔に襲われている修道士というのも結構いたようです。メリエットの悪夢に睡眠を奪われた若い修道士たちは、さぞ辛《つら》かったでしょう。しんと静まり返った院内に彼の叫びが響き渡る図は、悪魔に取りつかれての所業と見なされるのもしかたのないことだったかもしれません。

さて、本書でも若い男女の恋のゆくたてが物語の緯《よこいと》となっています。メリエットの兄ナイジェルと隣家の娘ロスウィザ、メリエットと父アスプレーが後見人をしているアイスーダの二組のカップルと、ロスウィザの双子の弟ジェイニンが登場します。ナイジェルとロスウィザの結婚式は本書のクライマックスでもあり、メリエットとアイスーダがお互いを確かめることにもなります。輝くばかりの荘園の跡取り息子と傷心の修道士志願の弟の運命が、たった一つのブローチによって一転してしまう。「神の長き手」は、ことをあるべきところに納めてくれるようであります。

とりわけ印象に残ったのは、アイスーダの勁《つよ》さです。当時の女性の生き方は家庭婦人になることに限られていたと思われますが、でき得る最善の人生を勝ち取ろうとしています。前作『聖域の雀』のスザンナにもいえることですが、制約の多い中を精神的に自立した女性としていかに切り開いてゆくかも一つの読みどころではないでしょうか。

クレメンス失踪事件は平時なら起こり得なかったような出来事です。内乱の時代を背景に、権謀術数渦巻く政治の世界が引き起こしたといえます。スティーブンとモードの対立ばかりでなく、その隙をついて自分の勢力範囲を広げようとする有力者、それに乗じて立身出世を夢見、権力を握ろうとする者、自分の名誉や家名を守ろうとする者などで俗世は大混乱です。シュルーズベリも再び戦火に巻き込まれるのではないかと、次作以降の展開が心配です。

〈カドフェル・シリーズのリスト〉

“A Morbid Taste For Bones” (1977)『聖女の遺骨求む』(光文社文庫)
“One Corpse Too Many” (1979)『死体が多すぎる』(光文社文庫)
“Monk's-Hood” (1980)『修道士の頭巾《フード》』(光文社文庫)
“Saint Peter's Fair” (1981)『聖ペテロ祭殺人事件』(光文社文庫)
“The Leper Of Saint Giles” (1981)『死を呼ぶ婚礼』(光文社文庫)
“The Virgin In The Ice” (1982)『氷のなかの処女』(光文社文庫)
“The Sanctuary Sparrow” (1983)『聖域の雀』(光文社文庫)

"The Devil's Novice" (1983)『悪魔の見習い修道士』（本書）
"Dead Man's Ransom" (1984)
"The Pilgrim Of Hate" (1984)
"An Excellent Mystery" (1985)
"The Raven In The Foregate" (1986)
"The Rose Rent" (1986)
"The Hermit Of Eyton Forest" (1987)
"The Confession Of Brother Haluin" (1988)
"A Rare Benedictine" (1988) 短編集
"The Heretic's Apprentice" (1989)
"The Potter's Field" (1989)
"The Summer Of The Danes" (1991)
"The Holy Thief" (1992)
"Brother Cadfael's Penance" (1994)

［訳者略歴］ 1942年生まれ。本書を始めとしたカドフェル・シリーズを訳すほか、近年の訳書に『図説ロンドン年代記』『ヴィジュアル百科　世界の文明』（原書房）などがある。デジタル書店「グーテンベルク21」を主宰。
http//:www.gutenberg21.co.jp/

光文社文庫

悪魔《あくま》の見習《みなら》い修道士《しゅうどうし》　修道士《しゅうどうし》カドフェル・シリーズ ⑧

著　者　エリス・ピーターズ
訳　者　大《おお》出《いで》　健《けん》

2004年3月20日　初版1刷発行

発行者　八木沢一寿
印　刷　堀内印刷
製　本　榎本製本

発行所　株式会社　光文社
〒112-8011 東京都文京区音羽1-16-6
電話　(03)5395-8162　編集部
8114　販売部
8125　業務部
振替　00160-3-115347

ISBN4-334-76138-0　Printed in Japan

お願い　光文社文庫をお読みになって、いかがでございましたか。「読後の感想」を編集部あてに、ぜひお送りください。
このほか光文社文庫では、どんな本をお読みになりましたか。これから、どういう本をご希望ですか。どの本も、誤植がないようつとめていますが、もしお気づきの点がございましたら、お教えください。ご職業、ご年齢などもお書きそえいただければ幸いです。

光文社文庫編集部